Robert M. Miller

Der nächste Löwe, bitte

Robert M. Miller

Der nächste Löwe, bitte

Roman

Aus dem Amerikanischen
von Siegfried Walter

Bechtermünz Verlag

Die Originalausgabe unter dem Titel
MOST OF MY PATIENTS ARE ANIMALS

Genehmigte Lizenzausgabe für
Weltbild Verlag GmbH, Augsburg 1999

Umschlaggestaltung: CCG, Köln
Umschlagmotiv: Fotex Medien Agentur, Hamburg
Gesamtherstellung: Freiburger Graphische Betriebe
Printed in Germany
ISBN 3-8289-0201-4

»Ein genialer Beobachter«
von James Herriot
(Autor von ›Der Doktor
und das liebe Vieh‹)

Ich saß gerade ganz allein am frühen Morgen in meiner Küche in Yorkshire, schlürfte meinen Tee und ließ den Tag langsam auf mich zukommen. In meiner Morgenpost befand sich ein Brief aus Amerika, der mich aus meiner beschaulichen Stimmung riß.

Er begann mit den Worten: »Verehrter Herr, Sie sind ein Betrüger! Ihr Buch ist ein Plagiat, Sie haben meine ganze Lebensgeschichte abgeschrieben!« Beim Weiterlesen schwappte mir beinahe der Tee aus der Tasse – der Briefschreiber warf mir vor, ich hätte in meinem Buch eine Reihe von Dingen völlig falsch dargestellt. »Das Ganze spielt sich keineswegs in den Tälern und Moorlandschaften von Yorkshire ab, sondern in den Tälern und Bergen von Südwest-Montana. Sie schreiben, daß Sie im Stall durch eine Holzdecke klettern mußten, um sich vor einer Kuh in Sicherheit zu bringen. In Wahrheit passierte das auf dem Parini-Hof, einige Kilometer von hier entfernt – das weiß ich ganz genau!« Ich fing an zu zittern, und erst als der Schreiber am Ende herausplatzte: »Außerdem heißt Ihre Frau nicht Helen, sondern Dorothy!«, wurde mir klar, daß mich hier jemand auf den Arm nehmen wollte.

Der freundliche Herr, der mir das schrieb, war ein bekannter amerikanischer Tierarzt namens Harry Ferguson. In seiner humorvollen Art erklärte er, daß alle meine Geschichten auch von den Berufskollegen auf der ganzen Welt erlebt worden seien.

Das bestätigen mir auch viele angenehme Begegnungen mit meinen Kollegen in anderen Ländern. Wir haben Erfahrungen untereinander ausgetauscht und uns über Erfolge und Fehler unterhalten, die nun mal zum Alltag eines Tierarztes gehören. Wir haben Anerkennung und Anteilnahme füreinander empfunden. Meistens aber haben wir über die lustigen Geschichten gelacht, die das Leben eines Tierarztes würzen. Tiere sind ja unberechenbare Wesen; wenn sie krank sind, kann alles mögliche geschehen. Während kranke Menschen gewöhnlich mit ihrem Arzt zusammenarbeiten, versuchen die Tiere unsere Bemühungen ständig zu durchkreuzen. Da passieren Dinge, die im Augenblick zwar recht unangenehm sind, worüber wir im nachhinein aber nur lachen können.

Dieser Aspekt meines Berufslebens hat mich in erster Linie zum Schreiben gebracht. Immer wieder geraten wir Tierärzte in Situationen, die ärgerlich, erniedrigend, gefährlich, erschreckend oder traurig sind. Tiere sind nun einmal sehr empfindsame Wesen. Sie sind von uns abhängig, und es ist unverzeihlich, sie im Stich zu lassen. Ich glaube, daß sie daher auch großen Einfluß auf unsere Gefühle haben. Bei der Arbeit mit Tieren kommt es zwar immer wieder zu unglücklichen Zwischenfällen, aber auch das gehört zu einem lohnenswerten und erfüllten Leben, und offensichtlich sind die meisten Tierärzte zufriedene Menschen. Ihre Frauen aber, die so oft als Tierpfleger, Buchhalter und Mädchen für alles herhalten müssen, sind das Salz der Erde.

Es gibt nicht viele Tierärzte, die zur Feder gegriffen haben. Sie sind gewöhnlich beruflich zu sehr beansprucht oder entschuldigen sich damit, daß sie einfach nicht die Begabung dazu hätten. Einige haben mir liebenswürdigerweise erklärt, sie beneideten mich um meine Gabe. Ich jedenfalls habe Robert M. Miller beneidet, seit ich zum ersten Mal einen seiner Cartoon-Bände aufgeschlagen habe. Ich war einfach begeistert und wollte nicht glauben, daß Hunderte von brillanten Zeichnungen, in denen unsere Tätigkeit so pointiert dargestellt wird, von einem Mann stammen sollten, der wie wir alle sieben Tage in der Woche rund um die Uhr zu tun hatte. Was war das nur für ein einzigartiger, genialer Beobachter! Ich habe mich buchstäblich vor Lachen gekugelt und zwischen wahren Lachsalven immer wieder festgestellt: »Genauso ist mir das doch auch passiert!« Millers Kunstfertigkeit weckte in mir die Erinnerung an einige Erlebnisse, die ich nach vierzig Jahren meines Berufsleben längst vergessen hatte. Er hat das ganze Panorama der Tiermedizin mühelos mit ein paar Federstrichen hingezaubert: den brummigen Farmer, den todkranken Patienten, die verhätschelten Haustiere mit ihren zuweilen unvernünftigen Besitzern.

Diese Cartoons brachten mich aber nicht nur zum Lachen, sie vermittelten mir auch das beruhigende Gefühl, daß es da, ganz weit weg, noch jemanden gab, der in seiner Praxis aufging und seine Erfahrungen und Erlebnisse mit Tieren nicht einfach nur so hinnahm, sondern auch andere daran teilnehmen ließ. Ich fahre gern zu Tierärztekongressen, aber sonderbarerweise möchte ich mit den Kollegen nicht über ihre eindrucksvollen und unentwegten Erfolge reden, vielmehr interessiere ich mich für die Schwierigkeiten und peinlichen Situationen der Praxis. Diese Dinge beweisen, daß wir alle nicht unfehlbar sind, und solche Geschichten trösten mich.

Als ich zum ersten Mal das Manuskript von ›Der nächste Löwe, bitte!‹ las, war ich überrascht: Dieser Mann war ja eine Doppelbegabung. Ich begann in seinen Geschichten mit der gleichen Freude zu schwelgen, wie ich sie beim Betrachten seiner Cartoons empfunden hatte. Ich fühlte mich einfach zu Hause in dieser heiter unbeschwerten Prosa. Mit diesem Buch lernte ich den Autor auch persönlich kennen, und ich entdeckte, daß er die ernsten und oft tragischen Begebenheiten mit dem gleichen sicheren Gefühl zu schildern vermochte wie die lustigen.

Eine ganze Arche Noah ist hier versammelt: Vögel

und Vieh, Pferde, Schafe und Katzen, Hunde, Kühe, Affen und Maultiere, Füchse, Bären und Löwen. Ich kann hier gar nicht alle Tiere aufzählen, über die Bob Miller berichtet hat. Er kann mit dem Zeichenstift und der Feder gleichermaßen gut umgehen, und aus allem spricht eine große Hingabe an seinen wunderbaren Beruf.

›Der nächste Löwe, bitte!‹ vermittelt einen liebenswerten Einblick in den Alltag eines Tierarztes. Das Buch ist nicht nur für unseren Berufsstand geschrieben, sondern für die gesamte tierliebende Welt. Es spiegelt einen vortrefflichen Menschen wider, der seinem Beruf mit Hingabe, Mitgefühl und gutem Humor nachgeht. Es wird zu den Herzen vieler sprechen, die die Geschöpfe Gottes lieben.

Von den Cartoons von Robert M. Miller, die James Herriot anspricht, ist in diesem Buch eine kleine Auswahl zur Illustration aufgenommen (aus: *The Doctor Will Be Right Out. The Best of RMM*. ©1971 by American Veterinary Publications, Inc.).

Im Tal der Kaninchen

Wenn sich im Frühling neues Leben regt, frisches Gras auf den Wiesen sprießt und sich die Bäume mit neuen Blättern schmücken, überziehen in Kalifornien Blumenteppiche aus Goldmohn und purpurblühenden Lupinen malerisch die Hügel.

In diesem schönen Land arbeite ich seit 1957 als praktischer Tierarzt.

Mein Haus liegt in einem lieblichen Tal, das hier Canyon genannt wird. Ein lichter Eichenwald durchzieht es, und gelegentlich kann man darin eine Hirschkuh mit ihren Kälbern beobachten. Ein Rudel von Kojoten-welpen durchstöbert die Wiesen ums Haus und jodelt, wenn es dunkel wird. Die Städter wissen, daß Tiere im Frühjahr ihre Jungen werfen, und ziehen scharenweise aufs Land, damit ihre Kinder die neugeborenen Kälber, Lämmer und Kitze bestaunen können, die Fohlen, die mit ihren etwas zu lang geratenen Beinen hinter der Mutter herstaksen. Das ist immer wieder ein besonderes Wochenendvergnügen.

Für den Landtierarzt hingegen gibt es im Frühjahr viel zu tun. Geburtshilfe, zumal bei Großtieren, ist Schwerstarbeit für ihn – wie für die Kuh oder Stute, die ihr Junges gebären soll, wenn es im Mutterleib nicht die richtige Lage hat. Das verlangt vom Tierarzt höchsten körperlichen Einsatz. Mit freiem Oberkörper, mit gewaschenen und eingeschmierten Armen geht er bis zur Schulter in die Geburtswege. Dabei muß er gegen die Wehen des Tieres ankämpfen und versuchen, die falsch gelagerten Gliedmaßen des Ungeborenen in die richtige Stellung zu bringen.

Wenn eine Stute nicht fohlen kann, ist dies immer äußerst kritisch. Eine verschleppte Geburt hat häufig den Tod des Fohlens zur Folge, und auch die Stute ist in Lebensgefahr. Die Wehen sind bei der Stute so mächtig, daß sie sich selbst gefährliche, ja tödliche Verletzungen zufügt, falls die Wehen nicht ausgeschaltet werden können oder das Fohlen nicht rasch geboren wird.

Jedesmal wenn im Frühling nachts das Telefon klingelt, zucke ich zusammen. Stuten fohlen meistens nachts, und in unserer Praxis befassen wir uns vorwiegend mit Pferden.

Meiner Praxis habe ich den Namen ›Conejo Valley Veterinary Clinic‹ gegeben. In diesem ›Tal der Kaninchen‹, wie es die Spanier nannten, war ich der erste frei praktizierende Tierarzt. Nur eine der größeren Rinderhaltungen hatte schon einen festangestellten Tierarzt. Das Conejo Valley war damals noch ein idyllisches, ländliches Tal gewesen, wo das Vieh in einem Meer von Gras weidete und wo in den Auen und neben den Bachufern knorrige Eichen standen. Rauhe Berge umgeben malerisch dieses Tal, das seit vielen Jahren meine Heimat ist.

Zunächst gab es hier zwei kleine Ansiedlungen: Newbury Park, eine ehemalige, hundert Jahre alte Postkutschenstation, und Thousand Oaks. Dieser Ort entstand erst im 20. Jahrhundert. Seine Entwicklung wurde durch die vorbeiführende Autobahn begünstigt. Er gilt als ein Zentrum für die Tierzucht und für das Abrichten wilder Tiere. Von ehedem 3 500 Einwohnern ist der Ort heute auf fast 100 000 Menschen angewachsen, und das in weniger als dreißig Jahren – ein typisches Beispiel für die unvergleichliche und beinahe unvorstellbare Entwicklung Kaliforniens.

Inzwischen haben wir noch eine neue Stadt im Tal dazubekommen: West Lake Village. Diese schmucke, auf dem Reißbrett entworfene Ansiedlung liegt auf einem Gelände, das noch vor wenigen Jahren zu einer ansehnlichen Rinderfarm gehörte. Seit der spanischen Kolonisation Kaliforniens tränkte man das Vieh am Triunfo-

Bach, der nun zu einem See aufgestaut wurde, in dem sich Trauerweiden spiegeln. An seinen Ufern liegen exklusive Villen, und im Wasser schaukeln Segelboote. Mit der Erschließung und Entwicklung dieser Gegend dehnte sich auch meine Praxis aus, und sie wächst heute noch. Inzwischen habe ich rund sechzig Mitarbeiter in meiner Klinik, die zu den größten Privattierkliniken der Welt zählt.

Anfangs hatte ich meine ganze Praxis in einem Auto untergebracht, einem Kombiwagen, der für die Behandlungen eingesetzt wurde. Die Utensilien für die Kleintierpraxis hatte ich in einer schwarzen Arzttasche verstaut. Ich machte nur Hausbesuche, sowohl bei Groß- als auch bei Kleintieren. Im Haus der Tierbesitzer nahm ich sogar größere operative Eingriffe vor. Es stellte sich bald heraus, daß der Anteil von Groß- und Kleintierpraxis etwa gleich war. Schließlich bauten wir eine Kleintierklinik. Die Großtierpraxis befaßte sich mit Pferden und anderen landwirtschaftlichen Nutztieren. Aber auch Zootiere kamen zu uns als Patienten.

Die Spezialisierung im tierärztlichen Beruf wie auch die Ansprüche, die heute an eine Fachpraxis für Pferde gestellt werden, zwangen mich allmählich, meine ganze Zeit für die Pferdepraxis zu verwenden. Die Kleintierpraxis vermisse ich jedoch sehr. Gelegentlich helfe ich in der Kleintierpraxis aus, was mir großen Spaß macht. Ab und zu bekomme ich es auch noch mit exotischen Tierarten zu tun, obwohl sie jetzt meist in der Klinik von meinen Kollegen verarztet werden.

Pferden galt schon immer meine besondere Liebe, und so fühle ich mich in der Pferdepraxis ganz wohl. Besonders deswegen, weil die meisten mir vorgestellten Pferde einen gutmütigen Charakter haben und aus edlen Zuchten stammen. Es handelt sich vorwiegend um Araberpferde, Vollblüter und Pferde aus Zuchten des Westens der Vereinigten Staaten.

Für einen Tierarzt liegt Thousand Oaks einzigartig.

In südlicher Richtung erstreckt sich nur zwanzig Kilometer entfernt das Einzugsgebiet von Los Angeles. Hier betreuen wir wertvolle Dressurpferdeställe. Die Luxusvillen der Pferdebesitzer liegen ganz in der Nähe und sind von niedrigen weißen Holzzäunen umgrenzt. Natürlich gibt es hier auch weniger edle Pferde, ihre Besitzer leben in einfachen Hütten, und die Einzäunung besteht oft nur aus zusammengeflickten alten Bettrosten. Fährt man nach Norden, kommt man ins Ventura-County, einem fruchtbaren Gebiet mit Zitrus- und Avocadoplantagen, bewässerten fetten Weiden und hügeligem Ackerland. Dort behandeln wir Weidepferde, Rinder und andere landwirtschaftliche Nutztiere.

So mannigfaltig wie unsere Patienten sind auch deren Besitzer: Schauspieler, Cowboys, Rechtsanwälte und Traktorfahrer, Hippies, pensionierte Angehörige der Marine, Schriftsteller, Zirkusartisten und Gefängniswärter. Wir leben hier in einem sozialen, ethnischen und kulturellen Schmelztiegel, und das ist immer wieder faszinierend.

An einem herrlichen Nachmittag im Mai 1977 wurde ich zur Geburtshilfe bei einer wertvollen Araberstute gerufen. Die Stute befand sich auf einer Koppel nahe der Straße. Ihr Besitzer war nicht zu Hause, und ich wurde von dessen Freund gerufen, der unerfahren und überängstlich war. Ich desinfizierte die Instrumente, wusch mich und untersuchte die Stute.

Sie hatte starke Wehen, und es war schwer an sie heranzukommen. Der Kopf des Fohlens lag zwischen den Vorderbeinen und war ganz verdreht. Ein Vorder- und ein Hinterbein schauten aus der Scheide der Stute hervor. Während sie kräftig preßte, versuchte ich vergeblich, das Fohlen in die Gebärmutter zurückzuschieben, um seine Beine in die richtige Lage zu bringen.

Kinder, die von der Schule nach Hause kamen, stellten sich an den Koppelzaun, ihre Eltern gesellten sich hinzu, andere liefen heim, um ihre Kinder zu holen, damit sie Zeugen eines Naturwunders würden. Auf der Straße hielten Autos und verursachten einen Stau, Polizisten dirigierten den Verkehr und rasch war die Koppel auf drei Seiten von Zuschauern umstellt. Kameraverschlüsse klickten, und einige Leute filmten. Motorradfahrer kamen angedonnert. »Hey, Mike, schau dir das mal an!«

Ich gab der Stute eine Beruhigungsspritze und betäubte das Rückenmark. Danach gelang es mir, das vorgetretene Hinterbein zurückzuschieben. Obwohl ich mich länger als eine halbe Stunde abmühte, konnte ich weder das fehlende Vorderbein finden noch den verdrehten Hals des Fohlens strecken, um den Kopf hervorzuholen.

Ich wehrte mich gegen den Gedanken, das noch lebende Fohlen zu opfern, um die Stute zu retten. Ich erwog auch einen Kaiserschnitt, aber das verwarf ich ebenfalls. Die Stute war erschöpft und ich auch. Ich brummte vor mich hin und plagte mich weiter ab.

Mein Gott, dachte ich, muß ich nun doch das Fohlen zersägen und es stückweise vor den Augen dieser Leute herausziehen? Vor all den Kindern?

Über hundert Menschen verfolgten inzwischen meine Anstrengungen. Ich traute mich nicht, ihnen in die Augen zu schauen. Wenn wir nur die Stute in die Scheune bringen könnten, um sie ihren Blicken zu entziehen! Aber sie konnte sich kaum mehr auf den Beinen halten, zweimal brach sie zusammen. Und die Scheune lag Hunderte von Metern entfernt auf einem steilen Hügel, auf den man nicht hinauffahren konnte.

Schließlich zog ich meinen schmerzenden Arm aus der Stute. Ich schaute niedergeschlagen auf den Boden, um mich auszuruhen und nachzudenken. Blitzlichter zuckten. Es wurde dämmrig. Immer mehr Autos hielten an. Die schon länger wartenden Leute klärten die neu Ankommenden über das Geschehen auf.

Ich sah meinen Helfer an.

»Was werden Sie tun?« fragte er.

»Ich weiß es nicht«, erwiderte ich traurig. »Ich probiere es noch einmal!«

Und da entdeckte ich das fehlende Vorderbein. Mit großer Mühe schlang ich eine Geburtskette um die Fessel. Danach stieß ich auf die Nase des Fohlens. Ich steckte Daumen und Zeigefinger in die Nüstern und hielt sie im Zangengriff fest. Dann drehte ich Kopf und Hals in ihre normale Stellung. Doch das Fohlen war groß – zu groß für diese Stute.

Mit aller Kraft begannen wir das Fohlen herauszuziehen.

»Wir brauchen noch einen Mann, der uns ziehen hilft«, sagte mein Helfer, der Freund des Besitzers.

Einige Männer überstiegen rasch den Zaun und assistierten. Wenige Minuten später lag das lebende, atmende Fohlen hinter der Stute. Sie war erschöpft, doch gerettet. Als ich schließlich aufstand und dankbar auf die Menge hinter dem Zaun blickte, applaudierten mir alle. Erleichtert machte ich eine linkische kleine Verbeugung.

Das Fohlen versuchte aufzustehen. Dutzende von Frauen und Kindern riefen »Aaaah«.

Ein Mann kam nach vorn. Er streckte mir die Hand entgegen und sagte: »Sie haben ein Wunder vollbracht. Ich habe niemals zuvor eine Geburt gesehen, und die Stute war in großer Gefahr. Ich werde das mein Leben lang nicht vergessen. Hier ist meine Tochter. Sie hat es mit angesehen. Ganz erstaunlich, was Sie hier geleistet haben!«

»Ach, das war nichts Außergewöhnliches«, sagte ich, »wirklich, es war nur Routine. Eine Schwergeburt war es schon, aber trotzdem ein Routinefall.«

Sicher hatte ich recht, denn für einen Tierarzt werden die häufigen Schwergeburten zur Routine.

Aber dieser Mann hatte auch recht. Es war etwas

Wunderbares geschehen, und ich hatte mitgewirkt bei diesem Wunder. Ich hatte die Stute und ihr Fohlen gerettet, und bisher war mir nicht zu Bewußtsein gekommen, wie wunderbar so etwas ist, weil diese Arbeit immer mehr zur Routine geworden war. Zwanzig Jahre lang hatte ich mich mit ›Routinefällen‹ befaßt, wie es diese Geburtshilfe gewesen war. Die vielen Zuschauer aus der Stadt mußten mir erst klarmachen, daß es eigentlich keine Routinefälle geben sollte. Ich nahm mir vor, in Zukunft keinen Fall mehr als Routine abzutun.

Und sobald ich Zeit dazu hätte, wollte ich darüber schreiben.

»Tja, *dieser* Fuß ist in Ordnung ... aber jetzt lahmt er auf den anderen dreien!«

Mein Traumberuf

In meiner Jugend habe ich Bücher über Tiere geradezu verschlungen. Besonders mochte ich Geschichten über Pferde und Hunde, wie sie Will James und Albert Payson Terhune geschrieben hatten.

Der Held meiner Jugend aber war Carl Akeley. Er war Naturforscher, Künstler, Autor und Präparator. Mit seiner Frau Mary unternahm er viele Expeditionen nach Afrika. Er stellte eine Auswahl von Tieren für die größten Museen von Amerika zusammen. Akeley erfand eine neue Methode des Präparierens von Tieren und stellte sie lebensecht in ihren Körperhaltungen und in ihrer angestammten Umgebung auf. Die ursprüngliche Flora ihrer Umwelt gestaltete er naturgetreu nach und umgab sie mit Vögeln und kleinerem einheimischem Getier aus ihrer Region.

Ich las Akeleys Bücher immer wieder. Nichts wünschte ich mir mehr, als ein Leben wie Akeley zu führen, Tiere zu studieren, mit ihnen zusammenzuleben und ihr Verhalten in der Wildnis kennenzulernen. Sogar einige Kenntnisse in Suaheli eignete ich mir an durch häufige Lektüre der Bücher und der Randglossen.

Der Akeley-Saal im Amerikanischen Museum für Naturgeschichte in New York war für mich ein wahres Mekka. Noch heute kann man in einer Halle, die mit schönen Tiergruppen bevölkert ist, Akeleys ausgezeichnetes handwerkliches Geschick bewundern. Dort stehen auch seine lebensgroßen Bronzestatuen. Am Eingang befindet sich eine Plastik, die mich sehr beeindruckte, als ich sie zum ersten Mal betrachtete: eine Gruppe von Massai-Kriegern stellt sich angreifenden Löwen entgegen.

Als ich sechzehn war, erkannte ich, daß es mit Akeleys Afrika vorbei war. Mein Leben entwickelte sich so

ganz anders als seines, was den Umgang mit T
traf. Nach der Schule half ich in einer Kleintierhan
und in einer Tierpension aus. Im Sommer arbeitete
auf Farmen als Melker und Fuhrknecht, dann als Pferdefänger und Cowboy und schließlich als Zureiter. Je mehr ich mich mit Pferden befaßte, desto mehr liebte ich sie. Ich war überzeugt, daß ich Tiere um mich haben mußte. So entschied ich mich für das Studium der Landwirtschaft. Ich war ein Stadtjunge, aber beruflich wollte ich es mit Tieren zu tun haben.

Mit achtzehn wurde ich Soldat und erlebte die letzten Tage des Zweiten Weltkriegs bei der Infanterie. Als ich vom Militärdienst in Europa zurückkam, erhielt ich Entlassungsschein und Entlassungssold und immatrikulierte mich an der Landwirtschaftlichen Fakultät der Universität von Arizona. Hauptfach: Tierzucht.

Es ist nicht nur heute sehr schwierig, eine Zulassung zum Studium der Veterinärmedizin zu bekommen, auch nach dem Zweiten Weltkrieg war es nicht gerade leicht. Die schulischen Leistungsanforderungen von heute (Numerus clausus) standen zwar damals nicht im Vordergrund, aber für das Studium bewarben sich zahlreiche junge Leute, die aus dem Kriegsdienst entlassen worden waren. Obwohl ich mich bei fast allen Fakultäten der USA beworben hatte, wollte ich am liebsten zur Colorado A & M, die jetzt Colorado State University heißt. Ich war in Arizona zu Hause, und Colorado lag am nächsten, außerdem liebte ich die westlichen Rocky Mountains. Meine erste Bewerbung für das Tiermedizinstudium wurde abgelehnt. Ein Jahr lang hatte ich schon ein Vorstudium absolviert, aber nun wurde noch ein zweites Jahr für die Zulassung gefordert. Im nächsten Jahr bewarb ich mich also wieder, aber man erklärte mir, daß ich noch zusätzliche Kurse in Mathematik benötigte. Das Jahr danach wurde ich wiederum abgewiesen. Meine Durchschnittsnote war nicht so gut, wie sie hätte sein sollen. Im letzten Jahr des Vorstudiums hatte

…ule eine Stellung in der Körkommis-
… aufgegeben, um mich ganz auf mein
…ntrieren. Ich bekam sehr gute Noten
…l verbesserte meinen Durchschnitt auf
…ber auch das half mir nicht weiter.
…ndete ich mein Vorstudium mit dem
…lors. Ich entschloß mich, nach Colora-
…ht allein um dadurch die Chancen mei-
ner Zulassung … steigern, sondern auch weil ich schon immer von einem Wohnsitz in diesem Skiparadies geschwärmt hatte.

An meinem arbeitsfreien Tag suchte ich den Campus von Fort Collins auf und sprach dort mit dem Dekan der tiermedizinischen Fakultät.

»Gibt es eine Möglichkeit, meine Chancen für die Zulassung zur Tiermedizin zu verbessern?« fragte ich. »Ich wohne hier und arbeite für den Bezirksveterinär von Denver.«

Der Dekan war eigentlich ein netter und sympathischer Mann. Aber er ähnelte frappierend J. Edgar Hoover, dem damaligen Chef des FBI, was meine Unsicherheit noch verstärkte.

Er sah sich meine Zeugnisse an und fragte mich: »Warum sind Sie nicht zum Vorstellungstermin gekommen?«

»Ich wurde nicht dazu aufgefordert«, sagte ich und war verwundert über seine Frage.

»Haben Sie denn keinen Brief bekommen, der Sie zu einem Gespräch bestellt hat?«

»No, Sir.«

»Alice!« schrie der Dekan.

Eine hoheitsvolle Sekretärin erschien.

»Warum ist Mister Miller nicht zu einem Vorstellungstermin gebeten worden? Man hatte ihn in die engere Wahl gezogen!«

Alice überflog meine Bewerbungsunterlagen, und dann gestand sie, daß ein Fehler passiert sei, ein Versehen.

Ich war richtig entzückt darüber, daß man mich überhaupt in Betracht gezogen hatte. Während ich mich an dieser guten Nachricht berauschte, bemerkte ich plötzlich, daß der Dekan mit mir redete.

»... es tut mir schrecklich leid, daß dieses Mißgeschick passiert ist. Das kommende Semester ist zwar schon zusammengestellt, aber vielleicht können wir Sie gleich hier prüfen, und dann könnten Sie als Ersatzmann auf die Liste kommen, falls Sie die Prüfung bestehen.«

»Eine Prüfung?« fragte ich entsetzt. »Jetzt?«

»Ja«, sagte der Dekan. »Ich werde sofort den Prüfungsausschuß einberufen.«

Er eilte hinaus, um die Prüfer herbeizuholen. Ich bekam Angst. An diesem Tag war ich überhaupt nicht auf eine Prüfung eingestellt. Meine Hände zitterten. Ich bemerkte, daß ich ungeputzte Schuhe anhatte, und flüchtete in die Toilette. Ich zog meine Unterhose aus und polierte damit wie besessen meine Schuhe. Ich war überzeugt, daß meine Zukunft vom Glanz dieser Schuhe abhinge, eine fixe Idee, die die heutige Jugend wohl nicht mehr verstehen kann.

Mein Mund war so trocken, daß ich kaum reden oder schlucken konnte. Ich trank aus dem Wasserhahn in der Toilette. Zitternd vor Angst ging ich ins Büro des Dekans zurück. Dort warteten bereits die Herren des Prüfungskomitees auf mich. Sie erschienen mir als die drei abweisendsten und unbeteiligtesten Wesen, die mir je begegnet waren.

Da gab es den Dekan, ›J. Edgar Hoover‹, der in Wirklichkeit Floyd Cross hieß und den ich später als einen überaus freundlichen und angenehmen Gentleman kennenlernte. Er pflegte seine Zigarette zwischen Daumen und Zeigefinger zu halten, die Handfläche nach oben gerichtet. Die einzige Person, die ich je so rauchen gesehen hatte, war ein SS-Offizier in einem Film über den Zweiten Weltkrieg gewesen. Er sagte dabei gerade vor der Folterung eines Mädchens: »Es gibt Wege, dich zum Sprechen zu bringen.«

Der zweite Prüfer war der Chef der Bakteriologie, ein gewisser Dr. Deem. Später erfuhr ich, was für ein feiner und bescheidener Mensch er war. Aber zu diesem Zeitpunkt konnte ich nur seine magere, adlerhafte Gestalt sehen und das Gesicht mit den Wangenfalten (oder Duellnarben?), jedoch ohne Augen! Er saß nämlich mit dem Blick zum Fenster, und das Tageslicht reflektierte in seiner rahmenlosen Brille, die seine Augen verbarg. Es wirkte auf mich wie die dunkel verspiegelte Schutzbrille eines Polizisten auf dem Motorrad.

Meine Angst wurde zur Hysterie, als ich mich hilfesuchend dem dritten und letzten Komiteemitglied zuwandte. Vielleicht würde ich hier auf freundliche akademische Gelassenheit stoßen. Nein! Dr. Rue Jensen stand da und schaute mich grimmig an. Später wurde er ein von mir hoch geschätzter Lehrer. Aber jetzt sah ich nur einen gedrungenen muskulösen Herrn mit dem finsteren Schatten eines dichten Bartes auf seinen harten Gesichtszügen. Sein Haar war militärisch kurz geschnitten. Er hatte kräftige Arme, und in einer Hand hielt er ein großes gleißendes Seziermesser. Dr. Jensen war Pathologe. Er war auf dem Weg zum Sezierraum gewesen, zur Sektion einer Kuh. Er legte sein Messer beiseite, und das Examen begann.

Ich war so nervös, daß ich kaum sprechen konnte. Es war schwierig, mich auf die Fragen zu konzentrieren. Einmal glaubte ich, Schreie im Erdgeschoß zu hören. Dann tat Dr. Deem etwas, daß ich beinahe lachen mußte, und ich begann mich zu entspannen. Es war so einfach und bodenständig, so ländlich amerikanisch: er zog braunes Zigarettenpapier aus der Tasche und eine Schachtel Tabak und drehte sich eine Zigarette.

In diesem Jahr wurde ich noch nicht zugelassen. Kein Ersatzkandidat wurde benötigt. Aber es klappte im Jahr darauf, und ich hatte gute Aussichten, Tierarzt zu werden. Es wurde kein leichter Weg, aber nichts war so entmutigend wie jener Tag des Jahres 1951, als ich mich vor dem Zulassungskomitee von Colorado befand.

»Wir gratulieren zu Ihrer Aufnahme in die Tiermedizinische Fakultät der A & M Universität von Colorado«, stand auf der Postkarte. »Ich bin Student der Veterinärmedizin und besitze ein Haus mit Studentenbuden. Die meisten unserer Mieter sind Studenten oder Tiermedizinpraktikanten. Wenn Sie Interesse haben, melden Sie sich bitte bei mir! Miete 12,50 Dollar im Monat.«

Ich mietete eine Bude im ›Gestüt‹, wie es später genannt wurde. Dort wohnte ich vier Jahre während meines Studiums. Noch heute erinnere ich mich an unseren Protest, als in meinem letzten Semester die Miete auf 13,50 Dollar anstieg. Für einen Dollar konnte man damals, 1952, in Fort Collins, Colorado, ein luxuriöses Mahl bekommen.

Die Mieter des ›Gestüts‹ wohnten im Untergeschoß, einem ehemaligen Pferdestall, und einer hauste sogar im Hühnerstall. Im Pferdestall befanden sich noch der Heuboden und andere Nebenräume. Es gab eine einzige Dusche und nur ein Waschbecken für die ganze Scheune, in der neun oder zehn Studenten einquartiert waren. Der Mann im Hühnerstall benutzte ebenfalls unsere Dusche und das Waschbecken.

Ich bewohnte einen großen Raum. Ich vermutete, daß dies der Fohlenstall gewesen war. Diesen Raum teilten sich drei Studenten. Jeder schlief auf einem Armeefeldbett, dessen ›Federung‹ aus Wäscheleinen bestand. Auf dem Boden lag ein alter Teppich, und wenn der Wind blies, blähte er sich auf. Darunter konnte man noch Hafer und Heublumen finden. Die Deckenbretter bildeten den Fußboden des Heulagers. Sie schrumpften mit zunehmendem Alter, und durch die Ritzen konnte man die Füße der Jungen sehen, die über uns wohnten.

Wenn oben jemand Kaffee verschüttete, tropfte er auf uns herab. Aus Rache füllten wir oft eine Spritze mit Tinte, um durch die Ritzen in der Decke zu spritzen und die Strümpfe des Ahnungslosen über uns zu färben.

In unserem Raum befand sich ein Gasofen. Um nicht Selbstmord zu begehen, machten wir ihn über Nacht aus und kuschelten uns unter Berge alter Armeedecken. Wenn die Außtentemperatur auf minus zwanzig Grad Celsius sank, waren es hier drinnen noch zehn Grad über Null. Glücklicherweise waren solche Temperaturen selten in Fort Collins.

Höhepunkte unseres Studentenlebens waren die alljährlichen Frühlingsfeste auf dem Campus. Es gab dabei eine Parade und ein Rodeo. Außerdem die Whiskerino-Bartprämierung: Gewinner war der mit dem üppigsten und dichtesten Bart. In jenen Zeiten war man nämlich im allgemeinen glatt rasiert und trug die Haare kurz geschnitten.

Jack war ein Erstsemester. Er kam ins ›Gestüt‹, als ich bereits im dritten Jahr war. Als die Collegefeste näherrückten, hörte Jack mit seiner wöchentlichen Rasur auf, die er sonst hingebungsvoll ausführte. Nach einigen Wochen zierten Bartsprossen Kinn und Oberlippe. Eines Nachts kamen wir Studenten spät aus einer Versammlung heim.

Jack grüßte uns und fragte: »Ihr wißt doch alles über Medikamente. Kennt ihr nichts, was den Haarwuchs steigert?«

»Sicher«, sagte ich. »Wir besitzen eine besondere Mixtur, um den Haarwuchs bei Kühen vor der Ausstellung anzuregen, nicht wahr?« Meine Kommilitonen witterten einen Schabernack und stimmten mir bei.

»Man nennt es ›Haar-Elixier‹«, sagte einer schlagfertig.

Jack grub mit den Zehen einige Haferkerne aus dem Teppich und gestand: »Es handelt sich um meinen Bart. Ich lasse ihn für den Whiskerino-Wettbewerb wachsen, aber wie ihr selbst seht, habe ich da nicht viel zu bieten. Ich dachte, ihr Jungs wüßtet vielleicht etwas dafür.«

»Schon begriffen«, sagte Val Farrel. »Wir gehen sofort in die Apotheke und holen was für dich!«

»Oh«, sagte Jack, »ich will euch ja keine Umstände machen, aber ich wäre euch wirklich sehr dankbar.«

Um Mitternacht gingen Val und ich in die Klinik. Wir füllten eine Salbendose mit einer Enthaarungscreme, die man Kaninchen aufträgt, bevor man sie operiert. Dazu gaben wir etwas Methylenblau. Wir etikettierten es als ›Haar-Elixier‹ mit dem Zusatz ›Zur Anregung des Haarwuchses Creme einmassieren, zehn Minuten einwirken lassen, danach mit Wasser und Seife abwaschen‹.

Als wir zurückkamen, war Jack schon eingeschlafen. Aber am nächsten Nachmittag fand sich die Belegschaft des ›Gestüts‹ auf meiner Bude ein, angeblich nur zur Country-Music. Unser Streich hatte sich herumgesprochen, und man war begierig auf das Ergebnis. Auf Gitarren wurde gezupft, und eine Geige krächzte, bis Jack endlich auftauchte.

Als er das ›Haar-Elixier‹ bekam, schmierte er die blaue Salbe auf das ganze Gesicht und massierte sie ein. Wir taten so, als beachteten wir ihn gar nicht, und unterdrückten das Lachen. Als Jack zu dem einzigen Waschbecken ging, um die Creme zu entfernen, drängten wir uns um ihn. Er seifte sorgfältig einen Waschlappen ein und wischte die Creme ab. Sein Bart ging mit ab. Zurück blieb seine glatte, blaugefärbte Haut.

Einige Tage waren seitdem vergangen. Dann kam Jack zu mir. »Ich kann mir schon vorstellen, daß es euch Spaß gemacht hat, mir diesen Streich zu spielen«, sagte er ohne Groll. »Mein Bart hatte ohnehin keine Gewinnchance.« Eine Träne glänzte in seinem Auge. »Aber ich möchte nicht ohne Bart leben. Gibt es denn kein Mittel gegen dieses Teufelszeug?«

An diesem Abend unterhielt ich mich mit meinen Kumpanen.

»Jack denkt, sein Bartwuchs sei für immer dahin«, erklärte ich ihnen. »Er möchte ein Gegenmittel.«

»Darauf hat er ein Recht«, meinte Gene Taylor. »Gebt ihm doch eine Silbernitratlösung. Wenn er die im Haus aufträgt und dann an die Sonne kommt, färbt sich seine Haut schwarz.«

Am Samstag nachmittag ging unsere ganze Bande mit Jack zur Blue Drop Inn, einer Kneipe, in der man Dünnbier ausschenkte. In einer dunklen Ecke des Lokals tranken wir in vollen Zügen und waren in ausgelassener Stimmung, während Jack sein Gesicht mit Silbernitratlösung behandelte. Auf dem Etikett stand ›Zur Behebung von Haarausfall, stündlich anzuwenden wie Rasierwasser‹.

Enttäuscht gingen wir später nach Hause. An Jacks Gesicht gab es keine Veränderung: es hatte die ursprüngliche Rosafarbe mit einem fahlen Blaustich. Anscheinend war unsere Silbernitratlösung zu dünn gewesen.

Aber bald erheiterte uns Jacks überraschte Stimme. »He, meine Fingernägel sind ganz braun!«

»Au weia!« Ich trat zurück und wischte mir die Hände an der Hose ab. »Das ist Paronychia pigmentosa!«

Meine Kumpane prallten erschrocken zurück.

»Paronychia pigmentosa? Mein Gott, das ist das erste Anzeichen des Rocky-Mountain-Aussatzes!«

Jack sah uns grimmig von der Seite an. »Jetzt reicht's aber, ihr Rasselbande! Ihr denkt wohl, ihr könnt mich für dumm verkaufen!«

Hilfe, meine Frau ist tierlieb!

Meine Sturm-und-Drang-Zeit ging zu Ende. Ich war lange genug Student und Junggeselle gewesen. Bald würde ich approbierter Tierarzt und Doktor der Veterinärmedizin sein – und Ehemann. Im letzten Jahr an der Universität lernte ich Debby kennen, eine der siebenhundert Studentinnen an der A & M Universität von Colorado. Ich war ihr auf dem Campus begegnet – einem hübschen, scheuen Mädchen. Sie hatte ein süßes Lächeln, kurze, dunkle Haare und wohlgeformte schlanke Beine. Sie sah so jung aus, daß ich sie für ein Erstsemester hielt. Aber konnte ein Altsemester und Kriegsteilnehmer wie ich mit so einem Grünschnabel anbändeln?

Auf einem Rodeo der Fakultät beobachtete ich sie beim Barrel-Race der Damen. Sie war ehrgeizig und legte einen aggressiven Ritt auf einem großen Quarterhorse-Hengst hin. Es war ein Ropingpferd, das sie sich geliehen und fürs Springreiten abgerichtet hatte. Ich erfuhr dabei auch, daß sie zu den höheren Semestern gehörte, schon dreiundzwanzig war und von einer Texanischen Fakultät kam, um in Colorado bei der nationalen Studenten-Rodeo-Mannschaft mitzumachen. Als ich sie um ein Rendezvous bat, gab sie mir keinen Korb, und eine Romanze begann. Wir entdeckten, daß wir gut zueinander paßten. Wir liebten beide die freie Natur, das Reiten und Skifahren. Uns verband die gleiche Lebensauffassung: Hilfsbereitschaft gegenüber allen Geschöpfen, Toleranz gegenüber den Wertvorstellungen anderer, Aufgeschlossenheit für fremde Kulturen.

Debbys Vater war Arzt – ein Allgemeinmediziner, der sein ganzes Leben seinem Beruf widmete. Sie wußte besser als ich, was einen in einer Arztpraxis erwartete – der Streß, die Bereitschaft rund um die Uhr und die Schwierigkeiten mit den Patienten. So betrachtete sie die Ehe mit einem Landtierarzt zwar mit einiger Skepsis, aber kurz nach dem Examen waren wir verheiratet. Und über all die Jahre hinweg hat uns unsere Tierliebe verbunden. Wir hielten unzählige Hunde, Katzen, Mulis, Pferde, Ponys und Ziegen als Haustiere.

Es hat sein Gutes, wenn Tierarztfrauen tierlieb sind. Wie könnten sie sonst den ungeregelten Tagesablauf, die verspäteten Mahlzeiten, die gestörten Nächte, Wochenenden und Ferien ertragen – und das mit einem Mann, der immer auf Abruf ist, um mit seiner Heilkunst kranken und verletzten Tieren zu helfen, wenn sie für diese Tiere kein Mitgefühl hätten? Aber manchmal kann man die Tierliebe auch übertreiben. So ist Debby zum Beispiel ganz vernarrt in Tiere, die verletzt am Straßenrand liegen. Es war kurz nach unserer Heirat, und wir waren gerade im Auto unterwegs.

Plötzlich schrie sie auf: »Hast du das gesehen?«

»Was?«

»Den schwarzen Hund, der auf der Seite lag. Er wurde überfahren!«

»Hat er noch gelebt?«

»Ich weiß nicht. Ich glaub' schon. Er schien noch zu atmen. Laß uns umkehren.«

Ich wendete.

»Er sah aus wie ein Labrador-Retriever.«

Wir fuhren zurück. Es war nichts weiter als ein weggeworfener schwarzer Autoschlauch.

»Ich glaube, den kann ich nicht mehr retten«, sagte ich.

Im Laufe der Jahre bin ich noch etliche Male zurückgefahren, um Autoschläuche zu behandeln. Bei den meisten kam jede Hilfe zu spät.

Eine andere typische Szene:

»O nein!« rief Debby.

»Was hast du gesehen?« fragte ich.

»Einen Kojoten! Der arme Kerl ist überfahren worden!«

»Ja, ich hab's gesehen.«
»Meinst du, er lebt noch?«
»Nein, er war tot.«
»Wie kannst du so sicher sein?«
»Er war platt und rot.«
»Aber wie kannst du wissen, daß er tot ist?«
»Wenn er noch gelebt hätte, hätte er nach den Bussarden geschnappt. Hast du nicht die sechs oder sieben Bussarde auf dem Kojoten gesehen?«
»Ja.« Lange Pause. Dann: »Ich glaube, einer der Bussarde hatte einen Flügel gebrochen.«

Einmal erblickten wir beide gleichzeitig eine gelbe Katze am Straßenrand. Sie stützte sich auf die Vorderbeine, die Hinterbeine waren unnatürlich nach vorn gestreckt, und der Rücken war gekrümmt wie ein Kamelhöcker.
»Hast du diese arme Katze gesehen?« rief Debby.
»Ja, sie muß gerade angefahren worden sein. Es sieht so aus, als sei die Wirbelsäule gebrochen.«
Ich wendete den Wagen und kam bei der Katze an, gerade als sie ihr Geschäft beendet hatte. Sie deckte den Stuhl mit Sand zu und schaute uns feindselig an, dann verschwand sie in einem Abflußrohr.

Die peinlichste Straßensamaritergeschichte passierte uns, als meine Frau schrie: »O Bob, halt an, das war ein Collie, er lebt noch!«
»Bist du sicher? Vielleicht ist es bloß ein sandfarbener Autoschlauch.«
»Nein, bitte. Ich hab' ihn genau gesehen – es war ein Collie! Er bewegte sich. Er ist noch am Leben!«
Resigniert hielt ich an und ging die hundert Meter zurück. Ein junger Mann mit langer Mähne und zottigem Bart lag zusammengerollt im Straßengraben, völlig weggetreten im Drogenrausch, fünfzig Meilen von der nächsten Stadt entfernt.

»Ich hab' dir ja gesagt, es war kein Autoschlauch«, meinte Debby. »Ich hatte zum Teil recht.«

»Du hattest zum Teil auch unrecht«, erwiderte ich. »Du hast gesagt, es war am Leben, aber das ist doch kein Leben mehr.«

Sie nickte. »Ja. Er stinkt schon gegen den Wind.«

»Wir haben ihn auf Diät setzen wollen, Doktor, aber offenbar fehlt ihm der gute Wille!«

Meine verborgenen Talente

Nachdem wir unser Examen bestanden und geheiratet hatten, zogen Debby und ich nach Arizona, meiner früheren Heimat. Dort fanden wir ein altes Haus aus Lehmziegeln, das auf einer Ranch östlich von Tucson stand. Nur einige Meilen weiter fand ich eine Anstellung in einer Kleintierklinik. Wir waren glücklich, daß wir das kleine, gemütliche Haus mieten konnten. Es war das ehemalige Farmerhaus auf dieser betriebsamen Ranch; der neue Besitzer hatte sich ein aufwendiges neues Haus gebaut.

In einem der anderen Häuser des Ortes lebte ein alter Cowboy namens Enrico von seiner Rente. Sein ganzes Leben hatte er auf dieser Ranch verbracht. Der neue Besitzer gestattete ihm freundlicherweise, sein gewohntes Leben hier fortzuführen. Je nach Witterung verbrachte er seine Tage vor sich hindösend in der Sonne oder im Schatten.

Unser Haus besaß keine Heizung. Es gab lediglich einen Kamin im Wohnzimmer und einen Backofen im Küchenherd. Alles war altehrwürdig hier: Enrico und die Ranch, das Lehmziegelhaus und der Herd. Es war bereits September, als ich meine Braut Debby über die Schwelle trug. Tagsüber war es immer noch warm, daher vermißten wir die Heizung nicht.

Eines Tages wollte Debby backen. Ich war zur Arbeit gegangen, als sie Feuer machte. Die Explosion riß die Herdtür weg. Debby war unverletzt, aber ihr Gesicht war rußgeschwärzt. Sie rannte ins Freie. Enrico saß wie immer im Schaukelstuhl vorm Nachbarhaus.

»Der Herd!« schrie Debby. »Er ist explodiert! Haben Sie's nicht gehört? Er flog in die Luft!« Aufgeregt fuchtelte sie herum.

Enrico strahlte sie an. Sein breites Lachen entblößte

seine restlichen paar Zähne, die entweder abgebrochen oder mit Goldkronen überzogen waren.

»O ja«, sagte er und nickte. »Es ist ein wunderschöner Tag heute.«

Unser nächstes Quartier war noch bescheidener. Als wir nach Thousand Oaks zogen, in diese verschlafene kalifornische Kleinstadt, hatten wir die Wahl zwischen zwei Wohnungen. Im Redwood Lodge Motel gab es eine Holzhütte, und in der Stadt bot man uns eine Garage an, die zu einem Einzimmerapartment umgewandelt worden war. Im Motel durfte man aber keine Haustiere halten. Also zogen Debby und ich und unser australischer Schäferhund Wendy in die Garage ein. Wendy war ein ehemaliger Patient, etwas verkrüppelt und fast haarlos. Wir hatten ihn in Arizona übernommen.

Unsere Habseligkeiten verstauten wir in Kisten unter den Betten, so daß die Bettfüße über dem Boden schwebten. Das Bad befand sich in einer Ecke, die durch einen Vorhang abgetrennt war. Der Herd und ein Waschbecken in der anderen Ecke stellten die Küche dar. Der Herd ähnelte auffällig dem in Arizona.

»Wann wirst du denn den Herd benutzen?« fragte ich Debby einige Wochen nach unserem Einzug.

»Ich habe Angst, ihn anzuzünden«, gestand sie.

»Ich will es dir abnehmen«, bot ich an. Ich verbrauchte eine ganze Schachtel Streichhölzer, bevor ich den Trick herausfand. Man mußte zuerst das Gas aufdrehen, zehn Sekunden warten (ich zählte eintausendeins, eintausendzwei, eintausenddrei etc.) und dann ein brennendes Streichholz in das Loch über dem Brenner werfen. Der Ofen machte leise ›wumm‹ und begann zu brennen.

Nach einem Jahr in der Garage kauften wir uns ein kleines Haus. Bei Regen war es arg undicht, aber es gab einen Hof für unseren Hund, eine Weide für unser

Pferd und einen Herd mit Kontrollampe, der hervorragend funktionierte.

Eines Tages, als ich gerade in der Nachbarschaft ein Pferd behandelte, kam Mr. Moore, unser früherer Vermieter vorbei.

»Gut, daß ich Sie treffe, Doktor«, sagte er. »Ich hoffe, daß Sie und Ihre Frau sich wohl fühlen im neuen Heim. Ich möchte Sie um einen Gefallen bitten. Die Garage habe ich nach Ihrem Auszug an ein älteres Paar vermietet. Sie verstehen nicht mit dem Herd umzugehen, und ich auch nicht. Sie hatten doch dafür einen Trick. Könnten Sie, wenn Sie das Pferd verarztet haben, zu uns herüberkommen und es uns zeigen?«

»Sicher«, sagte ich, und sofort nach der Pferdebehandlung ging ich hin. Mr. Moore machte mich mit dem Paar, das schon achtzig Jahre alt war, bekannt.

»Daddy kann ohne seinen Kuchen nicht leben«, erklärte uns die alte Dame, »aber ich kann den verflixten Herd nicht anzünden.«

Ihr Ehemann fügte zornig hinzu: »Seit ich eingezogen bin, habe ich keinen Kuchen mehr bekommen. Ich brauche einfach zum Morgenkaffee mein Gebäck.«

»Kein Problem«, sagte ich. »Ich habe lange gebraucht, um es herauszufinden, aber seit ich den Kniff kenne, hat es funktioniert.«

Der alte Mann nahm ein Streichholz.

»Drehen Sie erst das Gas auf«, riet ich ihm.

Er drehte den Hahn auf.

»Zünden Sie es nun nicht sofort an, sonst bläst das Gas das Zündholz aus«, erklärte ich. »Warten Sie zehn Sekunden, dann zünden Sie an.«

»Zehn Sekunden?« fragte er.

»Ja. Zählen Sie bis zehn.«

»Eins, zwei, drei, vier ...«

»Nein, nein«, fiel ich ein, »nicht so schnell!
Zählen Sie die Sekunden etwa so: eintausendundeins, eintausendundzwei, eintausend...«

»Was?« fragte der Alte entsetzt. »Tausend Sekunden – was soll das?«

»Nein«, erklärte ich geduldig, während das Gas ausströmte. »Sie sagen eintausendundeins, eintausendundzwei, um die Sekunden zu zählen.«

»Warum kann ich nicht meine Uhr dazu benutzen?« fragte er.

»Okay«, gab ich nach. »Nehmen Sie Ihre Uhr.«

Der alte Mann fummelte nach seiner Uhr, rückte die Brille zurecht und begann zu zählen. »Eins ... zwei ... drei ...«

Als er bei zehn war, sagte ich: »Jetzt – los, anzünden!«

»Jetzt?« fragte er.

»Ja!«

Als wir beide in den Herd starrten, zündete er das Streichholz an.

Der Explosionsdruck warf uns an die Wand. Mr. Moore und die alte Dame lagen neben uns und waren starr vor Entsetzen. Einen Moment lang war es mucksmäuschenstill.

Die Haare an meinen Armen waren versengt. Ich schaute den alten Mann an. Seine Brille saß schief.

»Schluß damit«, keuchte er. »Soll den verdammten Kuchen doch der Teufel holen!«

Aber der Herd brannte.

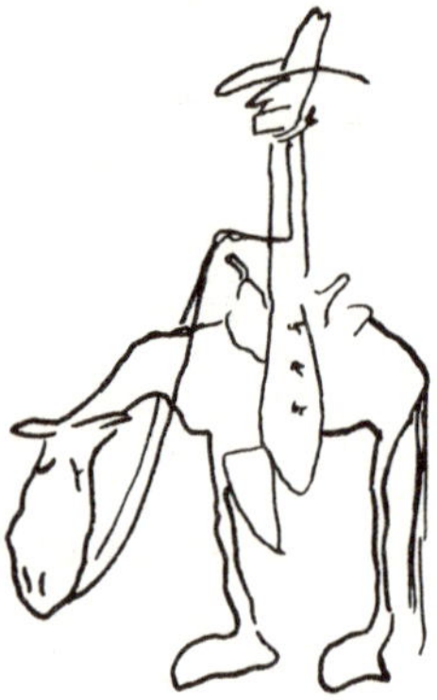

Der neurotische Hund

Debby und ich unternahmen ausgedehnte Streifzüge durch Kalifornien, um einen geeigneten Platz für unsere Praxis zu finden. Als wir auf dem Highway 101 in das Conejo-Valley kamen, war ich ganz begeistert von dem Anblick, der sich mir bot. Im Tal wogte das Gras im Märzwind. Knorrige Eichen standen an den Wegen und auf den sanften Hügeln. Am Horizont zeichneten sich die Spitzen dunkler Berge ab. Schmucke Pferde, Vollblüter, Gebrauchspferde und Quarter-Horses tummelten sich auf weiß eingezäunten Weideplätzen, und wohin man auch sah, grasten fette Rinder auf den Wiesen.

Das Tal hatte seinen Namen wegen der zahllosen Kaninchen bekommen. Ursprünglich nannten die Spanier, die von der See hergekommen waren, diese Gegend ›Las Altagracias‹, das fruchtbare Hochland. Der Name dieses lieblichen Weideplatzes war trefflich gewählt. Zwischen dem aufstrebenden Los Angeles, das man in einer Stunde mit dem Wagen erreicht, und dieser Gegend liegen Welten.

Im Tal verlief der Camino Real, die Straße der Könige, die von den ersten spanischen Siedlern als Verbindung zur Missionsstation angelegt worden war. Sie reichte vom San Fernando Valley bei Los Angeles bis San Francisco, über Hunderte von Meilen in Richtung Norden. Diese alte, gewundene Straße war in Thousand Oaks von Motels und Gasthöfen gesäumt. Nach und nach entstand eine unzusammenhängende und unansehnliche Ansiedlung im Conejo-Valley. Aber es war nicht die Stadt selbst, die mich und Debby in diese Gegend zog, sondern das an Vieh und Pferden reiche Tal. Besonders aufregend bei der Fahrt durch den kleinen Ort fanden wir eine große Scheune, auf der geschrieben stand: ›Louis Goebel – Importeur und Exporteur von wilden Tieren‹. Dann entdeckte ich das Reklameschild ›World Jungle Compound‹ sowie eine Tafel mit der Aufschrift: ›Löwen-Farm‹. Zirkuskarren parkten auf einem abgelegenen Platz, Elefanten waren im Freien angepflockt, Löwen und Tiger an Eichenstämme gekettet. Ein Plakat ›Jungleland‹ lockte: ›Eintritt 1 $. Begegnen Sie den wilden Tieren, die Sie schon als Filmstars kennen‹.

Ich war dreißig, frisch verheiratet, ohne Geld und ohne Arbeit, aber jetzt hatte ich ein Zuhause gefunden. Wir besorgten uns das Telefonverzeichnis von Thousand Oaks, das nur einige Seiten umfaßte und die Überschrift trug: ›Thousand Oaks, Newbury Park, Lake Sherwood und Umgebung‹. Ich blätterte in den gelben Seiten am Ende des Verzeichnisses und schaute unter ›Tierärzte‹ nach. Die einzigen Adressen darin verwiesen auf Orte außerhalb dieses Gebietes. Im Conejo-Valley gab es keinen praktizierenden Tierarzt.

»Hier sind wir richtig!« sagte ich zu Debby.

»Ja«, meinte sie. »Es sieht ganz danach aus.»

Wir lebten nun schon einige Monate in Thousand Oaks, als an einem Samstagabend ein Gemeindetanz in einem Zirkuszelt stattfand, welches auf dem Gelände von Jungleland aufgestellt worden war. Ich staunte über das bunte Völkchen, das sich hier einfand. Da gab es das Jungleland- und Zirkusvolk, die übliche Ansammlung von Kleinstädtern, ein paar Schriftsteller und einen Filmregisseur aus Lake Sherwood, einige Filmstars, die eine Ranch im Tal besaßen, Cowboys von den Pferde- und Viehfarmen und gammelige Typen aus heruntergekommenen Stadtwohnungen wie aus den Bergen. Es war auch viel Prominenz da: der Filmstar Joel McCrea, die Cowboys Gerald Barris und Buster Naegele, die Reiterin Belle Holloway, der Hufschmied Pete Kelley, der Viehzüchter Bob Elders, die Tigerdompteuse Mabel

Stark und andere. Als Debby und ich uns dazugesellten, sagte Debby: »Ob es wohl noch mal einen Ort gibt mit so einer gemischten Gesellschaft?«

Mir wurde plötzlich klar, daß dies unsere Stadt war, die Stadt, in der wir leben und eine Praxis gründen wollten, wo wir mitwachsen und Kinder großziehen würden. Hier konnten wir uns mit Tieren und ihren Besitzern ein Leben lang befassen. Wir waren jung und blickten gespannt und voller Zuversicht in die Zukunft – und was für Abenteuer lagen noch vor uns!

Seit ich Carl Akeleys Buch ›Löwenland‹ mehrmals gelesen hatte, war ich mit dem nächtlichen Gebrüll afrikanischer Löwen vertraut. Jetzt, da ich in Thousand Oaks lebte, begeisterte mich Nacht für Nacht eine der beeindruckendsten Serenaden der Natur. In Jungleland gab es vierzig afrikanische Löwen, nur wenige Ecken von uns entfernt. Das Brüllen, das Akeley so eindrucksvoll beschrieben hat, begann ganz sanft, doch allmählich wurde es lauter und durchdringender. Dieses rhythmische Ritual weckte Urinstinkte in mir, besonders dann, wenn das Gebrüll von vierzig Löwen im Chor zu einem Crescendo anschwoll. Das Adrenalin raste durch meinen Körper, an Schlaf war nicht zu denken. Wenn der Höhepunkt erreicht war, ließ das Brüllen an Lautstärke und Dauer rasch nach, um schließlich in einem leisen Hustenton zu enden.

In meinen Kindheitsträumen hatte ich im Safarizelt die Töne der Steppe vernommen – nun wurden sie in meiner neuen Tierarztpraxis in Kalifornien Wirklichkeit. Tagtäglich hatte ich es nicht nur mit Haustieren, sondern auch mit Exoten aller Arten zu tun.

Als ich eines Abends nach Hause kam, sah ich, daß ein Lastwagen voller Straußenvögel vor meinem Haus parkte. Ein andermal war nachts ein großer männlicher Orang-Utang aus Jungleland ausgebrochen und wollte durch die Hintertür das Haus eines Nachbarn betreten. Er klopfte sanft an. Als die Dame des Hauses die Tür öffnete, sah sie sich zu ihrem Entsetzen einem grunzenden, vierhundert Pfund schweren, spitzbauchigen Monster gegenüber, das mit langem braunrotem Zottelhaar bedeckt war. Sie warf die Tür zu und verriegelte sie. Danach rief sie mich in hysterischer Aufregung an und bat um Hilfe. Bevor ich jedoch kam, war der diabolisch dreinschauende, doch zahme Orang-Utang wieder vom Jungleland-Personal ohne Widerstreben nach Hause gebracht worden.

Bald nachdem wir uns niedergelassen hatten, schafften wir uns einen zweiten Hund an, einen krankhaft egozentrischen Dalmatiner namens Keno.

Keno übernahm ungefragt die Rolle unseres Hauswächters. Das Klingeln der Türglocke ließ ihn in blindem Eifer zum Eingang rasen. Die Zehenkrallen rutschten über das Linoleum und er bellte voller Wut, bis ihm der Atem wegblieb. Wenn wir die Tür nur wenige Zentimeter öffneten, um nachzusehen, wer gekommen sei, fing er an zu toben und versuchte seinen Körper durch den Spalt zu zwängen. Normalerweise baten wir den Besucher zu warten, bis wir den Hund in den Hinterhof verfrachtet hatten.

Eines Abends saßen Debby und ich beim Fernsehen, als die Türglocke ging. Keno sprang auf, versuchte sich gegen die Tür zu werfen und bellte wutentbrannt.

Wegen des rutschigen Linoleums konnte er nur allmählich in Fahrt kommen. Folglich erreichten wir beide gleichzeitig die Tür. Ich öffnete sie einen Spalt breit und spähte hinaus. Keno hörte sofort auf zu bellen, er winselte nur noch, senkte den Kopf, zog den Schwanz ein und schlich mit verlegener Miene in die Ecke.

Verwirrt öffnete ich die Tür. Vor mir stand Ralph Helfer, der später ein bekannter Tierdompteur bei Film und Fernsehen wurde. An einer Leine hielt er einen ausgewachsenen afrikanischen Löwen.

»Ich habe einen kranken Löwen«, sagte er. »Ist der Doktor da?«

Der Löwe wurde gesund, und auch er wurde berühmt – als Star der Fernsehserie ›Daktari‹: ›Clarence, der schielende Löwe‹.

»Ich habe Sie wegen der Beruhigungspillen angerufen!«

Der Oberst und sein Pferd

Ich bin ein Tiefschläfer. Darum wachte ich beim Läuten des Telefons nicht sofort auf, obwohl es neben meinem Kopf stand. Debby stieß mich an und murmelte schläfrig »Telefon« in mein Ohr, als es zum zweiten Mal klingelte.

»Hier spricht Colonel Thornton«, meldete sich eine besorgte Stimme. »›Prinz‹ geht es schlecht. Ich kann ihn nicht mehr auf die Beine kriegen.«

Zwanzig Minuten später war ich unterwegs zur Thornton-Ranch. Im Stall von ›Prinz‹ brannte Licht.

»Wenn es auch nur eine Chance von eins zu einer Million gibt, dieses Pferd zu retten, dann möchte ich, daß Sie es versuchen«, sagte der Oberst. »Er war schon bei der Olympiade, da waren Sie noch gar nicht auf der Welt.«

»Doch, ich war schon geboren, als die Olympiade stattfand. Aber ich war da noch zu jung, um mich heute daran zu erinnern«, entgegnete ich.

Der Colonel schaute mich prüfend an. Der große Kopf des Pferdes war in seinen Schoß gebettet. Das Maul war grau, die Lippen waren schlaff und geöffnet, der Gaumen war purpurn gefärbt und der Blick trübe vor Schmerz. Der Tod war nicht mehr fern.

Oberst Thorntons Gesicht hatte einen seltsam kindlichen Ausdruck und war tränenüberströmt.

»Im nächsten Monat wird er dreißig«, sagte der Colonel. »Sie können sich nicht vorstellen, was für ein prächtiges Pferd das ist – was für ein edles, großartiges Pferd! Ein ›Drei-Tage-Pferd‹, das bedeutet höchste Nervenanspannung, wie Sie wissen. Ich habe nie zu träumen gewagt, daß er einmal mir gehören würde. Man hat ihn mir vor ein paar Jahren gegeben, und er ist ein ganz toller Kerl. Immer kerngesund und folgsam. Er springt sogar noch und verweigert niemals. Nie macht er einen Fehler!«

Oberst a. D. Thornton hatte in zwei Weltkriegen bei der US-Armee gedient und war nun in Pension. Es war ergreifend, ihn hier auf dem Strohlager sitzen zu sehen, wie er den Kopf des sterbenden Pferdes im Schoß hielt und wie ein Kind weinte.

Der alte Hengst fand noch als Lehrpferd Verwendung, um Kindern die Grundlagen der Reitkunst beizubringen. Der Oberst hatte im Conejo-Valley die erste englische Reitschule eröffnet – etwas verfrüht, wie ich vermute, weil es schließlich finanziell kein Erfolg wurde. ›Prinz‹, der längst keine Turniere mehr bestritt, war so brav und zuverlässig, daß er im Gehöft frei herumlaufen durfte. Das tat er auch vor zwei Tagen, als der Futterraum gerade offenstand. In der Nacht hatte das alte Pferd fast einen Sack voll Gerste aufgefressen. Zur üblichen Zeit im Morgengrauen kam der Colonel in den Stall, um die Pferde zu füttern. Da lag ›Prinz‹ schon auf dem Boden und wälzte sich vor Schmerzen und Krämpfen.

»Wieviel hat er denn gefressen?« war meine erste Frage.

»Ich weiß nicht«, antwortete der Colonel betreten. »Ich bin nicht ganz sicher, aber es dürften nicht mehr als zwanzig Pfund gewesen sein.«

»Sind Sie sicher?« beharrte ich. »Es ist wichtig!«

»Nun«, sagte der Colonel, »vielleicht auch fünfundzwanzig Pfund, eher etwas weniger.«

»Verträgt er Getreide?« wollte ich wissen.

»O ja«, meinte der Colonel. »Er arbeitet jeden Tag und bekommt mindestens zwei Pfund zu jeder Mahlzeit.«

»Dann«, erklärte ich, »haben wir eine Chance. Aber er sieht so schlecht aus, als ob er weit mehr als fünfundzwanzig Pfund gefressen hätte. Es steht schlimm um ihn. Vielleicht ist es auch sein Alter.«

Die nächsten beiden Tage kam ich wiederholt zum Stall, um ›Prinz‹ zu behandeln. Ich tat alles für ihn, was in diesem Fall möglich war. Aber ich wußte von Anfang an, daß das Pferd verloren war, obwohl ich es, genau wie der Colonel, nicht zugeben wollte.

Am Abend des ersten Tages brach ›Prinz‹ zusammen. Zusätzlich zu seinen Leibschmerzen bekam das arme Tier noch furchtbare Schmerzen in den Hufen: die ersten Anzeichen einer schwer heilbaren Krankheit, die wir Hufrehe nennen.

»Es steht nicht gut um ihn», sagte ich zum Oberst, als wir um Mitternacht miteinander telefonierten.

»Bitte, kommen Sie nochmals«, bat er inständig. »Er hat schreckliche Schmerzen.«

Ich ging wieder hin und blieb bei dem leidenden Pferd und dem müden, schuldgeplagten Mann fast bis Tagesanbruch.

»Ich glaube, es besteht nicht mehr viel Hoffnung«, sagte ich. »Sogar wenn er es überleben würde, hätte er zerstörte Hufe. Er leidet sehr darunter. Dürfen wir ihm das zumuten?«

»Doktor«, sagte der Colonel leise, »ich möchte, daß das Pferd am Leben bleibt, und wenn es auch nur einen Schimmer von Hoffnung gibt, möchte ich, daß wir es noch weiter versuchen. Mein Leben lang bin ich Soldat gewesen. Ich gebe nicht auf. Wenn dieses Pferd reden könnte, würde es das gleiche sagen. Es hat eine Kämpfernatur und ist so furchtlos, wie ich noch nie ein Pferd gesehen habe. Wir beide sind einander sehr ähnlich. Wir würden lieber sterben als aufgeben.«

Widerstrebend behandelte ich ›Prinz‹ weiter. Er bekam Schmerzmittel, und vergeblich versuchte ich, den lebenszerstörenden Prozeß aufzuhalten. Nachdem das Pferd, der Colonel und ich nun schon zwei Tage gelitten hatten, konnte ›Prinz‹ nicht einmal mehr stehen. Er hatte sich nicht mehr vor Schmerzen gewälzt und sich aufgebäumt. Er stöhnte immer wieder auf, lag nur da und atmete angestrengt, die Lippen waren geöffnet, so daß man die alten gelben Zähne sehen konnte. Der alte Krieger lag im Sterben.

Der Colonel beugte sich vor und sagte: »Komm, alter Junge! Du bist noch nicht am Ende. Oh, was bist du doch für ein tapferer alter Kerl. Du kommst schon durch!«

Ich schüttelte den Kopf. Der Colonel weigerte sich, die Realität zu akzeptieren. Er hatte einen Fehler gemacht, wie er nur einem Anfänger unterläuft: er hatte den Futterraum nicht verschlossen. Nun konnte er, von Schuld gepeinigt, nicht begreifen, daß seine Unachtsamkeit dem Pferd, das er so liebte, zum Verhängnis geworden war.

Ich legte die Hand auf seine Schulter. »Colonel, wir müssen die Realität akzeptieren«, sagte ich ruhig. »Es wird Zeit, dem Tier einen letzten Dienst zu erweisen. Wir wollen es von seinen Schmerzen erlösen.«

Der Colonel schaute zu mir auf. Er hatte zwei Nächte nicht geschlafen. Seine Augen waren vor Sorge und Übermüdung gerötet. Er sah mir in die Augen und sagte: »Ich habe mich schon immer gefragt, ob es einen Gott gibt. Jetzt weiß ich's. Es gibt keinen. Gott könnte ein armes, unschuldiges Geschöpf nicht so leiden lassen.«

Dann vergrub er sein Gesicht in der Mähne von ›Prinz‹, der Abschiedsschmerz übermannte ihn, und er ließ seinen Tränen freien Lauf. Auch mir kamen die Tränen, als ich diesen ehemaligen Offizier so sah.

»Ich werde das Betäubungsmittel holen«, sagte ich, berührte seine Schulter und ging zu meinem Auto. Bevor ich noch die Spritze aufgezogen hatte, hörte ich auf einmal einen Klagelaut aus dem Stall und wußte, daß es vorbei war. ›Prinz‹ war gestorben.

Einen Tag später rief mich der Oberst an.

»Ich möchte mich für Ihre Mühe bedanken«, sagte er.

»Den ganzen Morgen habe ich mit dem Traktor auf der Weide unter den Eichen eine Grube ausgehoben, um ›Prinz‹ zu begraben. Ich muß Ihnen jetzt etwas gestehen. Als ich sagte, daß ›Prinz‹ nicht mehr als fünfundzwanzig Pfund Gerste gefressen habe, da wußte ich, daß das nicht stimmte. Sehen Sie, er hat einen vollen Zentnersack Gerste aufgerissen, und als ich ihn morgens antraf, waren nur noch etwa fünfundzwanzig Pfund drin. Ich war nicht so ehrlich, wie Sie es mir gegenüber waren. Ich weiß nicht, warum ich Ihnen nicht die Wahrheit sagen konnte, aber nun sollen Sie es wissen.«

»Natürlich habe ich sonst immer nur einen Dollar pro Meile berechnet – aber für die letzte Meile habe ich zwei Stunden gebraucht!«

Die undankbare Kuh

Aller Anfang ist schwer für einen jungen Tierarzt, der gerade seine Praxis eröffnet hat, zumal in einer ihm wenig vertrauten Gegend. In einer weitläufigen Landpraxis steht der neue Doktor erst einmal vor dem Problem, wie er sich seine Hausbesuche am besten einteilt.

Gewöhnlich schaue ich erst auf meine Besuchsliste, bevor ich entscheide, wo ich mit der Arbeit beginne. Fred Gibbons im Simi-Valley hatte seine Pferde zur Entwurmung angemeldet. Dort wollte ich meinen ersten Besuch machen und mich dann in Richtung Thousand Oaks zurückarbeiten. Nach dem Mittagessen ging es in entgegengesetzter Richtung weiter. Ich begann in Calabasas, und dann erledigte ich die Besuche auf dem Heimweg nach Thousand Oaks.

Nun war Fred gerade umgezogen, und ich notierte auf meiner Liste die neue Adresse: 1471 Peach Road. Die Peach Road war leicht zu finden, und langsam fuhr ich die Straße hoch, um mir die ungewohnte Gegend einzuprägen. Ich spähte nach der Nummer 1471 auf den Briefkästen. Da war die 1500, dann kamen die 1490er, die 80er, 70er, danach ein Orangengarten, der sehr verwahrlost war. Das nächste Anwesen mußte das von Fred sein.

Ich bog in die Einfahrt ein und stieg aus dem Auto. Ich ging die beiden Stufen hinauf und klopfte an die Tür. Eine junge Frau erschien, deren Haare in ein Handtuch eingewickelt waren. Sie musterte mich durch die Scheibe in der Tür.

»Ich bin Doktor Miller«, sagte ich strahlend. Das muß Freds Frau sein, dachte ich. Ich hatte sie noch nie gesehen.

»Ich habe mir gerade die Haare gewaschen«, erklärte

sie, während sie mit beiden Händen am Handtuch rubbelte. »Was kann ich für Sie tun?«

»Ich bin Doktor Miller«, wiederholte ich.

Sie schaute mich verwirrt an.

»Ich bin der Tierarzt!«

»Ja, und?«

Sicher hatte Fred ihr gesagt, daß ich kommen würde. Eigentlich hätte ich auch erwartet, daß er zu Hause war und mir half. Noch immer schien sie nicht zu begreifen. Sie stand hinter der Scheibe, hatte den Kopf in das blöde Handtuch eingewickelt und starrte mich an. Es war eine komische Situation.

Ich trat noch einen Schritt vor und breitete meine Arme aus, die Handflächen nach oben gerichtet, wie ein Priester beim feierlichen Hochamt. Dann verkündete ich:

»Ich komme, um die Würmer zu vernichten.«

Meine Worte hatten eine überraschende Wirkung. Die Hände der jungen Frau erstarrten am Handtuch, ihre Augen weiteten sich, ihre Lippen öffneten sich und zitterten. Das ganze Gesicht wurde bleich. Mein Lächeln erstarrte. Die Frau war wie gelähmt.

»Ich bin Doktor Miller und soll hier eine Herde von Pferden entwurmen. Ist Fred nicht zu Hause?«

Ihre Augen schlossen sich, und sie begann vor Erleichterung zu strahlen. Sie nahm eine Hand vom Handtuch und faßte damit an den Hals.

»O mein Gott«, stotterte sie. »O – o ja! Ich glaube, Sie müssen zum Haus gegenüber.«

»Danke schön«, sagte ich stirnrunzelnd, weil ich ihre Reaktion unverständlich fand, und ging zum Wagen zurück.

Nach einer Stunde kam ich wieder aus der Ausfahrt von Freds Anwesen. Dabei sah ich gegenüber am Zaun ein Plakat: ›Wurmzucht – Internationaler Export von Regenwürmern‹.

Offenbar war die Regenwurmzucht eine wichtige Industrie. Zufällig lag gegenüber von Freds neuer Pferdefarm – 1472 Peach Road! – eine der erfolgreichsten Regenwurmfarmen von Kalifornien. Sie versandte große Mengen von Würmern in alle Teile des Landes – ja sogar in die ganze Welt. Später erfuhr ich, daß die Würmer nicht als Fischköder, sondern zur Bodenverbesserung verwendet wurden.

Viel wichtiger als das Auffinden eines Anwesens ist es für den neuen Tierarzt, das Vertrauen der Klienten zu gewinnen und es sich zu erhalten.

Mir gefiel der alte Mr. Brossard ganz besonders. Er hatte rosarote Wangen und war ein rüstiger Achtziger. Der alte Mann lebte in einer winzigen Hütte am Rande der Stadt. Zum Einkaufen ritt er gewöhnlich auf einer alten Fuchsstute in die Stadt. Seine anderen Lebensgefährten waren einige Milchziegen und ein reizender australischer Schäferhund. Ich liebte den alten treuen Hund über alles, und da ich wußte, daß Mr. Brossard Rentner war, impfte ich das Tier jedes Jahr kostenlos.

Eines Tages rief der alte Mann an, um mir mitzuteilen, daß sein Hund sehr hinfällig sei, er müsse wohl eingeschläfert werden. Ich schlug ihm vor, er solle den Hund zu mir bringen, und ich würde ihm kostenlos eine Spritze geben.

»Ich habe keine Transportmöglichkeit, Doc!« sagte er. »Könnten Sie nicht einen Hausbesuch machen? Ich kann ihn ja nicht auf dem Pferd transportieren.«

Irgendwie widerstrebte es mir, einen Hausbesuch zu machen, zumal ich wußte, daß der alte Mann diesen zusätzlichen Einsatz ohnehin nicht bezahlen konnte.

Die Behausung war sehr eng, und es war ein wunderschöner warmer Tag, so daß ich beschloß, die Prozedur im Freien vorzunehmen. Der alte Mann wollte seinen treuen Begleiter zwar beerdigen, doch beim Einschläfern wollte er nicht dabei sein. Ich riet ihm mitfühlend, ins Haus zu gehen, während ich meine unerfreuliche Arbeit verrichten würde.

Ich zog eine Spritze auf, band das Bein ab und stach eine Injektionsnadel in die Beinvene des Hundes. Dann begann ich mit der Injektion. Plötzlich zog der Hund das Bein zurück, und ich verlor die Vene. Er hatte gerade so viel von dem Schlafmittel abbekommen, daß er in ein Stadium äußerster Erregung geriet, das gewöhnlich der Narkose vorausgeht und schnell überwunden werden muß. Sofort begann er hysterisch zu bellen, während er mit den Beinen wilde Fluchtbewegungen machte.

»Ruhig!« sprach ich ihm zu. Ich lag auf dem großen Hund, damit er am Boden blieb. Mit einer Hand hielt ich sein Maul zu, um sein Geschrei zu unterdrücken. Die Schreie kamen nun aus seinen Maulwinkeln, gleichzeitig machte er mich voll mit Urin.

Der alte Mann kam aus dem Haus.

»Was, zum Teufel, machen Sie mit Old Blue?« wollte er wissen.

Eine Frau kam aus einem gegenüberliegenden Haus.

»Was macht er mit Old Blue?« ereiferte sie sich.

Dann hielt ein Halbwüchsiger mit dem Fahrrad an und rief: »Lassen Sie den Hund los, Mister, lassen Sie das Tier in Ruhe!«

Ich ließ ihn los. Das Gezappel und Geschrei nahm immer mehr zu.

»Unternehmen Sie doch was!« brüllte der alte Mann.

Ich warf mich wieder auf Old Blue. Verzweifelt versuchte ich, eine Vene zu kriegen. Schließlich nach schier endlosem Kampf, injizierte ich den Rest des Barbiturats.

Währenddessen brabbelte der alte Mann voller Wut: »Was für ein schrecklicher Tod für Old Blue!«

Endlich lag der Hund friedlich da und war eingeschlafen.

Traurig packte ich meine Sachen zusammen. Noch mehr Nachbarn waren hinzugekommen. Sie starrten mich alle vorwurfsvoll an, als ich ganz geknickt wegfuhr.

Auch wenn wir Tierärzte gelegentlich solche Demütigungen einstecken müssen und unsere gutgemeinten Bemühungen einmal schiefgehen, versuchen wir eben das Beste daraus zu machen, wie folgende Geschichte zeigt.

Eine große St. Gertrudis-Kuh hatte einen Gebärmuttervorfall. Die Kuh war so groß, daß ich mich auf einen Block neben sie stellen mußte, um ihr am Schwanzansatz eine Betäubung ins Rückenmark zu geben.

Als ich eintraf, war die Kuh bereits im Behandlungsstand. Die einzige Person, die mir helfen konnte, war der kleine Bruder des Knechts. Er hatte einen schicken grünweißen Fußballdress an. Die weißen Teile strahlten nur so, und der Junge sah wie aus dem Ei gepellt und frisch gewaschen aus. Ich wollte, daß er den Schwanz hochhalte. Dabei ertastete ich die geeignete Injektionsstelle zwischen den ersten Schwanzwirbeln. Zimperlich faßte er den Schwanz an, ungefähr sechzig Zentimeter vom Ansatz entfernt.

»Näher ran!« sagte ich. »Pack den Schwanz dicht am Körper!«

Zögernd schob er seine Hand einige Zentimeter näher. Die Schwanzwurzel war natürlich mit Kot verschmutzt, und offensichtlich wollte er die Berührung damit vermeiden.

»Näher ran!« rief ich. »Greif besser zu, direkt am Ansatz!«

Seine Hand kam wieder einige Zentimeter dem Körper der Kuh näher.

»Schau«, sagte ich, »ein bißchen Kuhdreck wird dir doch nichts ausmachen. Pack den Schwanz so nah wie möglich am Ansatz und halt ihn hoch!«

Mit beleidigter Miene faßte er den dreckigen Schwanz an der richtigen Stelle, und so gelang mir die Injektion.

Ich zog den Schwanz der Kuh nach vorn. Dann machte ich meine Instrumente fertig und ging in den Behandlungsstand hinter die Kuh. Sie begrüßte mich mit gekrümmtem Rücken und schoß eine Ladung Kot nach mir ab – mit der Explosivkraft eines Wasserstrahls aus einem Feuerwehrschlauch.

Das kam so plötzlich, daß ich gar nicht mehr reagieren konnte, und weil die Kuh so groß war, traf sie mich mitten ins Gesicht. Ich trug eine luftige Mütze aus durchbrochenem Stoff. Durch die Löcher bekamen meine Haare den ganzen Dreck ab. Mein linkes Ohr war vollgefüllt, und ich konnte nichts mehr sehen. Unglücklicherweise hatte ich bei der Explosion den Mund geöffnet. Mein Overal war durchnäßt, und das Zeug lief auf meiner bloßen Haut herunter.

Ich rieb mir die Augen, bis ich wieder sehen konnte. Mein Helfer stand nun am Kopf der Kuh und musterte mich teilnahmslos. Er runzelte nicht die Stirn, er lächelte auch nicht. Sein Gesicht war völlig ausdruckslos. Nur in seinen Augen zuckte es verdächtig. Sicher würde er diese Geschichte am nächsten Morgen in der Schule zum besten geben.

Ich wischte mir den Mund mit der rechten Schulter, die irgendwie sauber geblieben war.

Ich beobachtete den Jungen. Ich fluchte nicht. Ich spuckte nicht. Ich tat überhaupt nichts, wischte mir die Augen und den Mund ab. Wie erstarrt standen wir uns gegenüber: Ich schaute ihn an, und er schaute mich an.

Dann sagte ich: »Schau her, es sieht übel aus. Es riecht übel. Es schmeckt übel – aber es tut nicht weh!«

Mit spitzer Feder

Mit meiner frischgegründeten Landpraxis in einer kleinen Stadt konnte ich zunächst nicht viel Geld verdienen. Es war für uns nicht leicht, über die Runden zu kommen.

Debby nahm eine Teilzeitarbeit an und trainierte ›Cutting Horses‹ im San Fernando Valley. Um meine Einkünfte aufzubessern, entschloß ich mich, Cartoons zu zeichnen. Ich hatte schon immer Karikaturen gemacht, aber das hat mir meistens nur Ärger mit meinen Lehrern eingebracht. Bevor ich Tiermedizin studiert hatte, habe ich nie versucht, meine Cartoons irgendwo zu veröffentlichen. Während meines Vorstudiums arbeitete ich in meiner Freizeit stundenweise als Geschirrspüler in der Cafeteria unserer Schule. Ich machte auch Hilfsdienste für einen Landvermesser. Nach der Schule verkaufte ich gelegentlich Eiscreme, und an den Wochenenden assistierte ich einem Tierarzt. Im Sommer war ich Erntehelfer auf dem Lande, und während der sonstigen Ferien übernahm ich jedwede Gelegenheitsarbeit. Ich war Caddy bei einem Golfclub, betätigte mich als Baumwollpflücker und half bei der Obst- und Gemüseernte.

Die Abfindung, die ich als G.I. beim Ausscheiden aus dem Militärdienst erhielt, hatte ich für mein Universitätsstudium aufgespart. Das war gut so, denn während des Studiums blieb mir keine Zeit mehr für einen Nebenjob. Das Geld reichte aber nicht, und so begann ich für Landwirtschafts- und Tierzuchtzeitungen Cartoons zu zeichnen. Diese Cartoons unterzeichnete ich mit ›Bob Miller‹.

Da ich auch als praktizierender Tierarzt hinter jedem Dollar herjagen mußte, zog ich es vor, die Cartoons anonym zu publizieren und zu verkaufen. Unter dem

Signum ›RMM‹ wurden sie in tierärztlichen Zeitschriften veröffentlicht. Meine Cartoon-Produktion lief gut, denn in meiner täglichen Praxis gab es genügend komische Anlässe. Mit der Zeit wollte ich nur noch so lange Cartoons veröffentlichen, bis mein Praxiseinkommen ausreichend war. Ich konnte mir damals nicht vorstellen, daß dieses Hobby zu einem Nebenberuf ausarten und schließlich in vier tierärztlichen Cartoon-Büchern seinen Niederschlag finden würde. Eine der Zeitschriften, für die ich arbeitete, deckte schließlich die Identität des anonymen RMM in einem Artikel auf, den sie ohne mein Wissen veröffentlichte.

In den rund dreißig Jahren meiner tierärztlichen Praxis habe ich Tausende von Cartoons veröffentlicht. Die Leute fragen mich oft, wie mir denn immer neue Zeichnungen einfallen können. Nun, schließlich habe ich eine der ergiebigsten und unerschöpflichsten Quellen für Cartoons, die ein tätiger Mensch nur haben kann: die tierärztliche Praxis. In welchem anderen Beruf kommt man denn tagtäglich in die komischsten Situationen?! Der Tierarzt hat doch das Leben in all seiner Vielfalt vor Augen. Er muß nur sorgfältig beobachten, den Humor herausholen und das Engagement und die Begeisterung für die eigene Arbeit einfließen lassen.

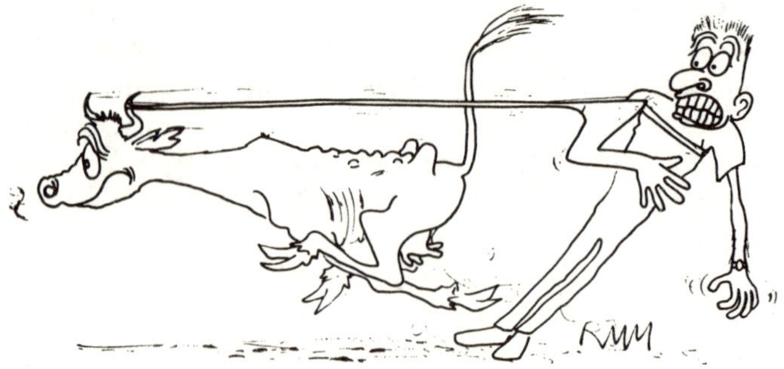

Der rasende Delphin

Als Kind konnte ich von Geschichten über das Meer nie genug bekommen. Die Ära des Walfangs faszinierte mich besonders. Immer wieder las ich ›Moby Dick‹ und alle möglichen anderen Bücher über Neuengland-Walfänger. Die Namen der Walfangschiffe von New Bedford waren mir vertraut, und meine Phantasie ließ sich von Bildern mit Nantucket-Schlittenfahrten und dem Atemblasen großer Wale anregen. Genauso beeindruckten mich die rauchenden Kessel für die Fettschmelze auf den rutschigen Decks, die von Öl verschmiert waren. Das Öl stammte von Walen, die dort abgehäutet und abgeschwartet wurden. Ihr Fett wurde als Brennstoff für Lampen verwendet.

Eines Tages wurde aus diesen romantischen Phantasien Wirklichkeit: drei Jahre lang war ich für den Pacific Ocean Park (POP) von Santa Monica, Kalifornien, tätig. Ich behandelte dort verschiedene Seesäugetiere, die Touristen-Attraktionen des POP. Zu meinen Patienten gehörten dressierte Delphine, Seelöwen, Robben und ein Beluga (eine Delphinart, die volkstümlich der weiße Wal genannt wird) sowie Schimpansen, ein Elefant, eine Hundedressurgruppe und andere Tiere.

Da der Park fast hundert Kilometer von meiner Praxis in Thousand Oaks entfernt war, übernahm ich die tierärztliche Verantwortung unter drei Bedingungen: Alle Besuche sollten am Abend stattfinden, damit meine reguläre Praxis nicht darunter litt. Meine Anweisungen sollten auch befolgt werden (manche Wildtiertrainer halten sich nicht an die Anweisungen eines Tierarztes). Und drittens sollte ich nach eigenem Ermessen noch andere Kollegen konsultieren dürfen.

Eines Tages zeigte ein Konkurrenzunternehmen als Attraktion einen dressierten Pilotwal mit seinen Künsten. Der Besitzer des POP wünschte sich ebenfalls eine Waldressur. So kam es, daß ich zu einer Reihe von Walfang-Expeditionen eingeladen wurde.

Wie wir später erfuhren, fängt man einen Wal am besten, wenn man ihn in eine Falle lockt, während er in der Nähe des Schiffbugs spielt. Anfangs dachten wir daran, das Tier mit Beruhigungsmitteln gefügig zu machen.

Ich kaufte ein Narkosegewehr und modifizierte die Narkosespritzen so, daß die Nadeln einen Widerhaken hatten. Als Beruhigungsmittel verwendete ich zunächst Nikotin. Die Firma, die das Gewehr herstellte, vertrieb auch ein Nikotinpräparat, das schon bei verschiedenen Wild- und Haustieren erfolgreich angewandt worden war. Dies alles war noch vor 1960, und damals gab es noch keine modernen Beruhigungsmittel für den Tierfang, Tranquilizer oder Psychopharmaka.

Zuvor war ich nur zweimal zur See gefahren, auf einem Truppentransporter nach Europa und wieder zurück, und das war immerhin schon über ein Dutzend Jahre her. Nun befand ich mich also auf einem Fischerboot vor der Küste Kaliforniens und kreuzte in den Gewässern um die Channel Islands, die von mehreren tausend Pilotwalen bevölkert werden. Aber Wale sind schwer aufzuspüren.

Am ersten Tag stand ich meist auf der Brücke und hielt eifrig nach Pilotwalen Ausschau. Wiederholt glaubte ich, welche zu sehen, aber die erfahrene Mannschaft identifizierte meine ›Wale‹ entweder als Wellenschaum, Seelöwen, Treibholz, Haifische, Rochen oder Sonnenbarsche.

Am zweiten Tag begann ich mich zu langweilen und verzog mich mit einem Buch unter Deck. Da hörte ich auf einmal unseren Kapitän, einen professionellen Walfänger, von oben etwas rufen, was mich in Aufregung versetzte.

»Er bläst!«

Ich spurtete an Deck. Und da waren sie: eine Schule von zwei oder drei Dutzend Pilotwalen, die anmutig das

Wasser vor unserem Bug durchpflügten und dabei ihren Atem ausstießen. Der Kapitän stellte sich auf die Bugplattform, mit einer Harpune, die einen kleinen abnehmbaren Kopf hatte. Endlich kam ein Wal in Reichweite, und der Kapitän harpunierte ihn. Der Kopf der Harpune löste sich, und sobald der Wal tauchte, ging ein Seil mit in die Tiefe. Am anderen Ende des Seils war eine Boje angebracht, die von dem tauchenden Wal unter Wasser gezogen wurde.

Man stoppte die Maschinen, und wir trieben ungefähr zwanzig Minuten lautlos auf dem ruhigen Meer. Dabei spähten wir in alle Richtungen, um den Wal beim Wiederauftauchen auszumachen. Eine Viertelmeile entfernt tauchte er endlich auf. Er zog am Seil, wie man an der Boje sehen konnte. Die Maschinen wurden wieder angeworfen, und wir verfolgten das Tier, das erneut tauchte, als wir näherkamen.

»Diesmal wird er nur zehn Minuten unten bleiben«, versprach der Skipper. »Aber ich glaube nicht, daß der Doc einen Schuß auf ihn abgeben kann, solange er auf dem Schiff ist. Doc, möchten Sie nicht allein hinausgehen und sich auf dem Beiboot ganz ruhig verhalten? Ich glaube, dann haben Sie vielleicht Glück.«

Ich begab mich also in ein kleines Beiboot, und das Schiff entfernte sich von mir. Plötzlich war ich mutterseelenallein, und ringsum war es unglaublich still. Irgendwann fuhr ich über den Wal hinweg und versuchte dabei, in das dunkle Wasser hinabzuschauen. In großer Entfernung sah ich den Rest des Walrudels um mich kreisen und blasen. Die Spannung steigerte sich ins Unerträgliche.

Auf einmal fielen mir die Geschichten wieder ein, die ich als Junge gelesen hatte, von auftauchenden Walen, die die Fangboote zerschmetterten.

Endlich tauchte der Wal auf. Er war etwa fünfzehn Meter von mir entfernt, und ich schoß eine Harpune ab, die ihn fast genau hinter der Rückenflosse traf. Der Wal tauchte sofort, aber nach einigen Minuten kam er wieder nach oben und begann von mir wegzuschwimmen. Ich warf den Motor an und überholte den Wal.

Ich schnappte mir die Boje und zog die halbe Länge des Seils ins Boot. Die Bewegungen des Wals erlahmten allmählich. Ich hatte ihm nur die halbe Dosis injiziert, die ich nach seinem mutmaßlichen Gewicht berechnet hatte, natürlich auch, weil wir nicht wünschten, daß das Tier ertrank. Wir wollten ihm gerade so viel verpassen, daß er ruhig wurde und uns ins Netz ging. Das Schiff war weit weg, und ich machte mich durch Winken bemerkbar, weil ich wußte, daß man mich mit Ferngläsern beobachtete.

Der betäubte Wal kämpfte verzweifelt, um nicht unterzugehen. Er hatte seine Bewegungen nicht mehr unter Kontrolle. Langsam zog ich mich am Seil zu ihm heran. Das große Schiff schien keine Anstalten zu machen, sich mir zu nähern.

Da erkannte ich, daß die anderen Wale sich auf mich zu bewegten. Sie kreisten an der Wasseroberfläche und waren offensichtlich sehr verwirrt. Unser Gefangener mußte ihnen Notsignale geschickt haben, denn immer mehr Wale von verschiedener Größe schlossen sich einem engen Kreis von aufgeregten Tieren an.

Plötzlich erinnerte ich mich, daß diese Säuger eine große Intelligenz besitzen. Sie bilden soziale Strukturen und sind imstande, miteinander zu kommunizieren. Mein Jagdfieber und der Eifer, einen lebenden Wal einzufangen, wurden von einer Woge der Schuld hinweggespült. Ich quälte dieses Tier und empfand Mitleid auch mit den bekümmerten Walen, die trotz meiner Anwesenheit ihren angeschlagenen Kameraden nicht im Stich lassen wollten. Ich fürchtete außerdem, daß der Wal untergehen könnte, bevor das Schiff uns einholte, und natürlich bangte ich auch um meine eigene Sicherheit. Was würde mir in dem kleinen Boot passieren, wenn die Tiere auf die Attacke gegen einen ihrer Kumpane mit Zorn oder gar mit Rachsucht reagierten, wie wir Menschen es zu tun pflegen? Schließlich besaßen auch diese einfachen Wesen einen Verstand und Gefühle und konnten genau wie ich Furcht und Schmerz empfinden. Plötzlich wollte ich dem Wal die Freiheit zurückgeben.

Die Wirkung des Nikotins hatte nachgelassen. Die Bewegungen des Tieres waren wieder koordiniert. Ich kappte das Seil, und die orangefarbene Boje tanzte frei auf den Wellen. Als der vom Kampf ermüdete Wal sich zu seinen Kameraden gesellte, die ihn freudig umkreisten, hatte ich einen Kloß im Hals.

Meeressäugetiere, insbesondere Delphine und Wale, sind wundersame Wesen. Ich glaube, die Beobachtung und Erforschung des Verhaltens dieser Tiere ist eine wunderbare Tätigkeit, die auch mir gefiele. Ihre Intelligenz, ihr Gemeinschaftssinn und ihre Gutmütigkeit sind sehr beeindruckend.

Im Jahre 1959 begann ich diese Tiere zu behandeln. Über Meeressäugetiere war tiermedizinisch noch wenig bekannt. Einige von uns Tierärzten in den Staaten, die sie betreuten, hielten zwar ständigen Kontakt zueinander, aber wir tappten alle doch ziemlich im dunkeln. Als Spezialisten waren wir für die Gesundheit dieser wertvollen Tiere in den Meereszoos von Kalifornien und Florida verantwortlich. Doch keiner von uns wußte genau, was er tat. Immerhin: Wenn wir uns auf unsere tiermedizinischen Kenntnisse verließen und auf die Erfahrung, die wir mit anderen Tierarten machten, dann gab es ganz passable Ergebnisse, was unseren ungewöhnlichen Patienten zugute kam.

Die Tiere im POP litten an Augenverletzungen, Ernährungsstörungen, Hautinfektionen und Verletzungen. Manchmal verschluckten Delphine Fremdkörper, was zu unstillbarem Erbrechen führt. Einmal brachte man einen Delphin in diesem Zustand auf einer Tragbahre im Krankenwagen nach Thousand Oaks. Zum ersten Mal in der Geschichte wurde ein solches Tier mit Barium-Kontrastbrei gefüttert, und man unterzog seine Innenorgane einer Röntgenuntersuchung. Damals wurde dieses Tier zu meinen Freunden Dr. Larson und Dr. Brisbane gebracht, die ein großes Röntgengerät besaßen.

Delphinen verabreicht man Injektionen normalerweise in die Rückenmuskulatur, während man bei den meisten Tierarten in der Regel in den dicken Gesäßmuskel über dem Oberschenkel injiziert. Aber Delphine haben ja keine Beine, ihre entsprechenden ›Beinmuskeln‹ sind zur Schwanzmuskulatur umgeformt. Für mich war es daher logisch, daß man einem Delphin die Injektion vorzugsweise in dieses große Muskelpaket gab statt in die schwächere Lendenmuskulatur.

So verfuhr ich auch, als ich das nächste Mal einem Delphin Penicillin spritzte. Ich hielt es jedenfalls für eine gute Idee. Nun enthält Penicillin auch Procain, ein Mittel zur örtlichen Betäubung, das die Penicillinaufnahme an der Injektionsstelle verzögert. Unglücklicherweise injizierte ich das Penicillin in der Nähe eines großen Nervs, der dadurch gelähmt wurde. Der Delphin bekam Schlagseite und hatte Mühe, sich über Wasser zu halten. Und da er ja ein atmendes Säugetier ist, drohte mein Patient zu ertrinken.

Ich stieg an der niedrigsten Stelle ins Bassin und versuchte dem kreischenden und sich wehrenden Tier zu helfen.

Delphine sind nicht nachtragend, und als ich bis zur Taille im Wasser stand und den Delphin abstützte, um ihn vor dem Ertrinken zu bewahren, entwickelte sich eine Art Zwiesprache zwischen uns. Ich sagte ihm, wie leid es mir täte, daß ich an ihm herumexperimentiert hätte, daß ich in bester Absicht eine weniger schmerzhafte Injektionsstelle gesucht hätte und daß ich bei ihm bleiben würde, bis er sich wieder erholt hätte. Die Furcht des Delphins vor dem Ertrinken verflog. Er entspannte sich und gab vielfältige Töne von sich, die nicht wie Angstschreie klangen. Von Zeit zu Zeit schaute er nach seinem Schwanz, ob er wieder zu gebrauchen sei. Als alle Funktionen wieder da waren, sah man ihm seine Freude darüber deutlich an.

Von halb neun Uhr abends an stand ich viereinhalb Stunden im Wasser, bis die lähmende Wirkung des Procains abgeklungen war und der Delphin aus eigener Kraft wieder schwimmen konnte. Seither habe ich nie wieder versucht, in die Schwanzmuskeln zu spritzen, die für den Delphin so wichtig sind.

Damals wurde ich hin und wieder von einem jungen texanischen Tierarzt namens Dr. Sam Ridgway wegen der Behandlung von Meeressäugetieren um Rat gefragt. Er ist heute einer der erfahrensten Spezialisten auf dem Gebiet der Meeressäugetier-Medizin und hat ein ausgezeichnetes Buch darüber geschrieben.

Damals war er Zivilangestellter bei der US-Navy, die sich auch für den Einsatz von abgerichteten Delphinen – volkstümlich auch Tümmler genannt – interessierte.

Die Marineforschungsstation befand sich in Point Mugu, etwa fünfunddreißig Kilometer von Thousand Oaks entfernt. Wenn Sam Ridgway Ferien machte, empfahl er mich als Vertretung. Während seiner Abwesenheit war es oft vorgekommen, daß die Marinestation mich um Rat fragte, aber ich mußte nie einen Besuch dort machen – mit einer Ausnahme.

»Sam ist verreist, und wir haben da ein Problem«, sagte der Offizier am Telefon. »Wir machen Experimente mit Tümmlern, denen wir die Augen verschlossen haben, mit Saugnäpfen aus Silicon-Gummi, die genau auf die Augen passen. Und nun ist einer abgefallen, und der Tümmler hat ihn verschluckt. Können Sie herkommen?«

»Ich werde gleich da sein!« Ich freute mich, weil ich wieder einmal Gelegenheit bekam, einen Delphin zu behandeln, und dann war ich natürlich auch neugierig auf all die geheimgehaltenen Einrichtungen der Marine.

Die Wache ließ mich mit meinem Wagen passieren, und durch mehrere Tore gelangte ich zum Ufergelände. An einem Dock, nahe der Absperrung der Lagune, war ein Swimming-pool aus Plastik aufgestellt – das größte Schwimmbecken, das ich je gesehen hatte. Es war rund und breit, aber nur etwa 1,30 Meter tief. Im Bassin befand sich ein Flaschennasen-Delphin, der graue, lächelnde ›Flipper‹ aus der bekannten Fernsehserie. Mühelos drehte er seine Runden im Becken.

»Sind Sie sicher, daß er die Blende verschluckt hat?« fragte ich.

»Natürlich«, bestätigte der junge Offizier.

»Wir sahen, wie er das Ding hinunterschluckte. Sam sagt, daß ein Fremdkörper in den Eingeweiden die häufigste Todesursache bei Tümmlern ist.«

»Das stimmt«, bestätigte ich. »Aber es ist erst eine oder zwei Stunden her, seit es passiert ist, und das Ding ist zu groß, um den Magen passieren zu können. Ich glaube, daß ich es wieder herauskriege, wenn ich das Tier zum Erbrechen bringe.«

»Prima«, sagte der Offizier, »dann bringen Sie es zum Erbrechen.«

»Gut«, meinte ich. »Einem Hund gebe ich als Brechmittel normalerweise Apomorphin. Das will ich auch hier versuchen.«

Ich durchwühlte meinen kleinen Notfallkoffer und fand ein Röhrchen mit Morphium-Tabletten, aber nur eine leere Apomorphin-Ampulle.

»Verdammt noch mal, ich bin sicher, daß Apomorphin ein Brechmittel ist, aber ich weiß nicht, ob man mit Morphium dasselbe erreichen kann.«

Genaugenommen wußte ich nichts über die Wirkung dieser Stoffe bei dieser Tierart. Anscheinend weiß das auch sonst niemand. Erst neulich habe ich wieder – vergeblich – nach einer Information gesucht.

Ich erklärte dem Offizier vom Dienst: »Sehen Sie, bei manchen Tierarten, wie zum Beispiel beim Hund, verursacht Morphium Erbrechen. Danach beruhigt sich das Tier und fühlt sich wieder wohl. Bei anderen Arten, wie bei der Katze, verursacht Morphium wilde Erregung.«

»Nun«, meinte der Offizier, »dieser Tümmler hier apportiert Stöcke und Bälle, das sieht doch mehr nach Hund als nach Katze aus, nicht wahr?«

»Und dann wedelt der Delphin auch noch mit dem Schwanz«, kommentierte ein Matrose.

Das klang so komisch wie logisch, und außerdem lag hier ein Notfall vor.

Vier Matrosen in Taucheranzügen gingen ins Bassin und hielten den Tümmler behutsam fest, während ich ihm die Spritze verabreichte. Ich nahm die entsprechende Hundedosis als Richtlinie. Die Leute verließen das Bassin, und wir alle beobachteten erwartungsvoll das Tier. Zehn Minuten lang passierte nichts. Dann vollführte das Tier allmählich schnellere Schwimmbewegungen. Es schoß leichtgewichtig durchs Wasser, immer an der Bande des runden Beckens entlang, und blies regelmäßig. Das Ausatmen erfolgte explosionsartig, und fast gleichzeitig atmete das Tier wieder ein.

Ich merkte nun, daß der Delphin öfter blies. Er schwamm schneller, wie unter einem Zwang, und sein Kielwasser war eine schäumende Welle. Das Blasen wurde noch häufiger und noch kräftiger, das Wasser im Bassin begann überzuschwappen. Statt beim Auftauchen nur den Rücken mit der Rückenflosse aus dem Wasser zu heben, sprang der Delphin mit dem ganzen Körper über die Wasseroberfläche hinweg. Er hätte leicht aus dem Bassin herausspringen können, blieb jedoch auf Kreiskurs. Seine Schläge peitschten das Wasser, und er erreichte eine rasante Geschwindigkeit.

Das Plastikbassin schwankte und schwappte infolge der rhythmischen Wellen, die der Tümmler verursachte. Matrosen, ziviles Personal und ein durchnäßter

Tierarzt stemmten sich gegen die Wände des Bassins. Der Tümmler wurde wie ein amoklaufender Torpedo immer schneller.

»Das Bassin platzt!« schrie ein Mann.

»Stoppen Sie das Tier!« brüllte ein Offizier. »Gehen Sie ins Wasser und fangen Sie es ab!«

Sofort sprangen die Matrosen in ihren Taucheranzügen wieder ins Bassin. Sie grapschten vergeblich nach dem glitzernden, grauen Körper, wenn er an ihnen vorbeischoß.

»Helfen Sie mir!« schrie ein großer, stämmiger, junger Froschmann. Er stellte sich dem wie wahnsinnig im Wasser wirbelnden Delphin in den Weg. Die anderen reihten sich hinter ihm auf.

Ich traute meinen Augen nicht. Die Schnauze eines Delphins ist bei Höchstgeschwindigkeit eine fürchterliche Waffe. Sie kann sogar einen großen Hai außer Gefecht setzen.

Der erste Matrose fing die Schnauze in der Armbeuge, wie einen Rugbyball. Die hinter ihm Stehenden wurden zurückgestoßen, aber sie verloren nicht den Stand und hielten das Tier fest. Man fesselte es auf eine Bahre. Es zitterte, vibrierte, quietschte und schnaubte – doch es erbrach sich nicht.

»Ich brauche etwas Nallin«, sagte ich in meiner Verzweiflung zu dem Offizier.

»Was ist das?«

»Es ist ein Gegenmittel bei Morphiumvergiftung. Schnell, bringen Sie mich zum Marinekrankenhaus!«

Man brachte mich schleunigst in einem Jeep zum Krankenhaus. Ich rannte in die Empfangshalle in meinem triefend nassen Overall. Drei Matrosen in Taucheranzügen begleiteten mich.

Ein perplexer junger Arzt schüttelte ungläubig den Kopf und versuchte meine Geschichte zu verstehen.

»Das ist dringend!« bettelte ich. »Ich bin Tierarzt. Wir haben bei einem Delphin eine unerwartete

Reaktion auf Morphium. Ich brauche das Nallin sofort!«

»Ein Delphin?« stotterte der Doktor. »Da draußen? Im Meer? Sie haben Morphium gespritzt? Warum? Damit er erbricht? Damit ein Delphin erbricht?«

Einer der Matrosen wollte mir helfen. »Ja! Er hat seine Augenblende geschluckt. Sie ist ungefähr faustgroß und aus Gummi. Es sieht aus wie eine BH-Einlage. Das Ding ist nun im Magen!«

»Eine BH-Einlage?« sagte der verstörte Arzt und schaute von mir auf den tropfnassen Froschmann.

Bis man die Situation begriffen hatte und ich zahllose Formulare unterschrieben hatte, um das Nallin zu bekommen, war die Morphiumwirkung längst verpufft. Der Delphin schwamm wieder selig in seinem Becken.

Sam rief mich zwei Wochen später an.

»Wissen Sie, daß das Stück Silicon-Gummi immer noch im Magen des Delphins ist?« sagte er. »Ich habe ihn geröntgt und kann es klar erkennen.«

»Wie wär's denn, wenn man es mit einer Magensonde herausfischen würde?« schlug ich vor. »Sie könnten sich vom Krankenhaus des Stützpunktes eine borgen.«

»Ich glaube, die sind nicht gut auf uns zu sprechen«, witzelte Sam. »Sie reden immer noch von Froschmännern und irgendwelchen BH-Einlagen. Ich fürchte, sie haben einen ziemlichen Schock bekommen.«

»Das tut mir sehr leid«, sagte ich.

»Ach was, mir tut's gar nicht leid!« entgegnete Sam. »Ich hatte schon immer gerne wissen wollen, welche Wirkung Morphium bei einem Delphin hat!«

Praxis auf Rädern

In den ersten paar Jahren machte ich ausschließlich Hausbesuche. Für die Betreuung von Vieh und Pferden war das die eingeführte Praxisart. Mein Caravan war meine Praxis, und darin wie in meiner Arzttasche war alles verstaut, was ich für die Hunde- und Katzenpraxis benötigte.

Die chirurgische Arbeit machte dabei am meisten Mühe. Wenn es das Wetter erlaubte, benutzte ich die Heckklappe des Caravans als Operationstisch, meistens aber ein Bügelbrett im Haus des Tierhalters. Schwierige chirurgische Eingriffe wurden gewöhnlich an Tierkliniken in der Stadt überwiesen. Aber die meisten Routine-Operationen führte ich auf dem Bügelbrett aus.

Jappy war ein süßer schwarzer Spanielmischling, sie hatte einen zurückstehenden Unterkiefer und wedelte immerzu mit dem Schwanz. Wenn man sie ansprach, bewegte sich ihr kleiner Schwanz so heftig, als wollte sich ihr Vorderkörper vom Hinterteil trennen. Während Jappy auf mich zuging, wackelte das Hinterteil von einer Seite zur anderen, und es schien, als habe es Schwierigkeiten, mit dem übrigen Körper Schritt zu halten.

Jappy gehörte einem reizenden Rentnerpaar um die Sechzig, Emil und Helen Klein. Sie machten mit mir einen Operationstermin aus, ich sollte Jappy in ihrem Haus sterilisieren.

Ich betäubte die lustige, zwei Jahre alte Spanielhündin und legte sie auf dem Bügelbrett in die richtige Position. Gerade als ich mit einer Haarschneidemaschine die Haare am Bauch abschnitt, bemerkte ich, daß Jappy läufig war.

»Ja«, sagte Frau Klein, »wir haben es so lange hinausgeschoben, bis es zu spät war. Ist das ein Problem? Kann sie jetzt nicht sterilisiert werden?«

»Man kann es dennoch tun«, antwortete ich, »aber die Geschlechtsorgane sind während der Brunst stark vergrößert, so daß wir sehr aufpassen müssen. Es ist natürlich riskanter, die Operation zu machen, aber nun liegt die Hündin schon in der Narkose, und ich habe alles vorbereitet. Also machen wir eben weiter!«

Einige Minuten später wünschte ich mir, ich hätte den Eingriff verschoben. Beim Versuch, den rechten Eierstock in die Operationswunde vorzulagern, um ihn absetzen zu können, riß die Arterie zum Eierstock ab, und in wenigen Augenblicken war der Bauch der Hündin voll Blut.

Die Kleins saßen mir vertrauensvoll gegenüber auf der anderen Seite des Raums. Ich war froh, daß sie mein Gesicht nicht sehen konnten, weil es unter der Operationsmaske verborgen war. Ich sagte keinen Ton, aber in größter Sorge tupfte ich das Blut aus dem Bauch. Ich erweiterte die Operationswunde und suchte nach dem blutenden Gefäßstumpf. Nach einer Weile entdeckte ich ihn und brachte die Blutung mit einer Arterienklemme zum Stillstand. Erleichtert band ich den Stumpf sorgfältig ab.

»Um Gottes Willen«, sagte Frau Klein. »Ich hatte ja keine Ahnung, daß dabei so viel Blut fließen würde. Das ist wirklich eine große Operation, nicht wahr?«

Frau Klein hatte recht. Eine Sterilisation ist sicherlich ein größerer chirurgischer Eingriff im Bauch. Aber die Tierärzte machen allgemein nicht viel Aufhebens davon, weil sie so häufig operieren. Wenn jedoch, wie bei Jappy, einmal etwas danebengeht, dann merkt man wieder, daß eine Sterilisation eben doch ein größerer Eingriff ist.

Jappy hat sich gut von ihrer ›Bügelbrett-Operation‹ erholt und ist fünfzehn Jahre alt geworden.

Nach Hunderten von Hausbesuchen bei Kleintierhaltern und Dutzenden von Operationen auf dem Bügelbrett konnte ich eines Tages eine Praxis in Thousand Oaks einrichten, worüber ich sehr glücklich war. Nach kurzer Anlaufzeit baute ich sie zur Klinik aus. Zunächst war alles recht bescheiden. Aber dann wünschte ich mir, für meine Großtierpraxis genauso gut eingerichtet zu sein.

Als ich 1956 mein Studium beendet hatte, machten die meisten Großtierpraktiker ihre Besuche mit dem Auto. Während der sechziger Jahre kam ein Veterinär-Clinomobil in Gebrauch, das von verschiedenen Firmen hergestellt wurde. Diese Fahrzeuge werden heute von den meisten amerikanischen Tierärzten benutzt. Ein Aufbau aus weißem Fiberglas wird auf die Pritsche eines kleinen Lastwagens, einem sogenannten ›Pickup‹, gesetzt. Die Clinomobile sind normalerweise mit fließendem Wasser, einem elektrischen Kühlschrank und mit Fächern ausgestattet, in denen die verschiedensten Ausrüstungsgegenstände untergebracht sind, die der Großtierpraktiker dabei haben muß. Außerdem gibt es noch genügend Platz für Medikamente, Wurfseile, Hufbestecke, große Zahnbehandlungsinstrumente, geburtshilfliche Instrumente und alle möglichen anderen Utensilien.

Sobald ich es mir leisten konnte, gab ich meinen Caravan auf und kaufte mir ein solches Clinomobil. Es war das erste westlich des Mississippi, und meinen Klienten fielen die Augen aus dem Kopf, sobald sie das Waschbecken mit fließendem Kalt- und Warmwasser sahen, den Sauerstofftank und all die anderen Raffinessen, mit denen es ausgerüstet war.

»Das schaut ja wie ein Eiscremwagen aus!« sagten manche Leute, die mich darauf ansprachen. Und als ich einmal in der Nachbarstadt ein Haus suchte, wo ich ein krankes Fohlen behandeln sollte, da fixierte mich doch tatsächlich die Fahrerin eines Eiscremwagens ziemlich giftig. Sie stemmte die Hände in die Hüfte und starrte mit vorgeschobenem Unterkiefer finster auf den vermeintlichen Konkurrenten.

Allen Carling-Smith war ein Rancher. Er besaß eine Herde von hornlosen Herdford-Rindern im Hidden Valley. Auf seiner Ranch war ich mehrmals in der Woche. Allen empfing mich unbeirrt mit den Worten: »Bitte geben Sie mir zwei Erdbeereiskugeln«, obwohl die meisten meiner Klienten meinen Eiscremwagen längst akzeptiert hatten. Das ging so einige Monate lang. Schließlich packte ich einige Eiscremkugeln ins Gefrierfach meines Clinomobils. Beim nächsten Mal, als Allen wieder Eis von mir haben wollte, stieg ich aus dem Führerhaus des ›Pick-ups‹, öffnete das Gefrierfach und gab ihm ein Erdbeereis, ein Zitronen- und ein Orangeneis. Die Rechnung für die Tierbehandlung in diesem Monat erhöhte ich um fünfzehn Cent mit der Bemerkung: ›Für Speiseeis‹.

Inzwischen hat man sich an die tierärztlichen Clinomobile in den ländlichen Gebieten Amerikas so gewöhnt, daß sie von niemandem mehr als Eiscremwagen verspottet werden. Um fünf Cent kann man allerdings auch keine Eisportion mehr kaufen.

Ein Kalb mit zwei Köpfen

»Hier spricht Keller's Jungle Killers. Können Sie bitte so schnell wie möglich herkommen?« Die Stimme am Telefon klang sehr aufgeregt. »Unsere Katzen, mit denen wir im Zirkus auftreten, sind alle vergiftet worden.«

›Keller's Jungle Killers‹ war eine Zirkusattraktion mit großen Raubkatzen der verschiedensten Art.

Nach der Dringlichkeit in der Stimme des Anrufers zu schließen, mußte etwas Furchtbares geschehen sein. Ich lief sofort zu meinem Wagen und fuhr nach Agoura. Die Keller Ranch lag im Tiunfo-Canyon, tief in den Santa-Monica-Bergen, einem Gebirgszug vor der Küste, der uns vom Pazifik trennt.

Wenn damals Pferde oder Rinder verendeten, wurde deren Fleisch als Futter für die in Gehegen gehaltenen Wildtiere verwendet. Man setzte als selbstverständlich voraus, daß der Verzehr dieses Fleisches keine Gefahr für Fleischfresser bedeutete. So hatte zum Beispiel ›Jungleland‹ einen kostenlosen Abholdienst eingerichtet, um verendetes oder getötetes Vieh aus ganz Südkalifornien heranzuschaffen. Der Hauptanteil dieses Fleisches wurde an Dutzende von Großkatzen verfüttert, die hierzulande gehalten wurden.

Das war auch den Tierärzten bekannt, und jedesmal, wenn ein Tier aus Tierschutzgründen getötet werden mußte, wurde der Besitzer gefragt, was mit dem toten Tier geschehen solle. Wenn man uns sagte, daß ›Jungleland‹ das Tier abholen werde, mußten wir dem Tierhalter klarmachen, daß sein Tier nicht auf die übliche Art durch intravenöse Injektion einer Schlafmittelüberdosis getötet werden dürfe. In diesem Falle wäre der Tierkadaver giftig und seine Verfütterung schädlich. Statt dessen wurden solche Tiere dann mit einem Kopfschuß aus einem Gewehr getötet. Dann war das Fleisch nach der

Zerlegung vollkommen ungefährlich und als Futter für die Großkatzen geeignet.

Alle paar Jahre kam es aber doch zu einem Unglück. Entweder weil ein Tierarzt, der neu in unsere Gegend kam, nicht wußte, was mit dem getöteten Tier geschehen würde und daß der Tierhalter ›Jungleland‹ mit der Tierkörperbeseitigung beauftragt hatte. Oder weil der Tierbesitzer den Tierarzt irrtümlich um eine Narkose bat und ihm sagte, daß der Kadaver vergraben oder an eine Tierkörperbeseitigungsanstalt abgeliefert werde. Später, wenn das Tier tot war, besann sich der Besitzer eines anderen, nachdem der Tierarzt vom Hof gegangen war und er die Kosten für die Abholung seines Tieres tragen mußte. Dann rief er bei ›Jungleland‹ an, verschwieg die Todesart des Tieres und erklärte einfach, er habe ein totes Tier, das er kostenlos abholen lassen wolle.

So konnte es immer wieder einmal vorkommen, daß ein vergiftetes, totes Tier zerlegt und an Großkatzen verfüttert wurde. Dies mußte offensichtlich auch bei ›Keller's Jungle Killers‹ passiert sein. Als ich auf der Keller Ranch eintraf, kamen mir der Eigentümer, der Trainer und einige Nachbarn aufgeregt und verzweifelt entgegen. Die Keller-Nummer bestand aus einer gemischten Gruppe von zehn Großkatzen. Ein Tiger, ein schwarzer Panther, zwei Löwen, ein Leopard und ein Puma zeigten schwere Vergiftungserscheinungen. Sie begannen mit Gleichgewichtsstörungen und verstärkten sich bis zu tiefer Bewußtlosigkeit. Die übrigen vier Tiere – ein Tiger, zwei weitere Pumas und ein Jaguar – hatten nur leichte Anzeichen einer Vergiftung. Der Hofhund Hexy hatte ebenfalls etwas Fleisch gefressen und zeigte Symptome einer Vergiftung.

Es dauerte einige Zeit, bis ich all diese Tiere untersucht hatte und mit der Behandlung bei denen beginnen konnte, die am dringendsten Gegenmittel benötigten. Ein Bengal-Tiger – ein Prachtexemplar, das einige hundert Pfund wog – war am schlimmsten dran. Er war im Koma, hatte keinerlei Reflexe mehr und atmete unregelmäßig – ich fürchtete um sein Leben. Eine junge Frau aus der Nachbarschaft, eine geprüfte Krankenschwester, verbrachte die ganze Nacht freiwillig bei dem Tiger. Ich führte einen Katheder in die Vene ein und fesselte ihn, um intravenöse Infusionen zu verabreichen. Ich gab Anweisung, den Tiger warm zu halten und ihn halbstündlich umzudrehen, um einem Blutstau in den Lungen vorzubeugen. Er bekam auch Antibiotika gegen Lungenentzündung. Von früheren Erfahrungen her wußte ich, daß dies den Zustand häufig komplizierte. Die größte der Großkatzen baute das Barbiturat nur sehr langsam ab, und mir war klar, daß bei diesem Tiger das Bewußtsein tagelang nicht wiederkehren würde, falls er überhaupt mit dem Leben davonkam.

Auch der schwarze Panther war so schwer betroffen, daß ich ebenfalls um sein Leben fürchtete.

Am zweiten Tag wußte ich, daß alle Tiere mit Ausnahme des Tigers durchkommen würden. Der Tiger war noch in tiefem Koma und wurde intravenös ernährt, und noch immer konnte ich keine Anzeichen des wiederkehrenden Bewußtseins erkennen. Selbst wenn er überleben sollte, fürchtete ich, daß eine Dauerschädigung des Gehirns zurückbleiben könnte.

Die Krankenschwester erbot sich, noch eine Nacht im Tigerkäfig zu verbringen; es bildete sich schon eine Gruppe Freiwilliger, um das bewußtlose Tier zu betreuen. Alle aber äußerten die Befürchtung, der Tiger könne plötzlich zu sich kommen, während sie noch im Käfig seien. Ich wußte, daß das nicht möglich war, aber ich konnte ihre Besorgnis gut verstehen. Vor einigen Monaten nämlich hatte ich versucht, bei einem der anderen Tiger die Körpertemperatur im After zu messen. Er war um einiges kleiner als der Erkrankte. Man brachte ihn in einen Zwangskäfig, und er protestierte gewaltig gegen die Untersuchung, allerdings erfolglos, weil er zwischen den beweglichen Seitenwänden des Käfigs festgehalten wurde und sich nicht drehen konnte. Ich konnte seinen Schwanz nicht richtig ergreifen, und so riet ich, ihn nach hinten zu treiben und dazu ein Brett vor ihn zu stellen. Ein starkes Brett wurde vor seine Brust geklemmt, und als ich den Schwanz anhob, um das Thermometer einzuführen, biß er das Holz auseinander. In diesen Kiefern steckt eine furchtbare Kraft.

Endlich gesundete auch der Bengal-Tiger, aber er brauchte zwei Wochen, weil er noch eine Lungenentzündung dazubekam. Dank intensiver Pflege, massiver Dosen von Antibiotika (Chloramphenicol) und ständiger Überwachung erholte er sich. Nach einem Monat trat er wieder auf.

Der schwarze Panther gesundete schneller, und ein Jahr später erwies er mir seine Dankbarkeit, indem er mir die Zähne in den Unterarm schlug. Noch heute sieht man die Narben.

Gerade durch den Umgang mit Zirkustieren und Wildtieren konnte in meinem Praxisleben keine Langeweile aufkommen.

Sogar direkt hinter unserer Tierklinik gab es ein Zirkusunternehmen – der John-Strong-Zirkus hatte dort sein Hauptquartier. Wenn man zur Hintertür der Klinik hinausging, konnte man die bunt angemalten Zirkuswagen sehen und den angeketteten indischen Elefanten.

John Strong hatte eine Reihe von Mißgeburten gesammelt, die zu seiner Raritäten-Schau gehörten. Einige Notrufe, die ich erhielt, waren darum, gelinde gesagt, ziemlich ungewöhnlich.

So zeigte man mir zum Beispiel eines Tages ein Schaf mit sechs Beinen. Auf der Patientenkartei befand sich der Eintrag: Gebrochener Mittelfußknochen des rechten überzähligen Beines.

Es würde mich wundern, wenn noch ein Tierarzt auf

dieser Erde jemals zu einem aufgeblähten Kalb mit zwei Köpfen gerufen worden wäre. Die Strongs hatten ein gesundes Kalb. Es war ungefähr neun Monate alt und hatte zwei Köpfe. Diese waren mit den Gesichtshälften zusammengewachsen. Das Maul war bei jedem vollständig ausgebildet und vom anderen getrennt. Die beiden Schädel hatten ein gemeinsames zentrales Auge, also waren es insgesamt drei Augen, die alle, wie ich feststellen konnte, normal sehen konnten.

Eines Tages also war das Kalb aufgebläht, und sein Besitzer war verständlicherweise in Sorge – ein Kalb mit zwei Köpfen gibt es schließlich nicht oft. Blähungen behandelt man gewöhnlich dadurch, daß man eine Magensonde durch das Maul einführt, damit die Gase aus dem Magen entweichen können. Durch die Sonde kann man dann auch direkt Medikamente in den Magen eingeben. Das Problem war nur, daß ich nicht wußte, welchen Kopf ich behandeln sollte. Ich fragte daher John, ob das Kalb mit beiden Mäulern fresse.

»Nein«, sagte er, »nur mit dem linken, aber beim Kauen machen beide die gleichen Bewegungen, obwohl das Futter nur im linken Maul ist.«

Danach führte ich die Sonde durchs linke Maul in den Magen und behandelte damit erfolgreich die Blähung.

Weil nun viele Menschen gern gepökelte Kalbszunge essen, fragte ich Mr. Strong, ob er diese ungewöhnlichen Tiere nicht weiterzüchten wolle.

»Ich weiß da noch etwas Besseres, Doc«, meinte er, »ich habe einen vierbeinigen Gockel, den möchte ich an Colonel Sanders verkaufen.«

Colonel Sanders ist Begründer und Inhaber von ›Kentucky Fried Chicken‹. In Europa würde sich vielleicht der ›Wiener Wald‹ dafür interessieren.

Vorsicht bei Schimpansen

Ich habe keine Angst vor Tieren. Sonst wäre ich nicht Tierarzt geworden und hätte mich nicht auf eine solche Vielzahl von Tierarten spezialisiert. Dennoch gab es unter den Tieren auch welche, die mich das Fürchten lehrten, weil sie besonders angriffslustig und hinterhältig waren. Dazu gehörten nicht nur exotische Tiere, sondern auch Hunde, Katzen, Pferde und Rinder.

Vor allem aber erinnere ich mich an einen gefährlichen Merino-Schafbock, der – zur Freude seines Besitzers – schon mehrmals Leute angegriffen und umgerannt hatte. Sie hatten den Fehler begangen, seine Koppel zu betreten. Der Tierhalter nannte den Bock seinen ›Wachhund‹ – er bewachte nicht nur sein Eigentum, sondern vertrieb auch die Familie eines Nachbarn aus ihrer Küche, als er eines Tages ausbrach.

Wer fürchtet sich schon vor Schafen. Bei diesem Bock aber mußte man sich vorsehen! Er jagte mich einmal auf den Zaun, wobei er meinen Knöchel noch erwischte und gegen einen Pfosten quetschte. Glücklicherweise erwischte das Tier auch einmal seinen Besitzer. Er stieß ihn zu Boden, wo er in Dreck und Mist fiel. Der Bock trampelte auf ihm herum und richtete ihn dabei übel zu. Kurz danach wurde ich gerufen, um den Bock zu kastrieren. Diese Operation machte mir besonderes Vergnügen.

Wenn man auch mit exotischen Tieren zu tun hat, muß man besonders vorsichtig sein. Ich betone aber nochmals: Ich mag diese Tiere dennoch, und gewöhnlich jagen sie mir keine Furcht ein. Nur eine Tierart fürchte ich samt und sonders, nämlich Schimpansen. Junge Schimpansen sind unproblematisch. Mit erwachsenen Tieren verhält es sich jedoch anders. Ich habe begründete Angst vor erwachsenen Schimpansen, besonders vor den männlichen.

Es macht mir Spaß, zu einem Elefanten, Löwen oder Gorilla zu gehen, aber ich muß mich doch sehr zusammenreißen, wenn ich einen ausgewachsenen Schimpansen untersuchen soll. Ich versuche meine Angst zu verbergen. Ich bemühe mich, zuversichtlich zu erscheinen, lache und scherze und tätschele lässig die niedere breite Stirn. Ich schaue dem Tier ins Gesicht und tue so, als ob die großen weißen Eckzähne und der verschlagene, hinterhältige Blick aus den so menschlichen Augen mir nichts ausmachten. Schimpansen haben den Charakter eines teuflischen Menschen, eines gemeingefährlichen Irren mit dem Intelligenzquotienten eines vierjährigen Kindes, aber der Kraft eines russischen Gewichthebers. Ich zittere, wenn sie meine schlanke Hand in ihre großen Pratzen nehmen. Wenn das Tier in ›liebevoller‹ Umarmung seine langen haarigen Arme kraftvoll um meinen Körper schlingt, komme ich mir wie eine Jungfrau vor, die sich gegen einen lüsternen Mann wehrt, der über sie herfällt.

Früher liebte ich Schimpansen. Ich behandelte viele von ihnen in meinen ersten Praxisjahren, aber das waren alles nette kleine Kerlchen. Sie gefielen mir als Patienten.

Eines Tages jedoch fragte mich ein Dompteur, ob ich seinen fünfjährigen männlichen Schimpansen behandeln könne. Nachdem ich bereitwillig zugestimmt hatte, warnte mich der Dompteur: »Dies ist ein erwachsener Schimpansenmann, und er ist sehr ungehobelt.« Ich versicherte ihm, daß ich bereits früher Schimpansen behandelt habe und mir deswegen keine Sorgen mache.

Der Zirkusschimpanse wurde mit anderen Genossen in einem langen, schmalen Raum gehalten. An einer Wand waren Käfige aufgereiht, und in jedem Käfig saß ein schreiender und lärmender Affe. Der zu behandelnde Schimpanse wog etwa 85 Pfund, nicht gerade ein sehr großes Tier, aber seine Arme und Handgelenke waren stärker als die seines Trainers.

Ich untersuchte das Tier ohne Zwischenfälle und kündigte an, daß ich dem Affen eine Spritze geben müsse. Der Trainer steckte seinen Daumen in das Maul des Affen und hielt ihn am Unterkiefer fest, so daß er seine Nase vor dem Gesicht des Affen hatte. »Der Doktor wird dir eine Spritze geben«, erklärte er dem Affen. »Wenn du dich bewegst, reiße ich dir den Kopf ab, und wenn du mich beißt, bringe ich dich um.« Ich gebe diese Drohung hier nur sinngemäß wieder. Der Trainer hatte sie ziemlich obszön formuliert.

Dann kam noch ein Helfer, ebenfalls ein Dompteur, und stellte sich hinter den Schimpansen. Er packte das Tier mit einem Doppel-Nelson wie ein Catcher und murmelte: »Los, Doktor, spritz ihn!«

Ich war ein wenig verdrossen über diese vielen Vorsichtsmaßnahmen und hielt alles für unnötigen Aufwand. »Schaut«, sagte ich, »das ist doch nicht notwendig. Ich werde ihm in sein Hinterteil eine Spritze geben, er wird's nicht mal merken.«

Ich stand hinter dem zweiten Trainer, der mir den Rücken zuwandte und den Schimpansen verdeckte, den er im Schwitzkasten hielt. Der Schimpanse mußte meine Worte verstanden haben, denn er zog sofort seinen Fuß weg und packte mich am Fußgelenk.

»Los, Doktor, die Spritze!«

»Ich kann nicht, er hat meinen Fuß gepackt!«

Ich war überrascht über die Kraft dieses Klammergriffs. Meine Fessel schien wie von einem Stahlseil umspannt. Ich konnte mich nicht befreien und kickte mit dem freien Fuß an das Bein des Affen, weil ich dachte, ich könnte seinen Fuß wegstoßen. Statt dessen schnellte sein zweiter Fuß zurück, schnappte sich die Fessel meines anderen Fußes, und mit einem starken Ruck zog er mir die Füße weg, daß ich zu Boden ging. Das muß schon recht komisch ausgesehen haben. Zuerst kam der

Trainer, der den Schimpansen am Unterkiefer festhielt, dann der Schimpanse, dann der Helfer, der den Affen im Doppel-Nelson hielt, als letzter saß ich auf dem Boden und hatte das Gefühl, als steckten meine Füße in einem Schraubstock. Mir war das zwar peinlich, doch ich hatte keine Furcht. Ich mußte sogar über diese groteske Situation lachen. »Er hat mich geschnappt«, sagte ich zu den Trainern, »aber jetzt kriege ich ihn.«

Ich spickte die Nadel in den Oberschenkel des Schimpansen und spritzte ihn rasch.

Was dann kam, war wie eine Explosion. Der Schimpanse schrie, aber erstaunlicherweise biß er nicht in den Daumen des Trainers, den er ja im Maul hatte. Dann riß er sich los. Der Helfer, der ihn noch immer von hinten festhielt, fiel auf den Rücken, überschlug sich, und der Schimpanse hockte sich auf ihn. Ich war aus der Umklammerung befreit und rutschte auf dem Hosenboden rückwärts den Flur entlang. Der Schimpanse streckte beide Arme nach mir aus, um mich wieder zu schnappen. Nervös versuchte ich zu entkommen. Der einzige Ausgang des Raums war blockiert durch den Affen und die beiden mit ihm kämpfenden Männer, die den Schimpansen nun am Boden festhielten. Der Trainer wog 155 und sein Helfer fast 200 Pfund. Ich war überrascht, daß der Schimpanse mit seinen 85 Pfund die beiden Männer abwechselnd vom Boden abhob. Die Kraft in seinen Armen war unfaßbar. Ich muß kreidebleich geworden sein, als mir klar wurde, daß der Schimpanse seine zwei Bändiger gar nicht beachtete. Er schaute nur auf mich und angelte nach mir. Er wollte nur *mich*!

»Laßt ihn ja nicht los!« befahl ich aufgeregt.

»Wir kriegen das schon hin, Doc!«

Nach ein paar aufreibenden Minuten schafften die Männer das zeternde Tier in seinen Käfig zurück.

»Kann ich noch etwas helfen?« fragte ich scheinheilig.

»Nein, bleiben Sie ja weg. Wenn Sie näher kommen,

machen Sie ihn nur noch wilder. Er hat's nämlich nur auf Sie abgesehen!«

Ich kam nicht näher. Ich schlich mich ängstlich in die hinterste Ecke und kam mir vor wie ein junges Mädchen, das von zwei Helden vor einem Geschick bewahrt worden ist, das schlimmer als der Tod gewesen wäre. Schließlich war der Affe wieder in den Käfig bugsiert – bis auf seinen rechten Arm. Als sich der Trainer gegen die Käfigtür stemmte, griff der Schimpansenarm nach mir, und die Hand grabschte und krallte in meine Richtung. Die Käfigtür konnte schließlich mit Gewalt geschlossen und verriegelt werden, und der Schimpanse hörte auf zu heulen und glotzte mich bösartig an. Die Gitterstäbe hielt er mit seinen kräftigen Fingern umfaßt und rüttelte grimmig an ihnen.

Die beiden Männer wischten sich den Schweiß von Stirn und Nacken. Ich schlich mich seitwärts an ihnen vorbei und verabschiedete mich erleichtert.

»Ich hab Ihnen ja gesagt, daß er ungehobelt ist, Doc«, sagte der Trainer.

»Tex«, erwiderte ich, »eins will mir nicht in den Sinn: warum hat er niemals versucht, jemanden von euch beiden zu verletzen? Er gebärdete sich wie eine Furie, doch seinen ganzen Ärger hat er an mir abreagiert. War das Ernst oder nur Imponiergehabe? Ich weiß, daß Affen gern eine furchteinflößende Schau abziehen, um einen Eindringling einzuschüchtern. Wenn er an mich herangekommen wäre – glauben Sie, daß er zurückgewichen wäre, wenn ich mich ihm gestellt hätte?«

»Doktor Miller«, sagte der Trainer geradezu feierlich, »wenn uns dieses Tier ausgekommen wäre, hätte es Ihr Gesicht vom Schädel gerissen, und zwar in wenigen Sekunden.«

Seitdem habe ich Angst vor Schimpansen.

Schimpansen-Trainer berichten mir, daß sie ihre Schützlinge total beherrschen müssen, um sie unter Kontrolle zu halten. Wenn ein Schimpanse seinem Trainer nicht vertraut, ihn nicht voll respektiert und außerdem fürchtet, dann verliert der Dompteur schnell die Kontrolle über ihn. Aus diesem Grund können viele dressierte Schimpansen auf der Bühne nicht mehr auftreten. Das ist meist der Fall, wenn sie ausgewachsen sind und anfangen, ihren eigenen Willen durchzusetzen, besonders die männlichen Tiere, die geschlechtsreif geworden sind.

Schimpansen sind nicht nur furchterregend, ich glaube sogar, daß sie ein Komplott anzetteln können.

Als ich noch Tierarzt für den ›Pacific Ocean Park‹ war, gab es Varieté-Vorstellungen, in der auch Schimpansen auftraten. Drei junge Tiere, die in niedlichen Anzügen steckten, boten eine Schau, die das Publikum sehr ergötzte. Einer der Schimpansen trat in einem Drahtseilakt auf. Mitten auf dem Seil sollte der Affe zum Publikum hinunterschauen, wobei er in die Hände klatschte und scheinbar in panischer Angst heulte. Kindern gefiel dieser Auftritt besonders. Die Zuschauer wußten freilich nicht, daß hinter der Bühne ein Mann mit einem Luftgewehr auf den Schimpansen zielte. Das trieb den Affen dazu, seinen Weg über das Drahtseil fortzusetzen.

Nach der Affennummer schloß immer eine besondere Attraktion das große Spektakel ab. In einem Sommer kamen sogar drei Todesspringer aus Acapulco. Sie bestiegen einen dreißig Meter hohen Turm – der allerdings in Wirklichkeit ›nur‹ fünfundzwanzig Meter hoch war – und machten von dort oben atemberaubende Kopfsprünge in ein Bassin. Eines Abends verließen die Schimpansen wie immer nach ihrem Auftritt die Bühne. Dabei begegneten sie den drei Todesspringern, die in leuchtend scharlachrote Umhänge gehüllt waren. Als beide Gruppen hinter den Kulissen zusammentrafen, griff jeder Schimpanse einen der Männer an. Wie auf ein verabredetes Zeichen stürzten die drei Affen sich auf die drei Todesspringer. Ehe die Tiere wieder eingefangen werden konnten, brachten sie den Todesspringern ernste Bißwunden bei.

Es waren jugendliche Schimpansen, aber der Vorfall zeigt, zu welchem Verhalten diese Tiere fähig sind.

Manchmal braucht man, um einen Schimpansen zu behandeln, eher Geschicklichkeit als Kraft. Aber wir Menschen sollten doch in der Lage sein, einen Schimpansen zu überlisten, nicht wahr?

Jim Bedford besaß einen dressierten Schimpansen namens Jerry. Jerry trat im Varieté auf. Aber er hatte ein Problem: Er litt an Lampenfieber, und sobald sein Auftritt begann, bekam er schlimmen Durchfall, was ja eigentlich geradezu menschlich ist.

Ich wurde von Jim gerufen und machte bei Jerry einige Untersuchungen. Ich kam zu dem Ergebnis, daß das Problem des Affen ausschließlich psychisch bedingt war. Ich verschrieb Metropectin-Tabletten, die man vor dem Auftritt verabreichen sollte. Dieses Medikament enthält Kaolin und Pectin, die den Stuhl verfestigen sollen, dazu noch ein Anticholinergikum, das die Darmbewegungen herabsetzt, aber auch meist unangenehme Nebenwirkungen hat. Es kann zu Sehstörungen, Lichtüberempfindlichkeit und zu trockenen Mundschleimhäuten kommen.

Jim Bedford erklärte mir, daß der Schimpanse äußerst mißtrauisch sei und keinerlei Medikamente einnehmen würde, egal, wie sie schmeckten. Die fraglichen Tabletten hatten einen leicht kreidigen Zitronengeschmack. Da Schimpansen sehr intelligent und raffiniert sind, ist es keine leichte Sache, sie zu überlisten. Aber ich wollte es mit Jerry versuchen.

Eines Tages kam ich bei Jerrys Quartier vorbei. Ich trug Straßenkleidung und hatte einen weißen Papierbeutel mit rund tausend Metropectin-Tabletten dabei. Der Besitzer begrüßte mich. Dann gingen wir in den Garten, um zu reden. Jerry folgte uns.

»Wie geht es Ihnen, Jim?« fragte ich, kramte im Papierbeutel und mampfte dann eine Tablette. »Möchten Sie auch ein Bonbon haben?«

»Danke«, sagte Jim und nahm sich eine Handvoll Tabletten. Jerry begann dabei zu schreien, fuchtelte mit den Händen und schnitt Grimassen.

»Was will er denn?« fragte ich.

»Er will auch Bonbons, denke ich«, sagte Jim.

»Darf er ein paar bekommen?« fragte ich und zerbrach geräuschvoll eine Tablette.

Jerry kreischte gierig und begann wild herumzuhüpfen.

»Nicht, bevor er es verdient«, sagte Jim mit vollem Mund.

»Jerry, mach einen Purzelbaum! – Guter Junge! – Händeklatschen! Jerry, mach Handstand! Lauf auf Händen! Jerry, rauf auf den Baum! Große Schwünge, Jerry! Schaukle wie ein Affe! – Guter Junge! – Nun mach eine Verbeugung, gib Kußhand! Okay, hier hast du ein Bonbon!«

Jerry stopfte sich genußvoll die Pille ins Maul. Solange ich lebe, werden ich den Ausdruck in seinem Gesicht nicht mehr vergessen. Seine Miene verfinsterte sich. Er zog seine Unterlippe nach unten wie einen Lappen, zog die Pille wieder heraus, beäugte sie mißtrauisch, steckte angeekelt die Zunge heraus, und schließlich schielte er uns von der Seite an. Jim und ich beachteten ihn nicht, sondern zerbissen eine andere Tablette. Schließlich steckte Jerry die Tablette wieder ins Maul und würgte sie bedächtig hinunter. Dann – welch ein Triumph! – zeigte er zwar nicht allzuviel Begeisterung, verlangte aber mit Geschrei eine weitere Tablette.

Damit war es mit Jerrys Lampenfieber ein für allemal vorbei. Nur sein Chef fühlte sich danach nicht wohlauf. ich begegnete ihm eine Woche später wieder.

»Na, wie geht's denn so, Jim?«

»Gar nicht gut«, sagte er. »Ich habe eine schreckliche

Verstopfung, ich vertrage keine Helligkeit, und mein Mund ist ganz ausgetrocknet. Ich sitze die ganze Woche im Bad, ohne Licht, und trinke wie ein Fisch! Aber Jerry geht's bestens! Er nimmt immer seine Medizin, aber nur dann, wenn ich zuerst zugreife!«

Schimpansen mit Medikamenten zu behandeln ist immer eine riskante Angelegenheit, besonders die Verabreichung von Injektionen. Nach ersten schlechten Erfahrungen mußte ich einige Tricks lernen.

Ich erinnere mich an einen großen und bösartigen männlichen Affen, der in einem Lastwagen gebracht wurde. Der Trainer klärte mich darüber auf, daß es mein Leben kosten würde, falls ich versuchen sollte, das Tier zu spritzen. Um den Schimpansen ruhigzustellen, zog ich eine Spritze auf mit einem Tranquilizer, damit ich das Tier untersuchen konnte. Die Spritze gab ich dem Trainer. Dieser gab sie dem Affen weiter, der sich, wie auf Kommando, selbst spritzte. Noch des öfteren gab sich der Schimpanse selbst eine Injektion vor meinen Augen.

Dann gab es ein älteres Schimpansenpaar, das zusammen in einem Käfig von ›Jungleland‹ untergebracht war. Diese Tiere dienten nur Ausstellungszwecken. Sie waren undressiert und nicht zutraulich. Das männliche Tier hatte einen Zahnwurzelabszeß. Ich bot ihm eine Banane an, und als es durch die Gitterstäbe danach griff, spritzte ich rasch Phencyclidine in seinen Unterarm. Wütend zog der Schimpanse seinen Arm in den Käfig zurück, schlug auf den Boden und rannte im Kreis herum. Aber die Spritze wirkte nach wenigen Minuten, und der Schimpanse schlief friedlich, während ich ihm einen Backenzahn zog.

Viele Monate danach mußte das weibliche Tier behandelt werden. Mit einer Spritze in der rechten und einer Banane in der linken Hand, versuchte ich, es ans Gitter zu locken. Aber das männliche Tier, das sich an meine Behandlung erinnerte, zog die Schimpansin am Arm zurück und wollte sie von mir fernhalten. Sie widersetzte sich ihm jedoch und gab ihm lautstark zu verstehen, daß sie selber am besten wisse, was zu tun sei. Auf eine beinahe menschliche Art bettelte er und drohte ihr. Als wolle sie heftig für die Emanzipation der Frau demonstrieren, riß sie sich vom Männchen los und griff nach der Banane. Als ich ihr die Spritze in den Arm gab, schlug sich der Affenmann mit beiden Händen an den Kopf und schaute gen Himmel, als wollte er sagen: »Ich hab's dir doch gleich gesagt!«

Ein besonders groteskes Erlebnis hatte ich mit einem Schimpansen, und dies ist eine Geschichte, die ich nicht gern erzähle, weil sie mir niemand glauben will. Aber sie ist wirklich so passiert:

Eines Nachts klingelte um ein Uhr mein Telefon. Ein Mann mit einem fremden Akzent sagte mir, daß einige andere Tierärzte ihm empfohlen hätten, mich anzurufen. Der Mann rief seiner Frau zuliebe an, die einer arabischen Königsfamilie angehörte. Die Prinzessin hielt sich einen fünf Jahre alten Schimpansen als Haustier. Sie hatte das Tier bekommen, als es noch ein Baby gewesen war.

Die Schimpansenfrau lebte in einem großen Käfig im Hinterhof, durfte aber tagsüber mit der Familie speisen. Sie saß auf einem hohen Stuhl bei Tisch und benutzte Silberbesteck und eine Serviette. Sie durfte auch staubsaugen und den Rasen mähen.

Während des vergangenen Jahres war die Schimpansin mehrmals aus dem Käfig ausgebrochen. Sie verhielt sich nach ihrem eigenen Verhaltenskodex und weigerte sich, in ihren Käfig zurückzukehren. Tatsächlich zeigte ihr Fluchtweg deutliche Spuren von Vandalismus. Am Morgen, bevor ich gerufen wurde, war die Schimpansin wieder einmal ausgebrochen und unternahm einen Raubzug. Weder der derzeitige Ehemann noch die

Prinzessin konnten die kreischende, purzelbaumschlagende Übeltäterin wieder unter Kontrolle bringen. Schließlich rief die Prinzessin nach ihrem ersten Ehemann, der anscheinend ›elterliche‹ Besuchsrechte beim Schimpansen hatte. Ehemann Nr. 1 erschien bald, wie es sich für ein besorgtes und verantwortungsbewußtes Elternteil geziemt. Er schalt die eigensinnige Schimpansin und versuchte, den Affen an einer um den Hals geschlungenen Kette zum Käfig zu schleppen. Die Schimpansin, die nie zuvor einen Menschen verletzt hatte, wurde nun völlig wild und griff ihren ›Übervater‹ an. Dabei zerfleischte sie dessen Hand so sehr, daß er ins Krankenhaus mußte, um die Dienste eines Spezialisten in Anspruch zu nehmen. Der unerwartete Angriff entnervte die Prinzessin völlig und auch ihren derzeitigen Mann. Sie zogen das Ende der Halskette durch einen Zaun, und so hielt die Prinzessin acht Stunden lang das Tier am Zaun fest!

Währenddessen versuchte ihr Mann vergeblich, telefonisch Hilfe herbeizurufen. Er rief das Rote Kreuz an, die Polizei, die Feuerwehr, den Zoo, den Hausarzt, einen Psychiater und zahlreiche Tierärzte. Niemand war bereit zu helfen, aber verschiedene Veterinäre sprachen von einem Dr. Miller in Thousand Oaks, der Schimpansen sehr gern habe und ein Narkosegewehr besitze.

Zunächst dachte ich, daß sich ein Kollege einen Scherz mit mir erlauben wolle, aber die Verzweiflung des armen Mannes am Telefon überzeugte mich von der Ernsthaftigkeit seines Anrufs.

»Bitte kommen Sie!« bat er. »Die arme Frau ist der Erschöpfung nahe! Sie hat schon Blasen an den Händen. Bitte kommen Sie und helfen Sie uns! Wir zahlen jeden Preis!«

»Warum haben Sie die Kette nicht einfach an dem Zaun festgebunden?« fragte ich. »So könnte die Prinzessin die Kette loslassen!«

»O Doc«, schrie er, »Sie haben schon geholfen!«

Nachdem ich nun schon das Problem mit den wundgescheuerten Händen so glänzend gelöst hatte, erklärte ich mich begreiflicherweise auch bereit, einen dringenden Hausbesuch zu machen. Das Haus lag etwa siebzig Meilen entfernt an einem exklusiven Strand einer Vorstadt von Los Angeles.

Ich erreichte die märchenhafte Strandvilla ungefähr um 2.30 Uhr morgens. Ein schlanker Mann mit schwarzem Schnurrbart und die Prinzessin erwarteten mich vor dem Haus. Die Prinzessin war ungefähr einen Meter fünfzig groß und von ähnlichem Umfang, eine rundliche, dunkelhäutige Frau. Sie war in ein wallendes, durchsichtiges Haremsgewand gehüllt. Dazu trug sie Sandalen, deren Zehenteil spitz nach oben gebogen war. Als ich mein Narkosegewehr auspackte, kam ich mir wie ein Held aus Tausendundeiner Nacht vor.

»Wo ist der Schimpanse?« fragte ich.

»Hinter dem Haus«, sagten beide gleichzeitig.

Der Garten war von einem stabilen Holzzaun umgeben, der etwa 1,80 Meter hoch war. Das Paar war von ihrem Haustier so in Angst versetzt worden, daß sie mir nicht erlauben wollten, das Tor zum Garten zu öffnen.

»Was passiert, wenn er loskommt?« schrien sie. »Seien Sie vorsichtig, Doktor!«

Ich kletterte auf den Zaun und blickte auf ein weitläufiges Grundstück. Der größte Teil war als Garten mit Rasen und Blumenbeeten angelegt. In einer Ecke befand sich der Affenkäfig. Dieser Zwinger maß 2,5 x 2,5 Meter im Quadrat und war an der Vorderseite mit Maschendraht verschlossen. Eine Ecke des Käfigs war vom Affen aufgerissen worden, als er entfloh.

Näher beim Haus sah ich einen Swimmingpool, der mit Lampen gut ausgeleuchtet war. Ein 1,20 Meter hoher Maschendrahtzaun umsäumte das Bassin. An diesen Zaun war die Schimpansin angekettet. Da lag sie nun wie ein regungsloses, zusammengerolltes Knäuel. Ich öffnete das Tor und näherte mich der Schimpansin, hinter mir die ängstlichen Besitzer, die mich drängten, ja vorsichtig zu sein. Je näher ich herankam, desto deutlicher hörte ich ein rhythmisches Schnarchen. Der Affe reagierte nicht auf meinen Anruf. Schließlich berührte ich ihn, doch er schnarchte weiter in tiefer Bewußtlosigkeit.

»Haben Sie dem Schimpansen etwas eingegeben?« fragte ich. Tatsächlich hatten sie, bevor sie mich erreichten, ihren Hausarzt angerufen und ihn gefragt, ob sie dem Schimpansen nicht etwas von den Schlafmitteln der Prinzessin geben könnten. Der Doktor riet, einen Eßlöffel voll zu geben. Als die Prinzessin die Kette durch den Zaun zog, bot der Ehemann dem Schimpansen einen Eßlöffel von der Medizin an. Das Tier schnellte mit den Fingern durch den Zaun, grabschte die Flasche und leerte sie in einem Zug.

Ich stellte das Gewehr ab und las das Etikett auf der 50-ml-Flasche. Darauf stand der Name eines Arztes. Es war ein chinesischer Name, Dr. Yang-soo oder so ähnlich.

Ich telefonierte mit der Apotheke, aber niemand hob ab. Dann rief ich Dr. Yang-soo an. Er meldete sich schlaftrunken, und ich erklärte mit tausend Entschuldigungen mein Problem, obwohl ich wußte, daß er bereits mehrfach Anrufe wegen des Schimpansen hatte erdulden müssen.

»Sie soff die ganze Medizin aus«, sagte ich.

»Ooooh, da wild sie Plobleme bekommen«, sagte der Arzt. »Gloße Plobleme!«

»Was war denn in der Flasche?« fragte ich ängstlich.

»Elikasecunula«, antwortete er mit seinem chinesischen Akzent.

»Wie bitte?«

»Elicasecunula!«

»Was soll das sein?« fragte ich. »Ist das eine Pflanze?«

»Nein«, sagte er verärgert, »es ist ein Balbitulat!«

Aha! Ein Gedankenblitz: »Seconal-Elixier?«

»Ja, ja«, antwortete der chinesische Doktor.

Ich bedankte mich und entschuldigte mich nochmals für die Störung seines Schlafes. Dann verabreichte ich der Schimpansin Antibiotika, um einer Lungenentzündung vorzubeugen. Außerdem injizierte ich ihr das Weckmittel Coffein. Ich ließ zusätzliche Coffein-Spritzen zurück und gab Anweisung, den Affen warm einzupacken und ihn jede Stunde auf die andere Seite zu drehen.

Es war nun drei Uhr morgens, und ich nahm an, daß der Schimpanse nicht vor dem Nachmittag aufwachen würde und möglicherweise in die Klinik gebracht werden müßte, damit er Infusionen bekäme. Die Besitzer honorierten mich großzügig und waren dankbar für meine Bemühungen.

Am Abend desselben Tages rief ich an und freute mich, daß der Schimpanse völlig wach war und sich ziemlich normal verhielt. Die Prinzessin fragte mich, ob ich für ihr Haustier nicht eine neue Unterbringungsmöglichkeit wüßte, vorzugsweise bei einer Schaustellertruppe oder beim Zirkus.

»Sie wurde wie ein Kind aufgezogen«, erklärte sie mir, »und der Gedanke, daß sie in einem Zoo ihr Leben fristen muß, ist mir unerträglich. Sie kennt so viele Dinge, und sie reagiert auf alles. Aber ich kann sie nicht mehr länger halten. Das Risiko, daß jemand verletzt wird, ist zu groß.«

Ich nannte der Prinzessin die Namen verschiedener Personen, die dressierte Affen brauchen könnten. Am Anfang der Liste stand eine Ranch, die Tiere für Filmauftritte hielt und einen niedergelassenen Tierarzt namens Dr. Martin Dinnes beschäftigte. Er wurde später einer der führendsten Spezialisten für Zootiere in den USA.

Zwei Tage später rief mich die Prinzessin an, um sich für meine Hilfe zu bedanken. Sie teilte mir mit, daß Dr. Dinnes ihre Schimpansin übernommen habe.

Ungefähr fünf Jahre waren seither vergangen. Eines Tages saß ich bei einem Tierärztekongreß mit einer Gruppe von Zoospezialisten um den Hotel-Swimmingpool. Wir erzählten einander Geschichten über außergewöhnliche Vorfälle, die diese besondere Art tierärztlicher Praxis mit sich bringt. Marty Dinnes erzählte, wie ein Flußpferd aus seinem Gehege ausbrach und wie er zu Pferd das Tier einholte und seine Narkosepistole schwenkte.

Als das Gelächter nachließ, sagte Dr. Dinnes: »Bob, erzählen Sie doch die Geschichte von der Schimpansin!«

Ich gab sie zum besten, und am Schluß fragte Marty Dinnes: »Habe ich Ihnen schon mal erzählt, was am nächsten Tag passiert ist?«

»Ich hörte, daß Sie die Schimpansin übernommen haben, daß Sie sie betäubten und in Ihrem Wagen nach Hause fuhren«, sagte ich.

»Nun«, erwiderte Dr. Dinnes, »so einfach war das nicht. Ich stieg aus und sah sie wach in jenem Käfig mit dem halbzollstarken Maschendraht. Ich bekam den Lauf meines Gewehrs nicht durch die Maschen. So schlug ich ein Astloch aus dem hölzernen Teil des Käfigs heraus. Durch dieses Loch konnte ich eine Spritze in ihr Hinterteil abschießen!«

»Das war sehr clever«, fand ich.

»Na ja«, meinte er, »sobald das Projektil die Schimpansin getroffen hatte, zog sie es sofort wieder heraus, drehte es herum und warf es durch das Astloch zurück. Beinahe verlor ich ein Auge dabei. Die Nadel bohrte sich in den Knochen unterhalb der Augenhöhle«, sagte er und wies auf eine kleine runde Narbe unter seinem rechten Auge.

Das verflixte Wochenende

Am Wochenende ist in unserer Praxis immer besonders viel los. Die Leute reiten aus, und die Pferde ziehen sich Verletzungen zu. Pferde bekommen auch meist am Wochenende Kolik – ich vermute, daß zu dieser Zeit ihr geregelter Futterplan nicht eingehalten wird. Die Tierhalter schlafen am Samstag länger, so daß die Pferde ihr Futter verspätet erhalten. Am Samstagabend ruft man dann den Tierarzt, weil das Pferd an Kolik erkrankt ist.

Eines Samstagabends hatte ich alle Besuche erledigt und fuhr nach Hause. Ich stellte meinen Wagen ab und betete still um einen ruhigen Abend. Als ich gerade mit meiner Familie bequem vor dem Fernseher saß, klingelte gegen zehn Uhr das Telefon.

»Hier spricht Bob Nesbitt«, meldete sich eine Stimme mit Oklahoma-Akzent. »Sie kennen mich nicht, ich wohne in Box Canyon. Mein Bulle hat Blähungen. Ich bin in großer Sorge.«

Box Canyon ist fast dreißig Meilen von uns entfernt.

»Möchten Sie, daß ich zu Ihnen komme, oder soll ich Ihnen nur einen Rat geben?« fragte ich. Fast alle Tierärzte beraten bereitwillig und kostenlos. Für jedes Tier, das gerade in Behandlung ist, geben wir Ratschläge und verordnen auch für einige andere Medikamente. Das ist zwar nicht gerade ein idealer Zustand, aber so ist es nun einmal.

»Gut, können Sie mir sagen, was wir machen sollen?«

»Wie stark ist er aufgebläht? Liegt er am Boden?«

»Nein, er steht und frißt, aber sein Wanst ist auf der linken Seite aufgebläht. Er ist ein wertvoller Bulle, und ich mache mir große Sorgen.«

»Okay«, sagte ich. Seiner gedehnten Sprechweise nach schien der Mann ein Cowboy aus dem Südwesten zu sein, und ich dachte, er könnte mit meinen Instruktionen etwas anfangen. »Zu allererst darf der Bulle kein Futter mehr bekommen. Was ist denn schuld an seinem Zustand?«

»Alfalfa-Gras!«

»Okay, kein Futter mehr geben! Dann stecken Sie ihm ein Schlundrohr durchs Maul bis in den Magen hinunter und achten Sie darauf, daß Gase abgehen.«

Aufblähen oder Blähsucht kommt bei Rindern sehr häufig vor, und unsere erste Maßnahme besteht im Einführen eines Schlundrohrs in den Magen. Dazu muß man das Maul mit einem Keil, den man zwischen die Backenzähne stellt, offenhalten oder aber ein breites Brett mit einem Loch in der Mitte quer ins Maul klemmen. Durch das Loch schiebt man das Schlundrohr, damit es nicht zerbissen wird. Mit dieser Prozedur sind alle Rinderhalter vertraut.

»Aber das ist ja das Problem – ich hab nämlich gar kein Schlundrohr!«

»Nicht weiter schlimm, Sie können auch ein Stück Gartenschlauch nehmen«, gab ich zur Antwort. »Schneiden Sie einfach etwa zweieinhalb Meter vom Gartenschlauch ab und runden Sie die Schnittfläche etwas ab, damit Sie das Tier nicht verletzen.«

»Mensch, Doktor, warum bin ich darauf nicht gleich gekommen! Vielen Dank für den Tip!«

»Wenn das Gas sich entleert hat, dann geben Sie zwei bis drei Eßlöffel Terpentinöl durch den Schlauch ein. Das wird die weitere Gasbildung unterbinden.«

»Danke, Doktor, ich mach das so – und vielen Dank auch!«

»Wenn Sie nicht klarkommen, dann rufen Sie mich noch mal an.«

»Das mach ich, nochmals besten Dank!«

Am Sonntagmorgen war es sehr ruhig. Ich stand früh auf und fütterte meine Pferde. Nach dem Frühstück klingelte das Telefon. Es war Mr. Nesbitt.

»Doktor, ich möchte mich nochmals bedanken für

Ihre Hilfe in der vergangenen Nacht! Das war sehr nett von Ihnen.«

»Keine Ursache. Aber bitte, wie geht's dem Bullen?«

»Oh, dem geht's prima. Kaum war der Schlauch im Magen, kam das Gas heraus. Dann gaben wir ihm das Terpentin, und nun fühlt er sich pudelwohl.«

»Das ist gut!« sagte ich. »Ich bin froh, daß ich Ihnen helfen konnte, und ich finde es sehr nett, daß Sie mir Bescheid geben.«

»Moment mal, Doc, können Sie mir auch noch sagen, wie man den Schlauch wieder herausbringt?«

»Was?« rief ich aufgeschreckt.

»Ja, der Schlauch. Wie kriegen wir den wieder raus?«

»Wie stellen Sie sich das vor?« fragte ich. »Wie kann er denn Gras fressen, wenn er noch den Schlauch im Bauch hat? Haben Sie ihn nicht wieder herausgezogen? Das hätten Sie doch gleich tun sollen!«

»Oh, wir dachten das auch, aber ehe wir ihn schnappen konnten, biß der Bulle den Schlauch ab und schluckte ihn hinunter.«

»Ich höre wohl nicht recht!«

»Er... er hat etwa zwei Meter verschluckt. Wir haben ein gut drei Meter langes Stück Schlauch abgeschnitten, und davon haben wir jetzt nur noch ein Stück von etwa einem Meter.«

»Haben Sie denn kein Holz ins Maul gesteckt, damit er nicht in den Schlauch beißen konnte?«

»Ja, davon haben Sie uns aber nichts gesagt. Ich und mein Schwager haben nur gut drei Meter Gartenschlauch abgeschnitten und ihn durchs Maul geschoben, dann hat er ihn abgebissen und zwei Meter geschluckt.«

»Das wird Probleme geben«, sagte ich. »Das Stück Schlauch muß wieder raus, da muß man operieren.«

»In Gottes Namen«, sagte Nesbitt, »kommen Sie her und machen Sie's.«

Als ich zum Box Canyon fuhr, war ich froh, daß es

Sonntag war, Ich würde ohne andere Notfälle für diese Magenoperation bei dem Bullen genügend Zeit haben.

Diese Operation wird am stehenden Tier unter örtlicher Betäubung ausgeführt. Man schneidet auf der linken Seite auf und lagert den Pansen vor, den größten der vier Rindermagen. Dann wird der Pansen an die Haut angenäht und der Magen aufgeschnitten, so daß ein Fenster direkt zur Magenhöhle entsteht. Ich habe schon viele Magenoperationen vorgenommen und dabei die Drähte und Nägel entfernt, die die Magenwand durchstochen haben. Wir sprechen in diesem Fall von Fremdkörperoperationen. Spitze Eisenteile werden mit dem hastig aufgenommenen Futter geschluckt. Neuerdings gibt man den Rindern Magnete ein, die im Magen ein Leben lang verbleiben und die geschluckten Eisenteile anziehen, damit sie sich nicht in die Magenwand bohren, was schwere lebensbedrohliche Erkrankungen verursacht. Die Magnete und auch veränderte Futtermethoden haben die Fremdkörper-Erkrankungen selten werden lassen. Einmal habe ich eine solche Operation bei einem Bison vorgenommen, der eine Ausgabe der ›Los Angeles Times‹ verspeist hatte. Diese dicke Sonntagsausgabe verursachte beinahe eine tödliche Magenverstopfung. Ich hatte die Operation jedoch noch nie durchgeführt, um einen Schlauch zu entfernen.

Ich näherte mich dem Haus. Es war umgeben von saftigen Wiesen, auf denen junge Herford-Färsen grasten. Hm, dachte ich, da kann ich wohl mit einem neuen Kunden rechnen. Das ist eine sehr schöne Farm.

Ich stellte das Auto ab und stieg aus. Eine Gruppe Leute, darunter zwei Männer in Overalls, stand vor dem Hauseingang und beobachtete einen angebundenen Herford-Bullen, der den Rasen abgraste.

»Hi, Doc! Nett, daß Sie kommen. Das ist mein Schwager Talbot Heffernan, und das sind meine Frau Lucille und Talbots Frau, meine Schwester Anne. William und Marilou sind meine Kinder.«

»Freut mich«, sagte ich, »und dies muß wohl der Bulle sein. Der schaut aber ganz normal aus.«

»Wie ich schon sagte, Doc, putzmunter.«

»Sind Sie sicher, daß er den Schlauch geschluckt hat?«

»Fast zwei Meter. Zeig dem Doktor den abgebissenen Rest, Talbot.«

Talbot zeigte ganz stolz ein etwa einen Meter langes Stück Gartenschlauch, das an einem Ende von den scharfen Backenzähnen des Bullen abgebissen war.

»Nun«, sagte ich, »da kann man nur noch den Magen aufschneiden.«

»Gut, bringen wir's hinter uns«, meinte Bob Nesbitt, wobei Talbot zustimmend nickte.

»Ich sehe nirgends einen Behandlungsstand«, sagte ich. »Wir machen die Operation im Stehen. Haben Sie keinen Behandlungsstand?«

»Nie gehört«, sagte Talbot.

»Ja, aber wie können Sie denn Ihre Rinder behandeln?« fragte ich.

»Welche Rinder?«

»Diese Jungrinder, die dort um uns herum grasen«, sagte ich.

»Oh, die gehören uns gar nicht«, sagten einstimmig alle Nesbitts.

»Nicht Ihnen?«

»O nein, wir besitzen hier nur einen Morgen Land!«

»Aber ich dachte, das sei der Zuchtbulle. Sie sagten doch, es sei ein wertvoller Bulle.«

»Für uns schon«, sagte Mr. Nesbitt. »Er ist unser einziger Besitz.«

»Ja, was haben Sie denn mit ihm vor?« fragte ich ein wenig verwirrt.

»Den wollen wir essen!« sagte Talbot.

Marilou fügte hinzu: »Mampf, mampf, ich esse so gern Fleisch.«

»Dann wollen Sie den Bullen also verspeisen? Wann soll denn das sein?« fragte ich.

»In etwa sechs Monaten, wenn er gemästet ist.«

»Aber wenn Sie ihn nur zum Schlachten aufziehen, warum ist er denn nicht kastriert, warum ist er immer noch ein Bulle?« fragte ich.

»Das hat uns niemand gesagt«, antwortete Talbot.

»Wenn Sie ihn schlachten wollen, dann ist es besser, er ist ein Ochse und kein Bulle«, erklärte ich ihnen. »Er hätte kastriert werden sollen!«

»Wissen Sie was«, sagte Mr. Nesbitt, »Wenn Sie ihn schon operieren, dann könnten Sie ihn doch gleichzeitig auch kastrieren!«

»Einen Augenblick mal bitte, wann, sagten Sie, wollten Sie ihn schlachten?«

»Im Oktober«, antwortete Talbot. »Wir werden ihn im Oktober aufessen.«

»Mampf«, machte Marilou.

»Jetzt muß ich Ihnen mal was sagen, ich habe da eine glänzende Idee. Das wird Ihnen eine ganze Menge Geld sparen und dem Bullen einige nachoperative Komplikationen.«

»Was meinen Sie?« fragten die Männer aufgeregt.

»Warum essen Sie ihn nicht gleich?«

»Okay«, sagte Talbot überglücklich.

»Mampf«, kam es von Marilou.

»Vielen Dank, Doktor, für Ihre Bemühungen, Sie haben uns sehr geholfen.«

Solche unerwarteten Situationen gehören eigentlich zum ganz normalen Alltag eines Tierarztes. Gewöhnlich beginnt alles mit einem Telefonanruf.

»Hier ist Mister Pearson«, stellte sich die Stimme am Telefon vor. »Ich wohne an der Moarparkroad und will ein Muli kastrieren lassen.«

Als ich bei der sauberen kleinen Bauernhütte ankam, begrüßten mich Mrs. und Mr. Pearson, ein älteres, weißhaariges Paar. Das Muli war mit seinem Halfter an eine Eiche angebunden.

»Es ist zwei Jahre alt, übersteigt die Zäune und ist hinter meinen Stuten her!« erklärte Mr. Pearson. »Es hätte schon lange kastriert werden sollen.«

Ich verkniff mir jeden Kommentar. Ich bin es gewohnt, daß die Tierhalter die Kastration verschieben, weit über die Geschlechtsreife hinaus. Das ist natürlich sehr töricht, denn damit ist ja gar nichts gewonnen. Pferdebesitzer fragen immer wieder, ob man nicht warten solle, bis das Tier voll entwickelt ist. Was soll denn bereits entwickelt sein – etwa schlechte Eigenschaften und Unarten? Niemand kann bei einem ausgewachsenen Kastraten sagen, ob er mit einer Woche, einem Monat oder als Einjähriger operiert wurde. Nach meiner Ansicht sollte eine Kastration bald vorgenommen werden, bevor es zu Verhaltensproblemen kommt. Ich kastrierte mein Muli im Alter von drei Wochen.

Auf der Wiese hatte ich Mr. Pearsons Muli schnell betäubt und kastriert. Nachdem ich meine Instrumente gesäubert hatte, gab ich Mr. Pearson schriftliche Anweisungen über die operative Nachsorge. Besonders wichtig war, daß das Muli zweimal täglich bewegt wurde, und zwar eine Woche lang. Damit verhütet man Anschwellungen und Sekretstau in der offenen Operationswunde.

Mr. und Mrs. Pearson steckten die Köpfe zusammen und lasen die Anweisungen. Dabei diskutierten sie mit verhaltener, aber durchdringender Stimme meine Instruktionen.

»Gibt es Probleme?« fragte ich. »Sie müssen nicht auf dem Muli reiten, um es zu bewegen. Sie können es auch führen oder an der Longe laufen lassen.«

»Das ist nicht das Problem, Doktor«, erklärte Mrs. Pearson. »Sehen Sie, das Muli gehört uns gar nicht, sondern unserem Nachbarn. Wenn wir das Tier zweimal täglich bewegen, dann erwischt uns möglicherweise der Besitzer, und er könnte herausbekommen, was wir getan haben.«

»Was, das ist gar nicht Ihr Muli?« keuchte ich. »Das ist das Muli von Ihrem Nachbarn, und der weiß von allem nichts?«

»Das Muli hat uns viel Kopfzerbrechen bereitet«, erklärte Mrs. Pearson, und ihr Mann nickte heftig. »Es kommt über den Zaun zu unseren Stuten.«

Mr. Pearson meinte noch, daß der Besitzer des Mulis so dumm sei und die Kastration niemals bemerken würde – es sei denn, er würde die Pearsons beim Führen des Tieres beobachten.

»Hören Sie«, sagte ich. »Sie haben mir nichts gesagt, und ich weiß auch von gar nichts. Sie verlangten die Kastration, und die wurde durchgeführt. Ich gehe nun und überlasse es Ihnen, wie Sie damit fertig werden und das Muli seine Bewegung bekommt.«

Ich habe danach nichts mehr von den Pearsons gehört und nehme an, daß der wirkliche Besitzer die Kastration seines Tieres nie bemerkt hat. Andererseits könnte er die ganze Geschichte eingefädelt haben, um seine Nachbarn für die Operation zur Kasse zu bitten.

Keine Angst vor wilden Tieren

Beinahe jeder Tierarzt wird irgendwann einmal in seinem Berufsleben das eine oder andere Wildtier behandeln. In meiner Praxis habe ich es nicht nur mit exotischen Tieren zu tun, sondern auch mit Tieren in freier Wildbahn. Im Umgang mit ihnen erlebt man oft sein blaues Wunder, aber gerade dadurch wird die Arbeit des Tierarztes richtig aufregend und abenteuerlich.

In Kalifornien ist es heutzutage uns Veterinären gesetzlich verboten, einem Skunk die Stinkdrüse zu entfernen. Dieses Gesetz wurde erlassen, um die Bevölkerung vor tollwütigen Stinktieren zu schützen, weil diese Tierart in den USA den gefährlichsten Überträger des Tollwut-Virus darstellt, wie in Europa der Fuchs. Darum werden Skunks nicht mehr als Haustiere gehalten, wie es früher oft der Fall war.

Damals konnte ich diese Operation nicht ablehnen, wenn sie von mir verlangt wurde. Aber ehrlich gesagt: Spaß hat sie mir nie gemacht. Ich konnte noch so sorgfältig operieren – immer blieb ein wenig Gestank an mir haften, ebenso wie an den Instrumenten und im Operationsraum. Noch Tage danach scheuten Pferde vor mir, und meine eigenen Hunde hätten mich beinahe einmal angegriffen, als ich spätabends nach Hause kam. Schließlich entschloß ich mich, die Operation im Freien, nahe der Klinik, durchzuführen.

Ich hielt mich an zwei Regeln: Erstens pflegte ich nur noch junge Tiere zu operieren, denn ältere Skunks gewöhnen sich nicht mehr als Haustiere ein.

Zweitens verlangte ich, daß der Tierbesitzer selbst in den Käfig griff und den Skunk am Schwanz packte, um ihn frei in der Luft zu halten. Denn angeblich soll ein Skunk, wenn er am Schwanz hochgehalten wird, nicht sein stinkendes Sekret verspritzen.

Eines Tages rief mich Marguerite Cummings an. Marguerite war ein 19jähriges Mädchen, deren Eltern eine Ranch für Pensionstiere hatten. Sie war groß und üppig, blond und strahlend und bevorzugte auffallende Kleidung, die ihre Formen noch betonte. Zum Glück lebte sie hier auf dem Lande, denn in der Stadt wäre sie ein gefährlicher Blickfang für Autofahrer gewesen. Marguerite war eines jener Mädchen, die von vorn gesehen sehr aufregend waren und von hinten noch mehr.

»Meine Freundin Peggy ist eine approbierte Krankenschwester, und ich habe hier auf der Ranch einen niedlichen kleinen Skunk gefangen. Könnten Sie Peggy nicht sagen, wie man einen Skunk von seinen Stinkdrüsen befreit?« bat Marguerite.

»Aber gern«, stimmte ich bereitwillig zu. Mich stach der Hafer. »Holen Sie Ihre Freundin ans Telefon.«

Dann begann ich Peggy den Eingriff zu beschreiben.

»Lassen Sie Marguerite den Skunk am Schwanz pakken und hochhalten. Dann injizieren Sie Pentobarbital-Natrium in die Bauchhöhle des Skunks, einskommafünf Kubikzentimeter pro Kilogramm Körpergewicht. Wenn der Skunk eingeschlafen ist, ergreifen Sie die Drüsen, die seitlich unter dem After liegen. Nehmen Sie eine gekrümmte Gefäßklemme. Unter sanftem Zug trennen Sie dann die Drüsen von der Haut und den sie umgebenden Geweben. Dazu benutzen Sie ein stumpfes Bard-Parker-Skalpell Nr. 10. Seien Sie aber sehr vorsichtig und verletzen Sie nicht den Drüsensack!«

Ich gab ihr noch weitere Anweisungen, und Peggy meinte, dies sei doch sehr kompliziert und Marguerite solle diese Arbeit besser dem Doktor überlassen. Das hatte ich mir natürlich gleich gedacht.

Zögernd fragte mich Marguerite nach einem Operationstermin.

»Wie alt ist dieser Skunk?« fragte ich.

»Das wissen wir nicht, aber er ist sehr niedlich. Er ist wirklich noch ein Baby!«

»Können Sie ihn am Schwanz packen und hochhalten, daß ich ihm die Narkose geben kann?« fragte ich sie.

»Oh, sicher, er ist sehr umgänglich.«

Am nächsten Morgen kreuzte Marguerite mit einem Caravan auf. Auf der Ladefläche stand eine Holzkiste, die mit einer Klapptür verschlossen war. Marguerite hatte Torero-Hosen an, die mit Goldfäden durchwirkt waren. Sie waren etwa zwei Nummern zu klein. Dazu trug sie eine durchscheinende Bluse und eine Menge türkisfarbenen Modeschmuck. Der Rahmen ihrer Schmetterlings-Sonnenbrille war mit Straß besetzt. Ihre lange Mähne glänzte in der Sonne. Einfach umwerfend!

Ich kam aus meiner Praxis mit einem Tablett, auf welchem die Instrumente und die Narkosemittel lagen.

»Wir werden auf der Heckklappe Ihres Wagens arbeiten«, sagte ich und zog eine Spritze auf. »Würden Sie ihn nun am Schwanz aus der Kiste ziehen?«

»Ich?« fragte Marguerite.

»Jawohl. Ich habe Ihnen ja gesagt, daß Sie das tun müssen, damit ich ihm die Spritze geben kann. Sie sagten doch, daß Sie ihn schon auf dem Arm gehabt haben, nicht wahr?«

»Aber klar«, erwiderte Marguerite ein wenig unsicher. Dann öffnete sie den Deckel der Kiste und spähte hinein.

»Hallo, Flower«, sagte sie. »Komm her, mein Kleiner!« Sie griff rasch in die Kiste – und zog den größten und ältesten Skunkbären heraus, den ich je gesehen hatte. Dann klappte sie die Hecktür auf, sprang aus dem Auto und schrie mich an: »Hier! Schnell! Tun Sie doch was!«

»He!« protestierte ich. »Sie haben gesagt, es sei ein niedlicher kleiner ...!«

Der Skunk zappelte wild. Seine runden schwarzen Augen glänzten satanisch. Er hatte die Größe einer fetten, schwarzweißen Hauskatze. Marguerite beugte sich vor, am rechten Arm baumelte der Skunk, den linken Arm streckte sie nach hinten, mit krampfhaft gespreizten Fingern.

Der Skunk drehte sich im Uhrzeigersinn, soweit es ihm sein Schwanz erlaubte. Danach begann er, sich langsam in die andere Richtung zurückzudrehen. Dann aber spritzte der Skunk eine gelbe Wolke direkt über Marguerites durchscheinende Bluse.

Ich stellte nun zwei Dinge fest: Erstens war die Luft sofort mit einem betäubenden, umwerfenden Gestank erfüllt. Ich mußte wieder einmal daran denken, was für eine wunderbare Schutzvorrichtung dies für das Tier war. Ich hatte zwar Skunksekret zuvor schon oft gerochen, hatte aber noch nie die volle Wirkung erlebt, wenn das Sekret verspritzt wird. Ich stand in der Windrichtung, und ich werde immer stolz sein auf den blitzschnellen Reflex, der mich mit einem einzigen Satz aus den Gestankschwaden in Richtung Wagenfront entkommen ließ. Und zweitens war es mir auch in dieser prekären Situation durchaus nicht entgangen, daß Marguerites Bluse nicht mehr nur durchscheinend war, sondern durchsichtig!

»O nein!« schrie Marguerite. »Nein, nein, nein!« Sie hob den Skunk noch höher in die Luft. Angeblich verspritzen Skunks nur einmal ihr Sekret. Aber Marguerite wollte es nicht darauf ankommen lassen. Wenn der Skunk nochmals spritzen würde, wollte sie nicht noch eine Ladung auf ihre Oberweite abbekommen.

Der Skunk hatte seine Drehung im Uhrzeigersinn beendet und begann sich in seine Ausgangsstellung zurückzudrehen. Und auf halbem Wege feuerte er noch einmal aus beiden Drüsensäcken! Marguerite traf die volle Ladung ins Gesicht – direkt über die Gläser ihrer schicken Sonnenbrille. Entsetzt stöhnte sie auf.

Mit bewundernswerter Disziplin (sie ließ den Skunk nicht fallen!) kletterte Marguerite in den Stauraum des

Caravans, um Flower wieder in die Kiste zu tun. Sie keuchte und würgte, und das Sekret lief an ihr herunter. Sie stank fürchterlich.

Aha! dachte ich. Skunks können ihre Stinkdrüsen also doch entladen, auch wenn man sie beim Schwanz hält, und sie können das sogar mehr als einmal machen!

Mein wissenschaftliches Sinnieren wurde jäh vom Anblick Marguerites unterbrochen. Sie stand vor mir und gab unartikulierte Laute von sich. Sie hatte sich vorgebeugt, halb blind durch die beschmutzte Sonnenbrille, und ihre Hände waren hilflos ausgestreckt.

Ich war vor Mitleid gerührt – oder war es gar Schuldgefühl? Ich beging den Fehler, ihr anzubieten, daß sie sich in der Klinik säubern könne. Mit einer Armlänge Abstand führte ich das arme Mädchen hinein. Das sollte ich über eine Woche lang sehr bedauern. Der Gestank durchdrang das ganze Gebäude und verschwand erst nach und nach.

Endlich konnte ich zu meiner Erleichterung das Mädchen zu ihrem Caravan zurückbringen.

»Fahren Sie nach Hause«, riet ich ihr. »Lassen Sie den Skunk laufen. Verbrennen Sie Ihre Kleidungsstücke und baden Sie sich in Tomatensaft. Waschen Sie auch Ihr Haar damit.«

»Tomatensaft?« wimmerte sie.

»Ja«, versicherte ich ihr, »es gibt nichts Besseres, um den Gestank zu neutralisieren. Das machen wir auch mit Hunden, wenn sie mit einem Skunk Bekanntschaft gemacht haben – wir tauchen sie in Tomatensaft.«

Der Anblick Cleopatras, die in Eselsmilch badete, hat Marc Anton begeistert. Mich ergötzt die Vorstellung, wie Marguerite in eine Badewanne voller Tomatensaft steigt, noch heute.

Am Heiligen Abend klingelte noch spät das Telefon. Es war ack Chambers, ein Schriftsteller.

»Doc«, sagte er, »es tut mir sehr leid, daß ich Sie um

diese Zeit noch störe, aber ich habe gerade einen Fuchs angefahren. Er lebt noch, ist aber bewußtlos. Kann ich ihn zu Ihnen bringen?«

Ich bestellte Jack in die Klinik und untersuchte den bewußtlosen kalifornischen Graufuchs. Er zeigte alle Anzeichen einer Gehirnblutung. Ein Rad mußte über seinen Kopf gefahren sein.

»Ich will für die Behandlung aufkommen«, erklärte Jack, »tun Sie alles, was in Ihrer Macht steht.«

»Dies ist ein wildes Tier«, gab ich zu bedenken. »Sollte es davonkommen, wird es gefährlich sein, ihn zu halten.«

»Bitte«, sagte Jack, »er tut mir so leid.«

Voller Skepsis machte ich mich an die Arbeit. Zwei Tage lang wurde der Fuchs intensiv behandelt und intravenös ernährt. Danach hob er nach und nach seinen Kopf. Bald konnte er auch schlucken, wenn man ihn mit dem Löffel fütterte. Er versuchte nicht zu beißen.

Am vierten Tag sagte ich Mr. und Mrs. Chambers, daß sie den Fuchs zu Hause weiterbehandeln könnten. Aber ich warnte sie, daß der Fuchs nach völliger Genesung aus Angst beißen könnte. In weihnachtlicher Spendierlaune stellten mein Partner und ich den Chambers nur eine bescheidene Rechnung aus.

Während der nächsten Wochen erholte sich der Fuchs ganz erstaunlich. Man gab ihm den Namen ›Daryl, the Twentieth Century-Fox‹. Nach zwei Wochen schien Daryl ganz normal – bis auf drei Dinge: Erstens hatte er offensichtlich keinen Geruchssinn mehr. Wenn man ihm das Futter ins Maul schob, dann fraß er gierig. Aber es schien, als nehme er das Futter gar nicht wahr, auch nicht, wenn man es direkt vor ihn stellte.

Zweitens war Daryl blind. Seine Augen schienen normal zu sein, bis auf ein Blinzeln im linken Auge. Sein Gehirn konnte mit den Informationen des Auges nichts anfangen, und er war unansprechbar für alle optischen Reize.

Und drittens hatte Daryl alle Aggressivität und Feindseligkeit verloren. Er zuckte bei jeder Berührung furchtsam zusammen, aber er versuchte nie zu beißen.

»Es ist, als hätte man eine Gehirnoperation bei ihm vorgenommen«, sagte Jack. »Er ist unfähig, anzugreifen.«

Wir konsultierten einen Veterinär-Neurologen, der das bestätigte. Er meinte, daß der Ganglion geniculi und benachbarte Zonen offensichtlich bei dem Unfall schwer geschädigt worden waren. Er gab freilich zu bedenken, daß er doch noch eines Tages wieder ganz gesund werden könnte und dann wohl in seine Wildheit zurückfallen würde.

Eines Tages wurde uns Daryl wieder in der Klinik vorgestellt. Er war noch immer furchtsam, aber doch ein zahmes Haustier. Er fuhr gern im Auto mit, fraß ohne Hilfe, war stubenrein und ging an der Leine. Er liebte es, wenn er gekämmt und gebürstet wurde. Er verlor auch seinen Wildgeruch und spielte mit der Familienkatze.

Wir gingen ins Freie, damit ich von Daryl ein paar Fotos machen konnte. Sobald ein Klient heranfuhr und mit einem Hund aus dem Wagen stieg, drehte sich der Fuchs dem Hund zu und duckte sich. Seine Pupillen wurden weit. Daryl konnte wieder sehen! Sein Sehvermögen war zurückgekehrt, und von diesem Tag an war er normal – bis auf das gänzliche Fehlen von Aggressivität.

Die Chambers nahmen Daryl auf eine Reise mit. Er wurde ein liebes und lustiges Haustier. Am liebsten rannte er im Haus herum und stieß dabei die Papierkörbe um.

Im Juni, ein halbes Jahr später also, kam eines Tages eine Freundin zu den Chambers auf Besuch. Sie näherte sich Daryl, der zusammengerollt auf dem Kaminsims lag.

»Hallo Daryl, wie geht's denn meinem kleinen Freund?«

Sie streckte den Arm aus, um den Fuchs zu streicheln. Ohne Vorwarnung fuhr er herum und biß sie in den Finger. Von diesem Augenblick an versuchte Daryl jeden zu beißen, der ihn berührte. Einige Tage später verschwand er.

Zwei Wochen vergingen, bis er wieder gesehen wurde. Als Jack eines Abends nach Hause fuhr, sah er nahe der Straße einen Fuchs in einer Wiese. Der Fuchs trug das Halsband, das die Chambers für Daryl gekauft hatten. Jack stieg aus dem Wagen und rief: »Daryl, komm, mein Junge, komm!«

Der Fuchs schaute lange zu Jack herüber, dann rannte er davon und verschwand in einem Dickicht.

Die Chambers haben ihren Fuchs nie wiedergesehen, aber als sie eines Abends heimkamen, waren alle Papierkörbe umgestürzt. Anscheinend war Daryl durch ein offenes Fenster ins Haus gelangt, hatte sein früheres Heim durchforscht und war danach in die Wildnis zurückgekehrt. Seine frühere Freundin, die Katze, war daheim gewesen – er hatte sie nicht angegriffen.

Ein Jahr später machte ich einen Besuch auf einer kleinen Ranch, oben im Decker-Canyon, unweit der Stelle, wo Daryl überfahren worden war. Ich behandelte hier eine Angus-Färse.

Als ich gehen wollte, fragte mich der Besitzer: »Doktor, wie benimmt sich eigentlich ein tollwütiger Fuchs? Wir haben hier einen Fuchs, der kommt zum Haus herauf, steigt auf das Fensterbrett und schaut durch die Scheiben. Aber sobald wir hinausgehen, rennt er weg, so schnell er kann. Das ist uns nun schon vier- oder fünfmal passiert.«

»Hat er ein Halsband umgehabt?« fragte ich.

»Nein, warum sollte er ein Halsband tragen?«

Ich erzählte ihm die Geschichte von ›Daryl, dem Twentieth-Century-Fox‹, und wir waren uns einig, daß der Fuchs, der hier immer wieder auftauchte, Daryl sein mußte. Wie verwirrt und innerlich gespalten mußte dieses Tier wohl sein! Es folgte seinen natürlichen Instinkten und hatte doch noch eine schwindende Erinnerung an menschliche Zuwendung.

»Hallo, ist dort die Tierklinik? Was kostet es denn, eine Katze einzuschläfern?«

Auf den Hund gekommen

Überall auf der Welt werden Hunde als Haustiere gehalten – aus dem ganz einfachen Grund, weil sie ihren Besitzern so viel Freude machen.

In den Anfängen des Fernsehens hat ein Basset namens Cleo diese zuvor doch recht ausgefallene Rasse bekanntgemacht. Eine meiner Klientinnen war damals eine Witwe, die gerade ihren Mann verloren hatte. Die beiden gehörten zu den Menschen, die einem in der Praxis Freude machen. Sie waren immer freundlich, dankbar und rücksichtsvoll. Sie zahlten die Rechnungen gewissenhaft, obwohl sie offenbar nicht reich waren. Als der Mann starb, hinterließ er seiner Witwe nicht gerade gesicherte finanzielle Verhältnisse. Sie mußte sogar Arbeit als Kellnerin annehmen, um über die Runden zu kommen und ihrer Tochter den Oberschulabschluß zu ermöglichen.

Mutter und Tochter hingen sehr an ihrer kränklichen Hauskatze. Daher sah ich sie in meiner Praxis oft.

Eines Tages sagte die Dame: »Doktor Miller, seit mein Mann starb, sind wir sehr allein im Haus, und Tommy ist alt und die meiste Zeit krank, wie Sie wissen. Daher haben wir uns überlegt, uns einen Hund anzuschaffen. Sie erleben es doch sicher oft, daß jemand seinen Hund abgeben muß, oder vielleicht bringt man Ihnen einmal einen verletzten herrenlosen Hund.«

Ich nickte. Wir hatten tatsächlich oft Hunde in der Klinik, die ein Heim suchten.

»Bitte lassen Sie's uns doch wissen, wenn Sie ein zu uns passendes Tier gefunden haben. Es hat ja keine Eile, und wir überlassen die Wahl ganz Ihnen.«

Ich wollte ihren Wunsch gern erfüllen und fragte sie, was für einen Hund sie sich denn wünschten. Lächelnd und ein wenig verlegen schauten sie einander an.

Die Tochter meinte dann: »Nun ja, den Hund, den wir uns wünschen, werden wir wohl doch nicht bekommen können. Bei einem Welpen haben wir schon nach dem Preis gefragt, aber solche Hunde sind für uns unerschwinglich. Nun haben wir uns auf einen mittelgroßen Hund festgelegt, der kein zottiges Fell haben sollte, weil wir ja in einem Apartment wohnen. Auch an einen Hund vom Tierheim haben wir gedacht. Aber Sie kennen uns ja, und wir vertrauen uns Ihnen ganz an. Wir haben ja noch nie einen Hund gehabt, nur Katzen.«

»Aber was für einen Hund wolltet ihr denn kaufen? Was für eine Rasse?« fragte ich die Tochter, eine höfliche, hübsche Sechzehnjährige.

Die Mutter antwortete an ihrer Stelle: »Sie ist ganz verrückt nach Cleo. Kennen Sie den Basset-Hund aus dem Fernsehen? Wir sind beide ganz vernarrt in ihn. Wir gäben viel darum, so einen Hund zu haben, aber wir erwarten natürlich nicht, daß Sie so ein wertvolles Tier für uns finden. Ein netter Mischling tut's auch!«

Die Tochter meinte noch: »Ich hätte eigentlich gern einen Hund mit Schlappohren und traurigen Augen, aber der Hund, den Sie uns aussuchen, wird sicher der richtige sein.«

Ich versprach, es nicht zu vergessen und den ersten Welpen, der geeignet und heimatlos sei, bei ihnen unterzubringen.

Einige Wochen später kam eine Bassetzüchterin mit einer vier Monate alten Bassethündin in die Praxis.

»Ich möchte sie einschläfern lassen. Ihre Vorderbeine sind zu sehr nach außen gedreht, und daher muß ich sie ausmerzen«, erklärte mir die Besitzerin.

Ich schlug ihr vor, den Welpen ohne Stammbaum als Haushund unterzubringen. »Ich habe sogar schon ein bestimmtes Heim im Sinn.« Dann erzählte ich der Züchterin von der Witwe und ihrer Tochter.

Sie war einverstanden und gab mir den Welpen. Aber zuerst mußte ich hoch und heilig schwören, daß ich die

Abstammung nicht verraten würde und die Blutlinie geheimhielt.

Der Hund wurde untersucht und geimpft. Ich fand ihn süß und nett, und so rief ich die Witwe an.

»Ich habe einen Hund für Sie«, sagte ich. Sie freute sich sehr und versprach, noch vor Ende meiner Sprechstunde zu kommen.

Um 17.30 Uhr erschien sie mit ihrer Tochter, und ihre Augen glänzten vor Aufregung.

»Ich habe einen Hund für Sie – eine Hündin , und ich glaube, sie wird Ihnen gefallen«, sagte ich ein wenig vage, denn ich wollte die Überraschung dieser netten Leute voll auskosten.

»Was ist es denn für ein Hund?« fragte die Mutter.

»Wie alt ist sie?« fügte die Tochter hinzu.

»Ich habe sie untersucht, und sie ist gesund und hat schon alle Impfungen«, erwiderte ich.

»Wie alt ist sie?« beharrte die Witwe.

»Wie groß ist sie?« fragte die Tochter.

»Wenn Sie mit ihr nicht glücklich sind, dann dürfen Sie sie einfach zurückgeben«, sagte ich, »aber ich bin überzeugt, daß Sie sehr entzückt sein werden.«

»Wo ist sie?« fragte die Witwe.

»Können wir sie sehen?« drängte die Tochter.

Ich wollte die Überraschung noch ein wenig steigern. »Der gegenwärtige Besitzer kann sie nicht behalten, und wenn Sie den Hund mögen, kann er ganz bei Ihnen bleiben.«

Die Tochter rieb sich aufgeregt die Hände. »Können wir sie sehen, Doktor Miller? Wo ist sie?«

»Oh«, rief ich und tat, als fiele mir plötzlich etwas ein. »Bevor wir weiter von dem Hund reden – ich habe noch etwas anderes für Sie. Eine Arzneimittelfirma schickte mir eine Serie Hundebilder, und eins davon zeigt einen Bassetwelpen. Es fällt mir ein, daß Sie doch so einen haben wollten. Weil das nicht geht, dachte ich, Sie möchten wenigstens das Bild gerne haben.«

Alle Gedanken an den Hund im Nebenraum waren wie weggefegt, als sie diese Fotografie sahen, mit dem kleinen, unwiderstehlichen, süßen Hund.

»O Mama, schau dir das an! Ist das nicht das allersüßeste Wesen, das du je gesehen hast?« rief die Tochter begeistert.

Gleich unterbrach die Mutter sie: »Liebling, der Doktor ist sehr beschäftigt. Wir sollten uns lieber um den Hund kümmern, den der Doktor für uns gefunden hat.«

Ich führte sie dann in den Hundetrakt und spannte sie noch immer auf die Folter und reagierte nicht auf die Fragen, mit denen sie mich bombardierten. Bedächtig griff ich in den Käfig. Dann drehte ich mich um und legte den Welpen mit seinen Riesenohren und seinem dreifarbigen lockeren Fell in die Arme der Tochter.

Auf ihre Reaktion war ich nicht gefaßt. Mutter und Tochter sahen mich ungläubig lächelnd an, und dann umarmten sie sich und den Welpen und weinten. Sie freuten sich und hatten zugleich Angst, daß ich mir nur einen schlechten Scherz mit ihnen erlaubte. Schließlich bekam auch ich feuchte Augen.

Dem Welpen gaben sie aus lauter Dankbarkeit den Namen Roberta, und er hatte ein glückliches, langes Hundeleben.

Von all meinen Hundepatienten war Pal mein besonderer Liebling. Pal gehörte einem Einheimischen, einem Cowboy namens Gerald Davis. Pal war ein schwer zu beschreibender Australischer Hirtenhund mit dem typischen ›Glasauge‹ oder ›blauen Auge‹ und einem kurzen, schmutziggrauen Zottelpelz. Er konnte auf Bäume klettern und hatte den Verstand eines Zwölfjährigen.

Pal hütete Kühe auf einer rauhen und ausgedehnten Ranch. Im Frühling und Frühsommer blühen und reifen die kalifornischen Gräser, und einige haben stachelige Ähren, die man Fuchsschwänze nennt, eine Pflanze, die man in Deutschland Flughafer nennt.

Diese Grasähren dringen besonders bei langohrigen Hunden leider sehr leicht in den Gehörgang ein. Während der ›Fuchsschwanz-Saison‹ kam Gerald mit Pal gewöhnlich am Montagmorgen in die Praxis, um die Stacheln aus dem Hundeohr entfernen zu lassen. Dies ist eine recht schmerzhafte Prozedur.

»Spring auf den Tisch!« befahl Gerald seinem Hund, und Pal gehorchte prompt. »Halt ganz still, daß der Doktor die Eindringlinge aus deinem Ohr entfernen kann.«

Pal schielte und zitterte. Aber niemand mußte ihn festhalten. Er rührte sich nicht, während ich oft mehr als ein Dutzend dieser stacheligen Plagegeister aus jedem Ohr entfernte. Wenn ich dann sagte: »So, das war's«, drehte sich Pal um, leckte mir aus Dankbarkeit die Hand und sprang seelenruhig vom Tisch.

»Geh zum Wagen und warte«, sagte Gerald meist, und Pal trottete zum Ausgang, und wenn die Tür geöffnet war, ging er zum Wagen und sprang hinein.

Leider wurde dieser liebenswerte Hund eines Tages von einem weniger liebenswerten Lastwagen auf der Autobahn überfahren und dabei getötet. Schade um diesen großartigen Hund!

Bruno war ein umgänglicher dreijähriger Boxer-Rüde. Er hatte einen außergewöhnlichen Charakter und ein stoisches Temperament. Aber seine Besitzer, Charles und Janet Webster, machten sich Sorgen.

»Wir sind gerade aus der Stadt hierhergezogen«, erklärte Mr. Webster, ein Mann in den Dreißigern. »Unser früherer Tierarzt hat Bruno wegen Zwingerhusten behandelt, aber es ist nicht besser geworden. Im Gegenteil. Nun hat er schon in der dritten Woche diese leicht erhöhte Temperatur und hustet und wird immer magerer. Er hat schon verschiedene Antibiotika bekommen und auch Hustenmittel, aber das hat anscheinend nicht geholfen.«

Ich rief Dr. Davidson an, den Tierarzt, der den Hund bisher behandelt hatte.

»Es sah aus wie eine einfache, alte Luftröhrenentzündung«, erklärte er mir. »Ich habe die üblichen Mittel gegen Zwingerhusten angewandt. Wenn er jetzt noch krank ist, weiß ich auch nicht weiter. Ich habe ihn nur dreimal behandelt. Vielleicht habe ich etwas übersehen. Er ist ja ein Boxer, und diese Rasse neigt sehr zu bösartigen Tumoren. Vielleicht hat er einen Tumor in der Brusthöhle. Es wäre gut, wenn Sie ihn röntgen würden.«

Bruno wurde von mir untersucht. Er war noch bei guter Verfassung und wackelte mit seinem Stummelschwanz, wenn ich ihn behandelte. Aber es war doch etwas Ominöses an seinem würgenden Husten, und seine Rippen zeichneten sich infolge des vorausgegangenen Gewichtsverlustes deutlich ab. Seine Temperatur war leicht erhöht.

»Ist er denn etwa kürzlich in der Wüste gewesen?« frage ich.

Die Websters wurden hellhörig. »Ja, stimmt! Vor ein paar Wochen waren wir in Phoenix. Bruno hat in der Wüste viel Spaß gehabt. Er jagte Eidechsen und Erdeichhörnchen nach und sonstigem Getier. Wie kommen Sie denn darauf?«

»Es gibt in den Wüsten des Südwestens eine Pilzinfektion«, erklärte ich, »und Boxer sind dafür sehr anfällig. Man nennt diese Krankheit Coccidial Mykosis oder auch Talfieber. Ich möchte von Bruno gern eine Röntgenaufnahme machen und auch einige Blutuntersuchungen vornehmen.«

Tatsächlich stellte sich heraus, daß Bruno an Talfieber erkrankt war. Ich hatte eine gute Diagnose gestellt, aber ich war damit nicht zufrieden. Wenn nämlich andere Tierärzte schon einen Fall vergeblich behandelt und damit auch Vorarbeit geleistet haben, ist es oft keine Kunst, ein besserer Diagnostiker zu sein. Wenn Bruno auf eine übliche Behandlung nicht ansprach, dann mußte er eben eine ausgefallene Krankheit haben. Außerdem hatte ich schon in Arizona praktiziert, ehe ich nach Kalifornien gekommen war. Ich hatte schon etliche Talfieberfälle erlebt, und mir war klar, daß Bruno ein Todeskandidat war und daß sein Verlust den Besitzern das Herz brechen würde. Eine voll ausgereifte Talfieberinfektion überleben ohnehin nur wenige Hunde, und die Boxer, bei denen ich dieser Krankheit begegnet war, waren alle daran gestorben.

»Kann man denn gar nichts dagegen tun?« fragte Mr. Webster sehr ernst, und seine Frau weinte leise. Ich hatte ihnen soeben die Röntgenaufnahmen gezeigt und auch die positiven Testergebnisse.

»Es gibt ein Mittel gegen diese Krankheit – Amphotericin-B«, sagte ich. »Aber diese Substanz ist sehr giftig und verursacht schwere Nierenschädigungen, so daß die Patienten an Urinvergiftung sterben.«

»Wir versuchen es trotzdem«, sagte Mr. Webster. Mrs. Webster nickte zustimmend, während ihr Mann hinzufügte: »Bruno ist ein ganz besonderer Hund, und er bedeutet uns sehr viel. Wir wollen ihm jede Chance geben, ganz gleich, wie es ausgeht.«

Bruno wurde in der Klinik behalten, und meine Mitarbeiter begriffen schnell, warum seine Besitzer ihn so liebten. Man konnte sich keinen besseren Patienten vorstellen. Er erhielt die Medizin intravenös mit einem Dauertropf.

Bruno wurde auf einen Tisch gesetzt, dann legte man ihm die Infusion an und sagte ihm, er solle stillhalten. Und das tat er auch. Zwei Stunden lang blieb der tapfere Hund auf dem Tisch. Er versuchte nie ohne Erlaubnis herunterzuspringen oder die Infusionsnadel mit den Schläuchen aus der Beinvene zu ziehen. Er saß immer still und würdevoll da, und wenn man sich ihm näherte, wedelte er langsam mit dem Schwanz. In der Tat, ein ganz besonderer Hund.

Eine Zeitlang schien Bruno auf dem Weg der Besserung zu sein. Bei jeder Behandlung untersuchten wir auch den Harnstoffgehalt des Blutes. Bald stiegen die Werte an, ein Zeichen, daß Brunos Nieren zerstört wurden, noch bevor der infektiöse Pilz abgetötet worden war.

Mit der Zeit waren die Nieren von Bruno so stark angegriffen, daß er keinen Appetit mehr hatte. Er war ausgemergelt, und erbrach sich häufig

»Wir müssen das Medikament absetzen«, teilte ich den Websters mit. »Den Pilz haben wir noch immer nicht beseitigt, doch Brunos Nieren sind schon so geschädigt, daß sie möglicherweise nicht mehr ausheilen. Es tut uns ganz schrecklich leid. Er ist so ein lieber und tapferer Kerl. Aber wir sind am Ende mit unserem Latein.«

Mr. Webster überlegte. »Leidet er sehr?« fragte er.

»Er hat nicht gerade Schmerzen, aber er fühlt sich hundeelend«, sagte ich. »Er ist schwach und gebrechlich, und die Lungenentzündung macht ihm die Atmung sehr schwer. Wenn Bruno mir gehörte, würde ich ihn erlösen, aber diese Entscheidung müssen Sie selbst treffen.«

Charles Webster durchdachte alles in Ruhe. Seine Frau hatte er zu Hause gelassen.

»Ich bin noch nicht soweit«, sagte er mit gebrochener Stimme. »Ich werde ihn mit heimnehmen und ihm den Rest seiner Tage so angenehm wie möglich machen. Wenn alle Hoffnung verloren ist oder wenn wir sehen, daß er leidet, dann wollen wir ihn einschläfern lassen.«

Wir wickelten Bruno in ein Bettuch, und Mr. Webster trug ihn heim. Der vormals kräftige muskulöse Körper war nun erbärmlich schmal geworden. Die Brust hob sich bei jedem Atemzug. Beim Hecheln hing die blasse, blaue Zunge aus dem Maul heraus. Die Augen lagen tief in den Höhlen. Bruno war am Sterben.

Einige Tage vergingen. Ich dachte des öfteren an Bruno und wollte auch die Websters anrufen. Aber immer wieder kamen zig andere Fälle dazwischen.

Dann meldete sich Charles Webster. »Doktor Miller«, sagte er, »Bruno ist dem Tod nahe, und wir meinen, es sei an der Zeit, ihn einzuschläfern. Er ist fast ganz bewußtlos und kann sich nicht mehr auf den Beinen halten. Er hat auch keine Kontrolle mehr über seinen Darm und seine Blase.«

Ich sagte Mr. Webster, daß ich seine Einstellung teile. »Bringen Sie ihn her!« riet ich ihm.

»Gut, aber zuerst möchten wir noch etwas anderes versuchen. Sie wissen ja, daß er so ein toller Kerl ist, und wir hätten schon immer gern Nachkommen von ihm gehabt. Wir wollten mit ihm züchten, wenn er mal alt ist. Dann hätten wir einen Welpen großgezogen, der einmal Brunos Nachfolger sein sollte. Aber wir haben doch nicht gedacht, daß wir ihn schon so früh verlieren würden. In unserer Nachbarschaft gibt es eine Boxerhündin, die gerade läufig ist. Ihr Besitzer möchte sie von Bruno decken lassen, wenn Sie ihm versichern, daß für die Hündin keine Gefahr besteht, vom Talfieber angesteckt zu werden.«

»Das mach' ich gern«, erwiderte ich. »Aber Bruno ist am Ende. Meinen Sie denn, daß Bruno noch die Kraft und das Verlangen hat, sich zu paaren?«

»Doktor«, sagte Mr. Webster, »Bruno ist ein Kavalier und sehr männlich. Wir werden ihn zwar auf die Hündin heben müssen, aber so, wie ich meinen Hund kenne, wird er die Hündin decken.«

Als ich in der darauffolgenden Woche in die Klinik kam, fand ich eine Notiz auf meinem Schreibtisch. ›Anruf bei Mr. Webster.‹

»Bruno ist in der Nacht gestorben«, sagte er, als ich zurückrief.

»Das tut mir leid«, erwiderte ich. »Ich weiß, daß dies ein Schock für Sie ist, vor allem weil Sie keinen Welpen von ihm bekamen, ehe er krank wurde.«

»Sie irren sich, Doktor«, sagte er, »wir bekommen doch noch unseren Welpen. Bruno hat die Hündin ein paar Stunden, bevor er starb, noch gedeckt.«

Vier Monate danach kamen die Websters in die Klinik. Mrs. Webster hielt einen stämmigen, acht Wochen alten männlichen Boxerwelpen auf dem Arm. Ich nahm ihn ihr ab und setzte ihn auf den Untersuchungstisch. Die meisten Boxerwelpen sind überaus freundlich und lebhaft, was sie mit Schwanzwedeln anzeigen. Dieser aber schaute mich nur ganz ruhig an. Das faltenreiche kleine Gesicht demonstrierte Würde und Gelassenheit, und der Stummelschwanz grüßte mit einem lässigen Wedeln.

»Wir nennen ihn Bruno«, sagte Janet Webster.

Zwar hatte ich die Diagnose bei Bruno schnell und richtig gestellt, aber natürlich hatte ich – wie alle Tierärzte – auch meine liebe Not, mit schwierigen Fällen zurechtzukommen.

Wenn ich Zeit hatte, machte ich auch Behandlungsversuche mit neuen Medikamenten für verschiedene Arzneimittelfabriken. Viele der getesteten Produkte waren enttäuschend. Andere wieder waren sehr wirksam, doch sie kamen nie auf den Markt. Die Mehrzahl jedoch wurde sofort in die Praxis eingeführt, und manche füllen nun die Regale unserer tierärztlichen Hausapotheke. Ein solches Produkt ist auch ›Panalog‹, eine Haut- und Ohrensalbe, die jeder Praktiker kennt.

Die Muster von ›Panalog‹, die ich erhielt, waren als Versuchspräparat mit einer Codenummer gekennzeichnet. Vermutlich stand der Handelsname noch nicht fest.

Mrs. Regal war eine wohlhabende und noble Dame. Sie besaß ein Vollblutgestüt im Hidden-Valley, einem saftigen Wiesental direkt südlich von Thousand Oaks. Mrs. Regal besaß auch einen irischen Setter namens ›Sport‹. Der Hund alterte und leckte ständig, wie viele Exemplare seiner Rasse, an der Innenseite einer Vorderpfote. Das machte er so lange, bis eine häßlich aussehende Hautveränderung entstand, die wir als Leckekzem oder Leckgranulom bezeichnen. Ich war bemüht, auf Mrs. Regal einen guten Eindruck zu machen – in der Hoffnung, daß sie mir auch die Behandlung ihrer wertvollen Pferde anvertrauen würde.

»Ich habe ein ganz ausgezeichnetes neues Präparat, das dieses Ekzem heilen wird«, sagte ich zu Mrs. Regal. Ich gab ihr mehrere Tuben ›Panalog‹ und wies sie an, das Medikament täglich aufzutragen und einen Schutzverband darüberzulegen.

Zwei Wochen später erschien Mrs. Regal wieder in meiner Klinik. »Diese gelbe Salbe hilft überhaupt nicht«, sagte sie. »Die Wunde von ›Sport‹ sieht jetzt noch schlimmer aus. Was können Sie sonst noch empfehlen?«

Ich untersuchte das Ekzem eben noch einmal. Es war einfach zu groß, als daß man es chirurgisch entfernen könnte.

»Ich hatte auch schon Erfolg, wenn ich diese Stelle lokal mit Cortison unterspritzte«, sagte ich. »Das wollen wir zunächst mal versuchen.«

»Nehmen Sie, was Sie wollen, Doktor, wenn Sie meinen, daß es hilft«, sagte Mrs. Regal. »›Sport‹ ist ein lieber alter Kamerad, und wir möchten alles daran setzen, daß er wieder gesund wird.«

Also behandelte ich die Pfote des Setters wie besprochen und bat Mrs. Regal, den Hund in zwei Wochen wieder vorzustellen. Mrs. Regal kam wieder, aber die Pfote war unverändert, was mich sehr enttäuschte.

»Was machen wir nun?« fragte die Besitzerin des Hundes skeptisch.

»Ich möchte nun gern eine Röntgenbestrahlung versuchen«, empfahl ich. »Einige dieser Hautveränderungen sprechen erstaunlich gut darauf an.«

»Tun Sie alles, Hauptsache es nützt ›Sport‹«, sagte Mrs. Regal.

Meine für diagnostische Zwecke eingerichtete Röntgenanlage war von einem Fachmann zur Bestrahlung von Hauterkrankungen umgebaut worden. Ich bestrahlte die Pfote dreimal. Jede Bestrahlung erforderte eine Allgemeinnarkose. Aber die Pfote schaute nach dieser Behandlung nicht anders aus als zuvor.

»Ich glaube, daß meine Röntgenanlage für eine so tiefe Veränderung der Haut nicht stark genug ist«, erklärte ich nun. »Würde es Ihnen etwas ausmachen, nach Santa Monica zu fahren? Ich möchte Sie an einen Kollegen überweisen, der ein Röntgengerät für Strahlentherapie besitzt. Ich bin sicher, daß er bessere Ergebnisse damit erzielt.«

»Ich würde bis nach New York fahren, wenn das ›Sport‹ helfen würde«, war Mrs. Regals Antwort.

›Sport‹ erhielt eine Serie von Röntgenbestrahlungen in Santa Monica. Jede Behandlung wurde unter Betäubung vorgenommen. Noch immer zeigte die Pfote keine Veränderung.

Mrs. Regal war außergewöhnlich geduldig. »Was können wir noch versuchen?« fragte sie.

Wir probierten es mit einer übelschmeckenden Salbe, um ›Sport‹ am Lecken zu hindern. Wir setzten ihm einen Beißkorb auf. Er brachte es fertig, durch die Maschen des Korbs hindurch zu lecken.

Er bekam Beruhigungsmittel. Daraufhin leckte er etwas langsamer, aber er hörte nicht auf damit. Wir versuchten es mit verschiedenen Heilsalben. Vergebens.

›Sport‹ wurde eine Ledermanschette angemessen, um das Granulom abzudecken. Er biß ein Loch in das Leder, so daß er wieder an die wunde Stelle kam.

Wir erfanden Übungen und Spiele, um seine Langeweile zu vertreiben. Ich schlug vor, er solle Mrs. Regal hinterherrennen, wenn sie durch die Gegend ritt. ›Sport‹ kam vom Ausritt mit hängender Zunge zurück. Er legte sich hin und fing wieder an zu lecken.

Ich konsultierte telefonisch andere Kollegen. Wir versuchten es mit Lösungen, Pasten und Mixturen. ›Sport‹ leckte mit noch größerer Energie. Ich machte Allergietests. Ich verschrieb Holzkohlenteer. ›Sport‹ leckte alles ab. Ich vermutete langsam, daß der Unschuldsengel von Hund mit dem Teufel im Bunde stand, um mich vor den Augen seiner wohlhabenden Besitzerin in Verlegenheit zu bringen. Erstaunlicherweise schien Mrs. Regal an meinen fruchtlosen Bemühungen nicht zu verzweifeln. Sie kam regelmäßig mit ›Sport‹ zu mir und bezahlte ihre Rechnungen. Geduldig versuchte sie, jeden meiner Ratschläge zu befolgen.

Schließlich riet ich ihr zur chirurgischen Entfernung der Hautveränderung, und den dabei entstehenden Defekt wollte ich mit einer Hautübertragung abdecken.

Mrs. Regal wollte sich das noch überlegen. Sie nahm ›Sport‹ mit nach Hause und kam nicht wieder.

Fast ein Jahr hatte sie bewundernswerterweise ihr Vertrauen in mich nicht verloren, trotz meiner erfolglosen Anstrengungen. Nun hatte sie schließlich doch aufgegeben. Wie konnte ich sie deswegen tadeln? Ich schämte mich jedesmal, wenn ich am Tor ihrer Ranch vorbeikam.

Viele Monate vergingen. Dann traf ich eines Tages Mrs. Regal am Postamt, als sie gerade zur Tür herauskam.

»Guten Morgen«, grüßte ich sie. »Sagen Sie, Mrs. Regal, was macht denn der gute ›Sport‹?«

»Oh, dem alten Kameraden geht es ganz gut«, sagte sie mit honigsüßer Miene.

»Ach ja? Und wie geht es seiner Pfote?« fragte ich verdutzt.

»Sie ist vollkommen geheilt«, entgegnete sie begeistert. »So gut wie neu!«

»Wirklich?« Ich war perplex. »Was hat denn schließlich geholfen?«

Mrs. Regal schaute mich einen Moment lang nachdenklich und ziemlich nachsichtig an.

»Ich bin schließlich mit ›Sport‹ zu Doktor Parizo in Oxnard gegangen«, sagte sie. Ernie Parizo war ein Schulkamerad von mir, der nicht weit von hier seine Praxis hatte. »Er hat mir ein neues Produkt gegeben«, erklärte Mrs. Regal würdevoll. »Es ist erst jetzt auf den Markt gekommen. Es nennt sich PANALOG. Versuchen Sie's mal, junger Mann. Ich denke, Sie werden es sehr brauchbar finden.«

Lassokünste

Bud Spavin war Hufschmied. Meine Praxis war erst seit einigen Monaten eröffnet, als ich ihn kennenlernte. Man hatte mich zu einem Pferd gerufen, das ein Augenleiden hatte. Als ich ankam, beschlug Bud nebenan gerade ein Pferd.

Die Besitzerin führte meinen Patienten aus dem Stall. Ein Auge war geschwollen und zeigte Ausfluß. Die Hornhaut war wolkig getrübt und entzündet. Mit Fluorescin diagnostizierte ich ein Geschwür.

»Man hätte das Auge schon vor einer Woche behandeln sollen, gleich nach der Verletzung.«

Die Besitzerin erklärte stolz: »Aber ich habe es behandelt! Ich habe jeden Tag KIP ins Auge getan.«

»Was ist KIP?« fragte ich.

Sie zeigte mir eine Salbentube.

»Aber das ist doch gar keine Augensalbe«, protestierte ich, als ich den Beipackzettel gelesen hatte. »Das ist gegen Sonnenbrand!«

Der Schmied richtete sich auf und starrte mich an. Er spuckte auf den Boden, schritt auf mich zu, schnappte sich die Tube KIP und murrte: »Teufel noch mal, Doc, dieses Zeug habe ich schon jahrelang fürs Auge verwendet!«

Dann zog er sein unteres Augenlid herab und schmierte sich mit schmutzigem Zeigefinger einen großen Batzen der Salbe ins eigene Auge. Mir verschlug es die Sprache, während er mich mit dem anderen Auge böse anstarrte. Sein gesalbtes Auge war nun ganz von der weißen Creme verschmiert. Er spuckte nochmals aus und zog brummend wieder ab. »Verdammt, KIP kann den Augen nicht schaden.«

Einige Monate lang sah ich Bud nicht mehr. Dann

machte ich eines Tages einen Besuch auf einer Ranch in den Bergen. Der Besitzer hatte eine Herde Buffalo-Rinder und andere Rinder auf der Weide. Er war gerade dabei, eine große Holsteinkuh mit Hörnern einzufangen. Sie war im Freien aufgezogen worden und scheu wie ein Reh. Dieses Tier wollte er verkaufen, und dazu benötigte er einen Bluttest auf Brucellose. Die Sache hatte nur einen Haken: die Weide war nicht mit einem Untersuchungsstand oder wenigstens einem Notstand ausgerüstet.

»Wie kann ich denn ohne einen Notstand von ihr Blut nehmen?« fragte ich den Besitzer.

Ich wußte nicht, daß Bud in einem großen Wohnwagen auf dieser Ranch wohnte. Plötzlich tauchte er hinter einem Lastwagen auf.

»Aber Herr Doktor, Sie brauchen doch nur ein Lasso zu nehmen«, spöttelte er. »Sie wissen doch, wie man mit Rindern umgeht, oder etwa nicht?«

Ohne einen Ton zu sagen, ging ich zu meinem Wagen und holte mein Wurfseil. Die Hörner der Kuh standen steil nach oben. Ich war etwa fünf Meter von ihr entfernt, zwischen uns waren zwei Zäune, die als Schleuse dienten, um Tiere durchzutreiben. Die Kuh merkte nicht, wie ich ein Rückhand-Lasso nach ihr warf. Zu meinem allergrößten Glück landete das Wurfseil genau um ihre Hörner. Ich band die Kuh an einen Pfosten und beobachtete die Männer. Der alte Rancher grinste, und Bud sperrte Mund und Augen auf.

»Hast du das gesehen? Er hat sie an den Hörnern über zwei Zäune weg gefangen! Besser kann man das nicht machen!« sagte der Rancher.

Von da an respektierte mich Bud. Er hatte mich für einen Stümper gehalten, weil ich KIP nicht als Augensalbe benutzt hatte. Nun aber war ich für ihn ein ausgezeichneter Tierarzt, weil ich das Lasso so geschickt werfen konnte.

Bud ist zwar schon alt, aber er kommt noch viel herum und beschlägt noch immer Pferde. Wir sind gute Freunde, nur beruflich sind wir über Kreuz. Von der Fessel bis zum Huf sind Pferde seine ureigene Domäne. Egal, welchen Hufbeschlag ich anordne, er hält sich nie daran, weil schließlich er der Schmied ist. Wenn ich hohe Stollen verlange, macht er sie niedriger, und umgekehrt. Ich kläre den Pferdebesitzer darüber auf und gebe absichtlich verkehrte Anweisungen. Dem Pferd ist geholfen. Bud ist glücklich. Der Besitzer ist glücklich. Ich bin glücklich.

Einmal holte mich Bud zu einer Gruppe seines eigenen Viehs. Die Tiere litten alle an einer geschwürigen Augenentzündung. Ich vermutete, er hatte sie wieder mit KIP behandelt.

»Das hilft hier nicht, Doc!« schnauzte er. »Ich möchte etwas von dem Zeug, das Sie bei Turnbulls Vieh verwendet haben!«

Da er ausnahmsweise bereit war, meine Therapie zu akzeptieren, verschrieb ich ihm Atropin-Chloramphenicol-Augentropfen.

Bud war noch eine jener unabhängigen und selbständigen Siedlerpersönlichkeiten, die leider nach und nach verschwinden. Bud kastrierte noch seine eigenen Hengstfohlen. Er fesselte ihre Vorderbeine, legte sie ab und kastrierte sie ohne jede Betäubung.

Daher erstaunte es mich, als Bud eines Tages mich anrief, um ein Hengstfohlen kastrieren zu lassen. Aber gleich nach meiner Ankunft entschuldigte er sich.

»Das ist nicht mein Hengst, Doc. Sonst hätte ich ihn schon längst selbst operiert. Die Dame, der er gehört, möchte einen Tierarzt dafür haben. Soll mir recht sein! Die kann ihr Geld ruhig zum Fenster rauswerfen. Wo gibt's denn so was! Ich habe eine Million Hengste kastriert! Fesseln, abwerfen und kastrieren, bevor sie überhaupt wissen, was mit ihnen geschieht!«

Als ich den Hengst örtlich betäubte und meine Instrumente bereitlegte, konnte Bud nicht mehr an sich halten.

»Wie kann man nur aus einer simplen Operation so ein Gedöns machen. Einfach fesseln, einen guten Mann an den Kopf stellen, eins, zwei, drei die Hoden abschneiden und wieder laufen lassen. Am nächsten Tag draufsitzen und ihnen die Seele aus dem Leib reiten. Das tut ihnen gut. Für Pferdekastrationen braucht man doch keine Akademiker. Das ist doch eine Kleinigkeit!«

Ich nahm Succinylcholinchlorid aus dem Kühlschrank meines Wagens und zog eine Zwei-Kubikzentimeter-Spritze auf. Dieses Medikament führt zu Lähmungen. Wenn man es einem Pferd intravenös verabreicht, zeigt das Tier nach wenigen Minuten nervöses Muskelzucken. Danach bricht das Pferd zusammen und ist vollkommen gelähmt. Diese Lähmung hält nur wenige Minuten an, und dann kommt das Pferd wieder auf die Beine. Die Pferdepraktiker haben zwanzig Jahre lang dieses Medikament eingesetzt. Bei Hengstkastrationen kombiniere ich es meistens mit einem Schmerzmittel.

Als Bud sah, wie ich die Spritze füllte, sagte er: »Gute Idee! Zuerst Starrkrampfspritze. Ich mach' das auch immer so. Ich hab' niemals einen Hengst kastriert, der danach Starrkrampf bekam. Ihre Idee ist hervorragend!«

Wieder einmal ritt mich der Teufel. Na warte, dachte ich, dir werd' ich's zeigen. Ich zitterte fast vor übermütiger Vorfreude.

In meinem Praxismobil hatte ich mein Ultraschallgerät, das ich später bei einem anderen Patienten anwenden wollte. Ich nahm es heraus und gab Bud das Ende eines langen Verlängerungskabels in die Hand. »Könnten Sie es bitte anschließen?« fragte ich ihn.

Bud trottete brummelnd davon. Ich ging zu dem bereits ruhiggestellten Hengst und injizierte blitzschnell das Succinylchlorid.

»Eine gute Idee, die Starrkrampfimpfung!« wiederholte Bud, als er wiederkam.

Ganz unbefangen ging ich zurück zum Wagen, legte die Spritze beiseite und griff nach dem Ultraschallgerät. Etwa acht Sekunden waren seit der Injektion vergangen. Ich schaltete das Gerät ein, stellte es auf Höchststufe und benetzte den Kopf des Geräts mit einigen Tropfen Flüssigseife. Das dauerte keine fünf Sekunden. Als die Ultraschallwellen auf die Seife trafen, schäumte sie heftig auf. Bud hob die Augenbrauen. Neugierig sah er zu. Plötzlich drehte ich mich zum Hengst um und hielt dabei den Kopf des Geräts in beiden Händen, wie ein Polizist, der eine Pistole in Anschlag bringt. Dann erhob ich mich dramatisch auf die Zehenspitzen, wie ein Matador, wenn der Augenblick der Wahrheit naht.

Bud murmelte: »Doc, haben Sie auch immer einen Sonnenhut im Freien getragen? Sie wissen doch...«

Schlagartig zuckten die Augenlider des Hengstes. Seine Muskeln begannen zu zittern, zuerst an der Schulter und von dort fortschreitend über den ganzen Körper. Bud war die Spucke weggeblieben und hielt den Atem an. Der Hengst fiel wie vom Blitz getroffen zu Boden.

Ich schaltete das Gerät ab und rannte zum Hengst. Schnell führte ich die Kastration aus. Bud war ganz still. Der Hengst bekam wieder Kraft in seine Beine. Ich sammelte meine Instrumente ein, reinigte sie und räumte sie weg. Bud stand daneben, noch immer sprachlos, sein Gesicht war ganz starr vor Respekt. Ich zog das Ultraschallgerät aus der Steckdose und trug es zum Wagen. Bud starrte es feindselig an und trat ein paar Schritte zurück. »Keine Blasen an den Händen!« sagte ich.

Bud war still und hob verwirrt seine Augenbrauen.

»Keine wunden Hände«, wiederholte ich. »Das ist doch eine feine Art, Pferde niederzulegen, nicht wahr?«

Darauf schaute er mich an, und in seinem Blick war eine Mischung aus Ehrerbietung und Schauder.

Als ich wegfuhr, hob er zögernd die Hand zum Abschiedsgruß, noch immer sprachlos. Der arme Mann war einfach überwältigt.

Ich wußte endlich, was für ein Gefühl es ist, ein Wunderdoktor zu sein.

Das Wurfseil war mir bei der Arbeit mit Tieren oft sehr hilfreich. Manchmal war es aber auch die Ursache vieler Mißgeschicke.

Als Junge war ich auf Ranches im Westen gewesen, wo ich das Lassowerfen gelernt hatte. Durch Übung bekam ich einigermaßen Erfahrung beim Einfangen verschiedener Dinge. Obwohl ich kaum einen Preis gewonnen habe, hatte ich doch eine Leidenschaft fürs Lassowerfen entwickelt und auch bei einem Universitäts-Rodeo mitgemacht. Bis ich mein tierärztliches Vorpraktikum an der Universität von Arizona beendet hatte, beschränkte ich mich auf das Einfangen von Pferden und Kühen. Natürlich mußten auch einige Hühner, Ziegen und sogar ein Kojote, der in meine Reichweite kam, als Opfer herhalten. Aber normalerweise handelte es sich um herkömmliche Haustiere.

An der Tierärztlichen Hochschule von Colorado war meine Lassokunst nichts Besonderes. In den Sommern auf den Ranches in Colorado, bei Schul-Rodeos und gelegentlich auch unter den Patienten der Hochschulklinik gab es lohnende Objekte für mein Lasso.

Nach meiner Approbation weitete ich mein Repertoire aus. Damals mußte man immer wieder Pferde und Rinder einfangen, damit man sie behandeln konnte, auch eine Vielzahl exotischer Tierarten. Wenn ein Tierarzt sich mit Zirkus- und Zootieren befaßt und auch Wildtierhaltungen betreut, dann bleibt es nicht aus, daß zu den eingefangenen Tieren auch Zebras, Bisons, Rehe, Antilopen, Leoparden, Bären, Seelöwen und Strauße gehören. Ich habe sogar einen Pilot-Wal mit dem Lasso gefangen.

In gewisser Weise bin ich Weltrekordhalter im Einfangen der verschiedensten Tiere. Wenn ich eine Tierart zum ersten Mal fange, dann verbuche ich das gedanklich in meiner Rekordliste, wie ein Vogelkundler oder ein Trophäenjäger auf Safari. Das Fangen von Tieren mit dem Lasso befriedigt den urtümlichen Jagdinstinkt, ohne daß die Tiere verletzt werden. Aber wie ich schon sagte: manchmal ging es auch daneben.

Eines Tages wurde ich von dem Filmstar Lana Turner gerufen. Ihre Ranch war rund dreißig Meilen von hier entfernt, und ich sollte ein einjähriges Vollblutfohlen behandeln, das einen Abszeß hatte. Als ich ankam, war nur die Mutter der Schauspielerin auf der Ranch. Das Stutfohlen befand sich auf einer Koppel, die etwa zwanzig Ar groß war. Sie war mit einem 1,80 Meter hohen Maschendrahtzaun umgrenzt.

»Ich bin ja so froh, daß Sie kommen, Doktor!« sagte die alte Dame. »Dieses Fohlen ist zehntausend Dollar wert, und wir machen uns große Sorgen wegen des geschwollenen Kiefers.«

»Okay«, sagte ich. »Könnten Sie es herbringen?«

»Ich bin doch nicht lebensmüde«, erwiderte sie. »Da geh' ich niemals hinein!«

»Na, schön, dann will ich das Fohlen eben selber fangen.«

Es war unmöglich, das Fohlen zu fangen, nicht einmal auf sieben Meter Abstand ließ es mich herankommen. Aber nun hatte ich doch so eine weite Anfahrt, daß ich nicht wieder heimfahren wollte, ohne das Tier behandelt zu haben. Wir versuchten das Fohlen mit Karotten und Hafer zu locken – vergeblich. Ich ging zum Wagen und holte mein Wurfseil.

»Ich werde es schon kriegen«, versicherte ich der besorgten Dame.

Mit einem langen Wurf erwischte ich tatsächlich das Fohlen, was mich mit Stolz erfüllte. Ich fing das junge Tier im Galopp, verlor aber dann das Ende des Lassos. In wilder Flucht raste das Fohlen in der Koppel herum und zog mein Wurfseil hinter sich her. »Es wird sich bald beruhigen, und dann kann ich es behandeln«, erklärte ich zuversichtlich.

Das Ende des Seils schlingerte hinter dem Fohlen her, und irgendwie verfing es sich am oberen Spanndraht des Zauns. Sofort riß es den Draht los. Nun zog das Fohlen außer dem zehn Meter langen Seil auch noch fünfzehn Meter quietschenden Drahtzaun hinter sich her. Die Geschwindigkeit steigerte sich zum Renngalopp. Der Drahtzaun kreuzte meinen Weg, und ich mußte einen Luftsprung machen, um nicht umgerissen und verletzt zu werden. Vor lauter Panik rannte das Fohlen zwei Runden um die Koppel und dann direkt auf den Zaun zu und versuchte, ihn zu überspringen. Es hing kurz auf dem Zaun und überschlug sich dann. Hysterische Wahnvorstellungen von aufgeschlitztem Bauch, gebrochenem Genick und der Anklage wegen dieses Kunstfehlers schossen durch meinen Kopf. Doch wie durch ein Wunder erhob sich das Fohlen und stand vor Schreck ganz starr außerhalb der Koppel. Ich fing es ein und sah nur wenige Kratzer an seinem Bauch. Nachdem ich diese kleinen Blessuren und den Kieferabszeß behandelt hatte, brachte ich das Fohlen auf die Koppel zurück. Dann fing ich an, den Zaun zu reparieren.

Ein paar Jahre später, als ich älter war und demnach hätte weiser sein sollen, holte man mich auf eine Quarter-Horse-Ranch, um eine Gruppe von Fohlen zu impfen. Der Besitzer der Ranch war der Entertainer Buddy Ebsen.

Als ich ankam, sagte die Tochter zu mir: »Sie sind alle zahm und ans Halfter gewöhnt, Doktor – mit Ausnahme dieses kleinen rotbraunen Fohlens dort. Es ist so scheu wie ein Reh. Ich habe es noch nie fangen können.«

»Keine Sorge«, versicherte ich ihr, »wir werden es schon kriegen!«

Ich holte mein Lasso. Das Fohlen rannte in der Koppel am Zaun entlang. Nach zwei vergeblichen Versuchen warf ich ihm eine Schlinge um den Nacken. Das Fohlen raste mit Höchstgeschwindigkeit dahin, und als es vom Lasso erfaßt wurde, änderte es seine Richtung und nahm Kurs auf mich. Ich wedelte und fuchtelte, damit es mich nicht umrannte. Aber es ließ sich nicht beirren und warf mich einfach um.

Ich habe mich oft gefragt, was passiert, wenn einen beim amerikanischen Football ein zweieinhalb Zentner schwerer Linienmann mit voller Wucht anrennt. Bei dieser Gelegenheit fand ich es heraus. Als ich mich mühsam hochrappelte, waren das vordere Kreuzband und das mittlere äußere Band meines linken Knies gerissen. Dieser Zusammenprall kostete mich eine Operation, eine Woche Krankenhaus, zwei Monate Streckgips bis zur Hüfte, drei Monate ›Ferien‹ von der Großtierpraxis, was fast eine ganze Skisaison bedeutete – und fünftausend Dollar.

Im darauffolgenden Frühjahr war ich wieder auf Außenpraxis. Ich mußte zu einem Zirkus, um ein Zebra zu behandeln, das sich zusammen mit einem Yak in einem Gehege befand. Das Yak ähnelte einem kleinen Bison mit den langen Hörnern eines Texas-Longhorn-Stiers. Das Zebra war zahm, wenn man das von einem Zebra überhaupt behaupten kann. Aber das Yak war ein Teufelsbraten.

Nachdem ich das Zebra behandelt hatte, nahm ich ihm das Halfter ab.

»O nein!« rief der Trainer. »Das hätten Sie lieber dranlassen sollen. Jetzt kann ich es überhaupt nicht mehr einfangen.«

»Das tut mir leid«, sagte ich entschuldigend. »Ich werde das Zebra fangen und ihm das Halfter wieder umlegen.«

Wieder einmal holte ich mein bewährtes Lasso hervor, das ich über Monate nicht mehr benutzt hatte. Es fühlte sich gut an in meiner Hand. Ich fing das Zebra und legte das Halfter um. Als ich zum Tor hinaus wollte, donnerte das Yak an mir vorbei. Ich hatte gerade mein Wurfseil zusammengerollt und konnte der Versuchung nicht widerstehen: Ich warf das Lasso und fing damit beide Hinterbeine des Yak. Es befreite sich freilich gleich wieder, und als ich am Tor war, lächelte ich dem Trainer zu und dem Zirkuspersonal, das vor dem Zelt stand.

»Nun gut, immerhin kann ich jetzt sagen, daß ich auch schon mal ein Yak gefangen habe.«

Ihr Lachen erstarb vor Entsetzen. Hinter mir hörte ich donnerndes Hufgetrappel. Ich drehte mich gar nicht erst um, denn ich wußte, was da im Anmarsch war. Ich rannte zum Zaun, sprang darüber hinweg, und mit knapper Not entkam ich dem erbosten Yak.

»Da haben Sie noch mal Glück gehabt, Doktor«, sagte der Trainer, »wenn dieser zottige Teufel Sie erwischt hätte, dann hätte er Sie zertrampelt und wie ein Kampfstier auf die Hörner genommen.«

In den nächsten paar Minuten ging mir so allerlei durch den Kopf. Dann legte ich ein Gelübde ab: Nie wieder würde ich, solange ich praktiziere, dieses verdammte Lasso benutzen, um ein Tier einzufangen.

Es sei denn, es bliebe mir keine andere Wahl.

Vom Lebenswillen der Tiere

Man hört immer wieder Geschichten von Menschen, die sterben, weil sie keinen Lebenswilllen mehr haben. Aber Menschen können auch unerträgliche körperliche Leiden überstehen aufgrund ihres außergewöhnlichen Lebenswillens. Bei Tieren ist das nicht anders. Der Lebenswille ist bei den Tierpatienten sehr verschieden, und das ist zucht- oder artbedingt. Zum Beispiel hängen Araberpferde sehr am Leben, wie ich erfahren habe. Dagegen geben Collie-Hunde schnell auf, wenn sie krank oder verletzt sind. Sie neigen dann auch zu Depressionen. Ich glaube, daß man die depressiveren Patienten, wenn sie einmal ernsthaft erkrankt sind, besser zu Hause läßt, statt daß man sie in der Tierklinik behält. Einige Katzen haben einen außergewöhnlichen Lebenswillen; Schafe dagegen geben schnell auf und sterben. Nach meiner Erfahrung wehren sich Lamas nicht besonders, wenn sie krank sind. Aber unter lebensbedrohenden Umwelteinflüssen können sie sehr ausdauernd sein.

Ich behandelte einmal einen Deutschen Schäferhund, der von einem Auto angefahren worden war. Seine Wirbelsäule war gebrochen und das Rückenmark geschädigt. Der arme Hund war querschnittgelähmt, aber die Besitzer wollten das Unglück nicht wahrhaben. Sie baten uns, »alles zu versuchen«.

Wir erklärten ihnen zwar die Endgültigkeit und die Hoffnungslosigkeit dieser Verletzung, aber sie ließen den Hund in der Klinik, wo wir ihn fütterten und versorgten. Nach einigen Wochen war die Hinterpartie des Hundes stark abgebaut und verkümmert.

Aber die Besitzer brachten es noch immer nicht über sich, das Tier einschläfern zu lassen. »Er ist doch noch so munter und sein Vorderkörper scheint ja ganz normal«, argumentierten sie.

Dennoch wollten sie ihn nicht nach Hause nehmen. Irgendwie glaubten sie wohl, daß ein Wunder geschehen und der Doktor zu ihnen sagen würde: »Ich habe eine gute Nachricht für Sie. Teddys Lähmung macht sich, und wir glauben, daß er bald wieder gehen kann.«

Für mich war es immer unangenehm, auf der Station zu bleiben, wenn die Familie gerade ihren Hund besuchen kam. Er winselte leise und zeigte ihnen seine Not und seinen Schmerz, aber auch seine Verlassenheit und sein Heimweh durch den Blick seiner intelligenten braunen Augen und durch eifriges Belecken.

Beim Reinigen von Teddys Käfig wurde der Hund immer in ein Ställchen gebracht. Mitleidheischend schleppte er seinen gelähmten Hinterkörper im Ställchen herum, nur mit Hilfe seiner kräftigen Vorderbeine.

Eines Tages war Teddy wieder mal im Ställchen, und sein Anblick erstaunte und schockierte mich. Teddy stand auf den Vorderbeinen. Sein gelähmtes und verkümmertes Hinterteil baumelte unbrauchbar herum – aber mit den Vorderbeinen hielt er die Balance. Am nächsten Tag konnte Teddy gehen.

Die Familie des tapferen Hundes kam, um Teddy zu sehen. Wortlos beobachtete sie ihn, wie er sich selbst aufrichtete und auf sie zuging. Sein gelähmtes Hinterteil schwankte von einer Seite zur anderen.

»Das ist ja fürchterlich«, sagte der Mann.

»Entsetzlich«, rief die Frau. »Schläfern Sie ihn doch ein. Ich kann so etwas nicht sehen!«

In meiner Praxis, die ich nun schon seit über einem Vierteljahrhundert führe, ist mir nie ein tapfereres Tier begegnet als dieser Araberhengst. Ich will ihn hier ›Scheich‹ nennen.

›Scheich‹ bekam im Osten der USA Hufrehe und brach zusammen. Es war so schlimm, daß seine Hufe sich ablösten. Das Hufbein wich von der Hufkapsel zurück und senkte sich. Veterinärchirurgen machten ihm aus Acryl Kunsthufe. Es kam zu tiefliegenden Infektionen, und Eiter quoll aus der Sohle und aus dem Kronsaum, wo das Haarkleid den Huf berührt.

Das Pferd hatte so starke Schmerzen, daß es die meiste Zeit auf dem Boden seiner Box lag, obwohl es ständig steigende Dosen von Schmerzmitteln erhielt. Nur mit größter Anstrengung konnte es sich erheben. Seine Beine streckte es von sich und nach vorne, wie beim Salemaleikum, was in grotesker Weise an seine arabischen Ahnen erinnerte.

Das Pferd wurde nach einjähriger Behandlung zur kalifornischen Ranch seines Besitzers geflogen, wo wir es zum ersten Mal behandelt hatten. Als ich den Kampf des edlen Tieres sah und die Röntgenbilder seiner zerstörten Hufe, mußte ich einfach den Kollegen im Osten anrufen, der es zuvor behandelt hatte.

»Herr Kollege«, sagte ich, »es ist inhuman, dieses Pferd am Leben zu halten. Das ist der schlimmste Fall einer Hufrehe, den ich je bei einem lebenden Tier gesehen habe. Ich glaube, wir sind es dem Pferd schuldig, seinen Besitzer dazu zubringen, daß er das Tier erlösen läßt.«

»Herr Kollege Miller«, entgegnete der andere, »ich habe genau wie Sie gedacht. Aber ich muß Ihnen dazu etwas sagen. ›Scheich‹ ist eben kein gewöhnliches Pferd. Er *will* leben, und das sagt er mir auch! Ich habe noch nie so ein Pferd gesehen, und Ihnen wird es genauso gehen, und dann wissen Sie, was ich meine.«

Viele meiner Patienten sind Araberpferde. Ich kenne sie gut, und ihre Zähigkeit und ihr Durchhaltevermögen beeindrucken mich. Aber wenn man mich damals gefragt hätte, wäre ich froh gewesen, wenn ich diesem armen Geschöpf eine Überdosis von einem Narkosemittel hätte geben können.

Aber innerhalb weniger Wochen wurde mir klar, was der Kollege meinte. Der Charakter des Tieres, seine Gutmütigkeit, seine Willenskraft und auch die Kraft, mit der er am Leben hing, waren so außergewöhnlich, daß auch ich alles versuchen wollte, diesem Pferd zu helfen.

Ich setzte ›Scheich‹ auf eine spezielle kalorienarme Diät. Er hatte zuvor eine große Menge Getreide erhalten, was nach meiner Meinung den Zustand der Hufrehe nur verschlechterte. Ich gab ihm Medikamente, die seine Schmerzen linderten und die Entzündung in den Hufen unterdrückten. Wir ließen besondere Kunsthufe anfertigen, die seine deformierten Hufe unterstützten. Röntgenaufnahmen zeigten, daß sein Hufbeine beinahe vollkommen verkümmert waren. Doch wie durch ein Wunder sah man bei späteren Aufnahmen, daß diese Hufknochen sich wieder verfestigten. Nach einer Behandlungszeit von einem Jahr war die Dichte der Knochen fast normal, und auch die Schmerzen ließen nach.

›Scheich‹ hat es überstanden. Er hat sogar schon Stuten gedeckt. Seine Beine werden zwar nie mehr ganz normal sein. Er trägt immer noch spezielle Hufeisen, und auch das Aufstehen macht ihm Schwierigkeiten. Wenn er aber einmal auf den Beinen ist und man ihn auf die Weide bringt, rennt er mit wehender Mähne und gestelltem Schweif herum. Dann sieht man seinen stolzen Gang und sein stahlgrau glänzendes Fell. Seine Nüstern weiten sich, und die dunklen klugen Augen beherrschen seinen klassischen Kopf. Er ist das Inbild des Pferdes, das Maler zu allen Zeiten auf ihren Bildern verewigt haben. Ich liebe dieses Pferd. Nur wenige Menschen haben solche Charaktereigenschaften wie er. Er ist nicht nur mutig, schön und klug, sondern auch äußerst liebenswürdig und zutraulich.

Oh diese Filmleute!

Meine erste Bekanntschaft mit Leuten vom Film machte ich bei den Dreharbeiten für ›Das Erbe des Blutes‹. Es war eine große Produktion mit den Stars Robert Mitchum und George Hamilton. Der Regisseur war Vincente Minelli, und ich weiß nicht mehr, ob er damals noch mit Judy Garland verheiratet war. Aber seine 13jährige Tochter Liza Minelli lungerte bei den Dreharbeiten herum und machte Mr. Hamilton verliebte Augen.

Das Studio hatte mich als Sachverständigen hinzugezogen, obwohl ich fast siebzig Meilen entfernt wohnte. Man hatte gehört, daß ich mit Wildtieren vertraut war.

»Wir brauchen Sie, um einen fünf Zentner schweren europäischen Wildschweinkeiler für eine Jagdszene zu betäuben«, erklärten mir die Leute vom Studio. »Für eine Szene, in der der Keiler gerade erschossen wird. Dann haben wir noch einige andere Tiere, die ebenfalls betäubt werden müssen. Der Keiler soll ein paar Hunde töten.«

Noch vor Tagesanbruch fuhren Debby und ich nach Culver City. Meine Routinebesuche wollte ich erledigen, wenn ich abends zurückkam. Als ich mich zur Mitwirkung bei der Filmszene bereit erklärt hatte, da wußte ich noch nicht, daß ich eine Woche lang täglich hin- und herfahren mußte. Nun sollte ich also die unglaubliche Langsamkeit und die Langeweile bei einer Filmproduktion kennenlernen.

Die Hundeszene kam zuerst dran. Ich narkotisierte einen Hund mit Penthobarbital, dessen Wirkung lange anhielt. Dann kamen die Leute für die Spezialeffekte und begannen, mit Tonerde und Farben und den Eingeweiden eines echten Lammes zu arbeiten, und nach einer Stunde sah der Hund so aus, als habe man ihm den Leib aufgeschlitzt.

»Wie sieht das aus, Doktor?« fragte Minelli.

»Gut«, meinte ich, »aber anatomisch ist es nicht richtig, obwohl es unglaublich realistisch wirkt.«

»Was meinen Sie?« fragte Minelli.

»Man sieht den Magen aus der Wunde heraushängen. Das hier aber ist ein Pansen, und Hunde haben keinen Pansen wie Schafe. Sie hätten Därme nehmen sollen, weil die Därme fast aller Tiere gleich aussehen. Aber was noch wichtiger ist: die Eingeweide hängen dem Hund von einer angedeuteten Wunde aus dem Brustkorb heraus anstatt aus einer Bauchwunde. Im Brustkorb gibt es nur Herz und Lunge.«

»Kein Mensch wird den Unterschied bemerken«, sagte Minelli. »So viele Tierärzte gehen nicht ins Kino, die meisten sind zu beschäftigt, um sich Filme anzusehen. Wir nehmen den Hund so, wie er jetzt aussieht. Ich finde ihn ganz gut.«

»Hören Sie mal«, widersprach ich ihm, »es gibt noch viele andere Leute außer Tierärzten, die wissen, daß Eingeweide nicht aus einer Brustwunde herausquellen können. Das wissen alle Ärzte, Krankenschwestern, Bauern und Metzger und jeder, der einmal auf der Schule im Biologieunterricht einen Frosch seziert hat.«

»Ich kenne den Unterschied nicht«, sagte der Regisseur unbekümmert, und die Szene wurde gefilmt. Aber als ich den fertigen Film sah, war die Szene nicht dabei. Ich könnte mir vorstellen, daß doch ein Filmcutter stutzig wurde und gesagt hat: »Halt mal, das Gedärm des Hundes kommt ja aus einer Brustwunde heraus!«

Heutzutage wäre die Narkose des Keilers eine einfache Sache. Es gibt jetzt moderne Beruhigungsmittel und auch Mittel zur Lähmung eines Tieres. Damals hatte ich nichts anderes als Penthobarbital zur Verfügung. Das Problem dabei war, daß es nur intravenös gegeben werden konnte. Aber die Filmproduktion wurde auch von den Vertretern des Tierschutzes überwacht. Und wenn das Tier an einer Überdosis des Narkotikums gestorben wäre, hätten sie niemals erlaubt, daß diese Szene im Film gezeigt würde. Ein Schwein, das wirklich tot war – ausgeschlossen!

Der große schwarze Keiler wurde in einen Bretterverschlag gebracht. Ich versuchte in eine seiner Ohrvenen zu spritzen, aber er war einfach zu wild und zu widerspenstig. Ich schob den Stiel eines Rechens unter sein Kinn, um den Kopf anzuheben. Er biß den Rechenstiel glatt in zwei Hälften. Als ich das sah, nahm ich mir vor, meine Finger nicht zwischen seine großen blinkenden Hauer zu bringen.

Schließlich blieb mir nichts anderes übrig, als dem Schwein das Narkotikum in die Bauchhöhle zu spritzen. Also stach ich eine kurze starke Hohlnadel in seine Flanke. Mit einer zweiten dünnen, aber stumpfen Nadel ging ich durch die Hohlnadel hindurch, um in die Bauchhöhle zu gelangen. Dahinein gab ich meine berechnete Menge Penthobarbital. Das ist eine gefährliche und ungenaue Methode, ein Tier von dieser Größe zu betäuben, aber es blieb mir keine andere Wahl. Ich hatte immer wieder vergeblich versucht, in die Ohrvene zu spritzen, und sonst war keine andere Vene des Keilers zu erwischen, ohne den Verlust eines Arms zu riskieren.

Wenn ich zuviel Narkotikum gab, dann würde der Keiler sterben. Fette Tiere, wie Schweine, deponieren Barbiturate in ihrem Fett und entgiften sie nur sehr langsam. Deshalb schlafen sie danach oft stunden- oder sogar tagelang. Wenn ich zu wenig spritzte, dann würde der Keiler nicht tief genug schlafen. Er sollte ja wie tot aussehen, ohne wirklich tot zu sein. Ich hatte Glück. Nach der Injektion ließ man den Keiler aus seinem Verschlag. Er trottete ins Freie, wo die Todesszene gefilmt werden sollte. Dann fiel er plötzlich auf die Seite, zappelte ein paarmal und lag dann ruhig da.

»Schnell«, befahl ich, »nehmen Sie die Szene jetzt auf! Ich kann ihm nicht noch mehr spritzen.«

Die Szene wurde gedreht, während der Keiler regungslos dalag, nur sein oberes Bein zitterte. Man benutzte einen dünnen Draht, um das Bein ruhigzustellen. Als ich mir den Film ansah, konnte ich den Draht sehen, aber ich war wohl der einzige, der es gemerkt hatte.

Man filmte die Szene mehrmals. Und dann begann ich mir Sorgen zu machen. Ich fürchtete, daß der Keiler nicht mehr aufwachen würde. Ich bedeckte ihn mit Wolldecken und drehte in jede halbe Stunde um, wobei ich ihm beschwörend zuredete. Als ich endlich Anzeichen entdeckte, daß die Narkose abflaute, fuhr ich mit meiner müden Frau nach Hause.

Am nächsten Tag rief das Filmstudio an, um mir mitzuteilen, daß es dem Keiler gutgehe und daß Mr. Minelli mit mir sprechen wolle.

»Erinnern Sie sich, wie dieser Keiler aus seinem Verschlag trottete und mit einem ›Plumps‹ auf die Seite fiel?«

»Ja.«

»Gut, ich möchte diese Szene noch einmal drehen. Es soll so aussehen, als ob der Keiler erschossen würde.«

»Das kann ich nicht machen«, erklärte ich.

»Warum nicht?«

»Weil es ein Zufall war, daß er so plötzlich zusammenbrach. Selbst wenn ich die gleiche Dosis am selben Tier genauso anwenden würde, dann wäre es äußerst unwahrscheinlich, daß er wieder so umfiele.«

»Sie schaffen das schon, Doktor. Kommen Sie morgen früh um sechs Uhr.«

Klugerweise wollte Debby am nächsten Tag zu Hause bleiben, während ich wieder ins Culver City-Studio fuhr.

»Der Tierschutzverein erlaubt uns nicht mehr, daß wir denselben Keiler benutzen«, wurde mir erklärt.

»Das ist eine gute Idee!« sagte ich.

»Aber wir haben ein anderes Wildschwein für Sie. Es

ist etwa einhundert Pfund leichter, dafür aber um einiges wilder.«

Ich versuchte die Erfahrungen des Vortages zu nutzen und wendete die gleiche Methode an. Dieser Keiler aber fiel in Zeitlupentempo um. Minelli kochte vor Wut. Mehrmals stellte ich den Keiler auf die Beine. Aber immer wieder spreizte er im Zeitlupentempo die Beine und sank langsam zu Boden. Dabei surrten die Kameras, und alle hofften, der Keiler würde nun wunschgemäß niederplumpsen. Ich staunte, welche Kosten die Bereithaltung und Beschäftigung einer solchen Menge von Technikern und Hilfspersonal verschlang. Die Kameras filmten unentwegt, während wir zusahen, wie der Keiler langsam und immer wieder unzählige Male niedersank.

»Stellen Sie ihn nochmals auf!« befahl Minelli. Er saß angespannt hinter der Kamera, und seine Unterlippe zitterte nervös. Aber niemals verlor er die Beherrschung oder seine Entschlossenheit.

»Mister Minelli«, bat ich, als die Sonne bereits unterging, »ich muß wieder nach Thousand Oaks zurück. Ich muß mich um meine Patienten kümmern. Das kostet mich die halbe Nacht.«

»Still!« zischten einige Studioarbeiter. »Nun lohnt es sich doch erst!«

Vermutlich bekamen sie nach den gewerkschaftlich vereinbarten Tarifen nun den doppelten Lohn, und die Mannschaft freute sich über jede Überstunde.

Zu guter Letzt fiel der Keiler doch noch wie gewünscht auf die Seite, und ich glaube, daß die totale Übermüdung daran schuld war. Er schnarchte heftig, und der Regisseur freute sich wie ein Schneekönig.

»Ich hab's, ich hab's!«

Ich kann mich nicht daran erinnern, diese Szene im Film je gesehen zu haben. Möglicherweise ist sie dem Cutter zum Opfer gefallen.

Warnung vor Roßtäuschern

Der berühmte Verbraucheranwalt Ralph Nader hat bis jetzt nichts mit Pferdehändlern zu tun gehabt. Es würde sich lohnen, denn der Pferdehandel ist ein einträgliches Geschäft und bringt reichlich Arbeit für Anwälte, die die Rechte der Verbraucher zu vertreten haben. Uns Pferdepraktikern ist es natürlich bekannt, daß skrupellose Händler an unerfahrene Reiter und für Kinder kranke und zu teure Pferde unter Vorspiegelung falscher Tatsachen verkaufen. Bei anderen Waren wären längst die Handelskammer, der Verbraucherschutz und die Staatsanwaltschaft eingeschritten.

In früheren Zeiten war eigentlich jeder so etwas wie ein Reitersmann. Man kannte die Roßtäuschermethoden und schaute den Pferden aufs Maul. Heutzutage ist der Käufer eines Pferdes meist ein Angehöriger der Mittelklasse, der noch nie etwas mit Pferden zu tun gehabt hat. Normalerweise kauft er das Pferd für sein Kind und wird so zur leichten Beute für einen Pferdehändler. Gerade ein erfahrener Geschäftsmann oder jemand, der voll im Berufsleben steht, ist für einen gerissenen Händler sehr anfällig. Je bauernschlauer und erfahrener so ein Verkäufer ist, desto leichteres Spiel hat er. Der Käufer will nicht glauben, daß ein einfacher Mann vom Lande jemals die Unwahrheit sagen könnte (»Quatsch! Er ist doch viel zu einfältig, um mich reinzulegen!«).

Ich vereinbarte einen Termin, um das Pferd zu untersuchen, das Dennis Walker kaufen wollte. Ich kannte Mr. Walker nicht und hielt ihn für einen seriösen Mann. Er hatte zwei Jungen im Alter von sechs und neun Jahren.

»Dieses Pferd ist ein eingetragener Morgan, und Buck

Noonan sagt, er sei für mich und die beiden Jungen genau richtig, um darauf reiten zu lernen.«

Ausgerechnet Buck Noonan! Er war, ehe er in die ewigen Jagdgründe einging, ein bekannter Pferdehändler am Ort, ein redegewandter und liebenswürdiger Cowboy-Typ. Er beeindruckte die feinen Herren der Stadt, die ihn mit den offenherzigen und edlen Helden aus den Westernfilmen ihrer Jugendzeit verwechselten.

»Ich möchte einen Tierarzt eigentlich nur deshalb konsultieren, weil das Tier mit einem Bein Probleme hat«, sagte Dennis.

Kann ich mir vorstellen! dachte ich.

Ich erreichte die Crooked B. Ranch, bevor die Walkers eintrafen. Es war früh am Samstagmorgen. Zwei junge Männer beschnitten Hufe.

»Guten Morgen!« begrüßte ich sie und erklärte ihnen den Grund meines Kommens.

»Hallo«, rief ein Bursche namens Red. »Es handelt sich um das Pferd da drüben, den großen Fuchs, der ein Halfter anhat.«

Auf der Ranch gab es ungefähr ein Dutzend Wallache. Das waren keine Pferde aus Kalifornien. Sie waren großrahmig, grobknochig, mit behaarten Extremitäten, Römernase und zottigem Fell. Sie waren wohl erst kürzlich von Ranches im Norden, vielleicht aus Montana, importiert worden.

Ein Pferd trug ein billiges zerfetztes Halfter. Der Anbindestrick hing bis zum Knie herunter. Es sah aus wie ein Zwölfjähriger, und an den Hüften trug es vier verschiedene Brandzeichen. Es war unbeschlagen, und ein Klumpen wilden Fleisches, der schon ganz schwarz war, hing aus einer alten Wunde an der linken hinteren Fessel.

Für einen erfahrenen Pferdemann war das alles höchst verdächtig. Hier stand ein fettes, halbwildes Pferd aus einem Zuchtgebiet im Norden. Es war nicht einfach einzufangen. Deshalb also das Halfter. Möglicherweise hatte es einige Cowboys verletzt und war dann von Ranch zu Ranch weiterverkauft worden. Schließlich hatte es noch eine Verletzung durch Stacheldraht, die nach Cowboyart mit schwarzer Salbe behandelt worden war. Dann hatte man das Tier mit einer Wagenladung anderer Pferde in Richtung Süden transportiert (»Vielleicht kriegen wir ihn in Kalifornien los!«). Die übliche Geschichte.

Ich hatte Schwierigkeiten, das Pferd einzufangen, obwohl es ein Halfter trug. Noch schwieriger war es, das Pferd durchs Tor hindurchzubugsieren. Es führte sich auf, als habe es nie zuvor ein Tor gesehen.

Vorsichtig untersuchte ich das Pferd. Als ich zu seinem verletzten linken Hinterbein kam, schlug es bösartig nach mir aus.

Nach einer Weile kamen die Walkers mit ihren beiden Söhnen angefahren.

»Na, was halten Sie von dem Pferd?« fragte Dennis Walker strahlend.

»Nun«, sagte ich, »haben Sie mir nicht etwas von einem eingetragenen Morgan erzählt?«

»Aber natürlich«, antwortete Dennis. »Diese Pferde hier sind alle echte Morgans. Sie kommen von einer Ranch nahe der kanadischen Grenze. Ich habe schließlich die Zuchtpapiere eingesehen.«

Ich konnte nur schwer an mich halten.

»Sie sehen doch, daß das ein großer, roher und alter Weidegaul ist. Wenn sich Ihre Jungen seinem Hinterende nähern, dann kann er ihnen den Schädel einschlagen.«

»Ja, das hat uns Buck auch erzählt«, stimmte er freudig bei. »Aber Buck sagte, daß er nach ein paar Wochen lammfromm wäre, wenn wir ihn nur mit Liebe, Hafer und Karotten verwöhnten.«

»Haben Sie ihn geritten?« fragte ich.

»O nein. Er ist jetzt schon fast ein Jahr auf der Weide wegen seines kranken Hinterbeins. Buck sagt, man solle ihn nicht reiten, solange sein Bein nicht geheilt sei. Deswegen habe ich Sie ja gerade gerufen. Ich möchte nun wissen, was die Behandlung bis zur Ausheilung kostet.«

»Ich glaube, viel zuviel«, erwiderte ich. »Man muß operieren, und das kostet hundert Dollar oder doppelt soviel. Danach muß man viele Nachbehandlungen machen. Es wäre vernünftiger, mit einem gesunden Pferd anzufangen.«

»Oh, darauf hat mich Buck auch hingewiesen. Aber deswegen überläßt er ihn mir ja auch so preiswert. Wo kann man denn für vierhundert Dollar einen eingetragenen Morgan kaufen?«

Gegen Buck kam ich nicht an.

»Ich möchte jemanden auf dem Pferd reiten sehen! Das ist die einzige Möglichkeit, ihn ganz zu beurteilen.«

Dennis fragte Red, ob er das Pferd für mich reiten würde.

»Ausgeschlossen! Ich kann ihn ohne Bucks ausdrückliche Erlaubnis nicht reiten. Buck ist gar nicht da!«

»Dann«, sagte ich genüßlich, »kann ich meine Untersuchung auch nicht zu Ende führen. Ich fahr' wieder heim.«

»Warten Sie!« rief Red. Er überlegte eine Weile und meinte dann: »Okay, ich werde ihn reiten.«

Dann wandte er sich seinem Kumpel zu und befahl: »Hol mir den alten Heiser-Sattel.«

Ich freute mich diebisch, während die Helfer einen alten Sattel auf den Wallach legten. Mr. Walker hatte keine Ahnung, was für ein Drama sich gleich abspielen würde. Wenn Red abgeworfen würde oder wenn ich irgendein Spektakel abziehen könnte, würde Dennis Walker vielleicht einen heilsamen Schock bekommen und die Finger von dem Pferd lassen.

Reds Knöchel waren blaß, als er den Sattel anfaßte. Das Pferd krümmte den Rücken, als Red vorsichtig aufstieg.

»Bewegen Sie ihn!« schrie ich. »Zeigen Sie uns, wie er geht!«

Red beachtete mich nicht und brachte das Pferd geschickt in Bewegung.

»Springen Sie mit ihm!« kommandierte ich. »Geben Sie ihm die Sporen!«

Red trabte mit dem Pferd, bis es schließlich den Rükken durchbog. Dann wechselte er in einen leichten Galopp über.

Aha, das Pferd schien also rundum gesund!

Red ritt vor mich hin und lächelte boshaft.

»Zufrieden?« fragte er. Er stieg ab und fügte hinzu: »Sein Bein macht ihm doch keine Schwierigkeiten?«

»Darf ich nun reiten?« fragte Dennis naiv.

Red stutzte ein wenig, aber dann machte er einen Fehler. »Warum nicht? Er ist ganz in Ordnung«, sagte er.

Aufgeregt stieg Dennis in den Sattel. Ich wußte, daß er abgeworfen würde. Lieber jetzt, bevor er das Pferd kauft, als später, dachte ich.

Sobald Dennis im Sattel saß, spreizte er beide Beine und stieß die Absätze dem Wallach in die Flanken.

Wupp! Das große Pferd senkte den Kopf zu Boden und sprang hoch. Steifbeinig und unsanft landete es. Dennis Walker wurde durch die Luft gewirbelt. Als das Pferd zum zweiten Sprung ansetzte, traf der Sattel Dennis mitten im Rücken und schleuderte ihn nach hinten. Mit der linken Schläfe schlug er auf dem Boden auf.

Ein entsetzlicher Aufprall, dachte ich und lief zu ihm hin. Nun wußte ich, was los war.

Dennis Walker war ein großer Mann, und wir drei hatten alle Mühe, ihn ruhig am Boden zu halten. Jedesmal, wenn wir ihn losließen, richtete er sich taumelnd auf und fiel wieder hin. Gehirnerschütterung. Gleichgewichtsstörung. Schock.

Ich schaute auf Red. Er war kreidebleich.

»Rufen Sie einen Notarzt!« herrschte ich ihn an.

»Es gibt ganz nahe einen Arzt«, sagte er.

Während Dennis' Frau sich um ihre Söhne kümmerte, brachten wir Dennis zu diesem Arzt. Ich machte mir Sorgen um ihn und fühlte mich schuldig. Ich wußte, daß er abgeworfen werden würde. Warum hatte ich das nicht verhindert?

Sobald ich alle Hausbesuche erledigt hatte, rief ich Mrs. Walker an.

»Es geht ihm gut«, versicherte sie mir. »Auf den Röntgenbildern sieht man keinen Knochenbruch. Aber er hat eine Gehirnerschütterung. Nun muß er noch einige Tage im Krankenhaus bleiben, und sie sagen, er habe gute Aussichten, bald entlassen zu werden.«

Am Montag rief ich wieder an. Dennis war am Telefon.

»Hallo, Doktor Miller«, sagte er erfreut. »Ich bin wieder daheim, und es geht mir gut. Ich hatte nur eine kleine Gehirnerschütterung. Man sagte mir, ich solle einige Tage im Bett bleiben und mich ausruhen. Vielen Dank, daß Sie anrufen.«

»Ich war gar nicht glücklich über das, was passiert ist«, sagte ich. »Ich war ganz sicher, daß das Pferd seinen Reiter abwirft. Deshalb wollte ich ja, daß Red es reitet.«

»Tatsächlich? Aber hören Sie mal, wenn wir jetzt gerade schon miteinander über das Pferd reden – wann können Sie die Operation durchführen?«

»Was für eine Operation?«

»An seinem Bein natürlich! Ich habe das Pferd gekauft, es steht hier auf meinem Anwesen. Wann paßt es Ihnen denn, die Operation an seinem Bein auszuführen?«

Wieder einmal wurde ich zu einem Pferdekäufer gerufen, der sein erstes Pferd erworben hatte.

»Ich werde das Pferd holen«, sagte Mr. Chapin. Ich war gerade zu seiner Prachtvilla gekommen, die auf einem Steilufer in der Gegend von Malibu lag und einen herrlichen Ausblick auf das Meer hatte.

»Das Pferd hat einen Ausschlag«, sagte Mr. Chapin, als er mir den jungen Wallach vorführte.

Nachdem ich das Tier untersucht hatte, erklärte ich: »Es handelt sich um eine allergische Entzündung der Haut, wahrscheinlich durch Insektenstiche ausgelöst. Nichts Ernstes. Ich gebe ihm eine Spritze und lasse Ihnen ein Medikament da, um die kranke Haut zu behandeln. Dann sollten Sie jeden Morgen einen Fliegenvernichtungsspray verwenden. So werden wir vielleicht das Problem in den Griff bekommen.«

»Gut.« Mr. Chapin lächelte. »Wird er uns dann auch nicht mehr abwerfen?«

»Abwerfen?«

»Ja, deswegen habe ich Sie vor allem angerufen. Ich habe das Pferd für meine zwölfjährige Tochter gekauft, und jedesmal wenn sie darauf reitet, wirft es sie ab. Ich dachte, daß der Ausschlag das Pferd sehr reizt.«

»Überhaupt nicht«, sagte ich. »Es wirft sie ab, weil es noch ein ungehobeltes Füllen ist. Das ist ganz normal, denn es ist ja erst zwei Jahre alt.«

Mr. Chapin protestierte. »Aber das ist doch unmöglich! Mister Noonan hat behauptet, daß es sieben Jahre alt sei und sehr zahm. Vorher habe das Pferd einem anderen kleinen Mädchen gehört.«

Aha, dachte ich, Buck Noonan hat wieder mal zugeschlagen.

»Seinem Gebiß nach ist das Tier zwei Jahre alt«, sagte ich. »Es ist ein Jungtier, ein Fohlen noch, und nicht älter als zwei Jahre. Sie müssen das Tier einem berufsmäßigen Bereiter anvertrauen, und dann, glaube ich, kann es ein gutes Pferd für Ihre Tochter werden. Es ist ein sehr nettes Fohlen.«

Mr. Chapin bedankte sich.

»Ich verstehe ja überhaupt nichts von Pferden«, sagte er. »Gestern sah ich durch das Küchenfenster, wie Carol aufs Pferd stieg und wie sie dann abgeworfen wurde. Ihr Fuß blieb im Steigbügel hängen. Das Pferd rannte davon und schleifte sie hinter sich her. Zum Glück verlor sie ihren Stiefel und kam frei. Sie wurde nicht ernstlich verletzt. Nicht auszudenken, was ihr dabei hätte passieren können.«

»Sie hätte getötet werden können«, sagte ich.

Als ich über die kurvenreiche Bergstraße, die Malibu mit dem Conejo-Valley verbindet, nach Hause fuhr, versuchte ich, diese zerklüftete Landschaft auf mich einwirken zu lassen. Die Hecken blühten, und die Blumen leuchteten vor der herben Kulisse des Gestrüpps und der Bergkette. Aber ich war so aufgewühlt, daß keine Freude über die Landschaft in mir aufkommen wollte. Was muß das für ein Mann sein, der an ein Kind ein unberittenes und gefährliches Pferd verkauft! Ich fragte mich, ob je ein Gericht Buck Noonan wegen Totschlags verurteilt hätte, wenn das Kind getötet worden wäre.

Etwa zwei Wochen später rief mich George Turner an. Die Turners waren gute Klienten, eine reizende Familie mit zwei Töchtern im Teenageralter. Sie hielten mehrere Hunde und Katzen, mit denen sie oft unsere Klinik aufsuchten. Die Mädchen nahmen Reitunterricht und wünschten sich nichts sehnlicher als ein eigenes Pferd.

»Ich möchte, daß Sie sich die Pferde mal ansehen, die ich gekauft habe«, sagte George Turner. »Den Hengst muß man kastrieren.«

»Sie haben einen Hengst gekauft?« fragte ich.

»Ja, wir haben einen Hengst und eine Stute gekauft. Es sind Mustangs. Der Mann, der sie einfing und uns verkaufte, sagte, daß der Hengst sobald als möglich kastriert werden solle.«

»Was meinen Sie mit ›einfing‹?« fragte ich besorgt. »Sind das wilde Pferde?«

»Ja«, sagte George. »Er fing sie in der Wüste. Er lieferte sie heute morgen ab. Wir haben eine provisorische Koppel gebaut, indem wir Bretter an unsere Bäume nagelten. Danach ist er rückwärts mit dem Wagen herangefahren und hat sie herausspringen lassen. Nun sind sie auf der Koppel. Wann können Sie die Operation durchführen?«

»Moment mal«, sagte ich. »Lassen Sie mich das erst mal verdauen. Sie haben also zwei wilde Pferde gekauft, auf denen Ihre Töchter reiten sollen? Es sind ungezähmte Mustangs, die man erst kürzlich in der Wüste eingefangen hat?«

»Ja«, sagte George Turner. »Buck sagte, wir müssen sie nur zwei Wochen lang mit Getreide und Karotten füttern, dann würden sie so zahm wie junge Kätzchen und auch gefahrlos für die Töchter, besonders dann, wenn der Hengst kastriert wird.«

»Buck?« fragte ich entsetzt. »Buck Noonan?«

»Jawohl, kennen Sie ihn? Ein toller Bursche! Ein echter Cowboy!«

»Hören Sie«, sagte ich. »Ich werde am Nachmittag bei Ihnen vorbeischauen und mir diese Pferde mal ansehen. Dann rufe ich Sie heute abend an, und wir können über die Operation sprechen.«

Als ich bei den Turners ankam, war niemand zu Hause außer den Hunden der Familie, die mich kannten. Hinter dem Haus waren zwei kleine graue Pferde in einem Behelfsverschlag. Ich musterte sie durch den Zaun hindurch. Das größere Pferd war der Hengst, ein Broomtail, ein echter Mustang, klein und drahtig. Sein langer struppiger Schweif reichte bis zum Boden. Er wieherte und fürchtete sich und drängte sich in die Ecke. Ich schätzte sein Alter auf ungefähr sieben Jahre.

Die Stute war viel älter, dünn und furchtsam. Ich sah ihre langen gelben Zähne, als sie beide Ohren zurücklegte und auf mich losging. Als sie zum Zaun kam, machte sie kehrt und schlug nach hinten aus, wobei eins der Bretter zu Bruch ging. Buck Noonan hatte also tatsächlich dem naiven und leichtgläubigen George

Turner ein paar völlig wilde Pferde als Reittiere für die Töchter verkauft.

Spätabends rief ich ihn an.

»Haben Sie diese Pferde schon bezahlt?« fragte ich ihn.

George sagte mir, er habe Buck die Hälfte der Kaufsumme bezahlt, die andere Hälfte sei in zwei Wochen fällig.

»Mister Turner«, beschwor ich ihn. »Sie können diese Pferde nicht brauchen! Rufen Sie Buck an und sagen Sie ihm, daß Sie Ihr Geld zurückhaben wollen und daß er die Pferde sofort wieder abholen soll.«

Am nächsten Tag rief George Turner an.

»Dr. Miller, wir haben uns immer ganz auf Sie verlassen und großes Vertrauen in Sie als Tierarzt gesetzt. Was aber nun diese Pferde betrifft, haben Sie uns sehr enttäuscht. Als ich Buck Noonan anrief und ihm erzählte, was Sie gesagt haben, da machte er mir klar, daß Sie einfach Angst vor diesem Hengst hätten. Ich möchte Sie ja nicht kritisieren. Heute abend kommt Buck mit seinem eigenen Stalltierarzt. Das ist ein Mann, der keine Angst vor Pferden hat, und der wird auch den Hengst kastrieren.«

Ich war tief getroffen. Ich mochte die Turners, und die Sicherheit ihrer Töchter lag mir wirklich am Herzen. Ich machte sogar kostenlos einen Hausbesuch bei ihnen, um mir Klarheit zu verschaffen. Ich hatte nun das Vertrauen eines Klienten verloren, mit dem ich bisher gut ausgekommen war.

Mein Selbstbewußtsein hatte einen schweren Schlag abbekommen. Die Behandlung von schwierigen Pferden war mein Spezialgebiet, und darauf war ich sehr stolz. Das ist noch heute der Fall. Aber damals bildete ich mir noch in meinem jugendlichen Leichtsinn ein, keine Angst vor Tieren zu haben. Ich war darum besonders gekränkt, weil George Turner dachte, ich habe ihm nur deshalb geraten, die Pferde wieder los zu werden, weil ich Angst vor ihnen hätte.

»George«, insistierte ich, »wenn Sie diese Tiere behalten, wird es eine Tragödie geben!«

»Was denn für eine Tragödie?« fragte er ungehalten.

»Ich weiß es nicht«, sagte ich. »Aber es wird bestimmt nicht gutgehen!«

»Doktor Miller«, meinte George grob, »lassen Sie das unsere Sorge sein. Buck und sein Tierarzt wissen schon, wie man mit solchen Pferden umgeht.«

Am nächsten Morgen schon hatte ich George Turner wieder am Telefon.

»Doktor Miller«, begann er mit zitternder Stimme, »ich muß mich bei Ihnen entschuldigen!«

»Was ist passiert?«

»Gestern abend kam Buck mit seinem Tierarzt. Sie fingen den Hengst mit einem Lasso ein und banden ihn an einem Ast fest. Noch nie in meinem Leben habe ich ein Tier so schreien gehört und sich so wehren gesehen. Es war entsetzlich. Der Hengst wurde gewürgt und brach zusammen, wobei er heftig ausschlug. Der Tierarzt versuchte ihm eine Spritze zu geben, was ihm aber nicht gelang. Und dann hörte das Pferd plötzlich auf, sich zu wehren. Es war tot, Doktor Miller. Es starb hier vor den Augen meiner ganzen Familie. So etwas habe ich überhaupt noch nicht erlebt. Ich sagte Buck, er solle die Stute in seinen Transporter zurückbringen und meinen Hof verlassen und sich ja nicht mehr blicken lassen. Dann ließ ich mir meine Anzahlung zurückgeben. Hätte ich doch nur auf Sie gehört! Wir mußten es alle mit ansehen, wie dieses Pferd starb. Ich glaube nicht, daß meine Töchter diesen Schock jemals vergessen werden.«

Meine treuen Helfer

Als ich damals meine Praxis gerade eröffnet hatte, benötigte ich eine Helferin. Ich gab in der Lokalzeitung eine Annonce auf, und die erste Person, die darauf reagierte, war Mrs. Mary Tuttle. Als sie sich vorstellte (vergessen Sie bitte nicht, daß dies schon länger als ein Vierteljahrhundert her ist), machte sie einen Knicks und in dieser schlichten, altmodischen Respektbezeugung drückte sich ihre ganze steife, klassische Erziehung aus, ihr guter Charakter, ihre Zuverlässigkeit und ihre Ehrlichkeit.

»Zu einer Praxis gehört eigentlich auch eine Katze«, meinte eines Tages Debby. Viele Tierkliniken halten sich Katzen als Maskottchen oder auch als lebende Blutspender.

Debby saß gerade am Schreibtisch und hielt einen eben erst kastrierten Kater auf dem Schoß. Sie tröstete ihn wegen seines Verlustes und erklärte ihm seine neue Rolle als Haustier.

»Wir brauchen eine eigene Katze«, begann sie wieder.

Ich nickte. »Wir suchen uns ein passendes Jungkätzchen.«

Überzählige Kätzchen oder auch andere junge Tiere sind in reichlichem Maße in Kliniken vorhanden und abzugeben. In beinahe allen Tierhospitälern sitzt solch ungewollter Nachwuchs. Und wenn Sie ins Haus eines Tierarztes oder eines Angestellten einer Tierklinik kommen, dann begegnen Sie dort mit Sicherheit aufgenommenen Tieren, die einmal als Patienten abgegeben worden waren.

So wurde auch uns eines Tages ein ausgesetztes Kätzchen gebracht. Es war ein zartes, dreifarbiges Calico-Kätzchen, schwarz-weiß-rot, und obwohl es ein richtiges Katzengesicht hatte, besaß sein Körper mehr Ähnlichkeit mit einem Hasen. Sofort tauften wir es auf den Namen ›Harvey der Hase‹.

Harvey gehörte einer Katzenrasse an, die im Conejo-Valley heimisch ist. Sie haben kurze Vorderbeine und lange Hinterbeine und eine kleine fusselige Kugel als Schwanz, wie bei einem Wildkaninchen. Diese Tiere sollen alle von einem Luchs aus ›Jungleland‹ abstammen, der sich mit den Katzen hier vermischt habe. Ich habe diese Geschichte nie geglaubt. In Kalifornien gibt es zahllose wilde Luchse. Viele hat man als Babies eingefangen und als Haustiere aufgezogen. Zwar paart sich der Luchs mit Hauskatzen, aber ich glaube, daß unsere kurzschwanzige Conejo-Valley-Katze eine Mutation ist, so wie die schwanzlose Manx-Katze, die auf der Insel Man in der Irischen See vorkommt. Vor 1960 war diese hasenähnliche Katze häufig in unserer Gegend, bis viele neue Bewohner hierherkamen mit ›normalen‹ Hauskatzen, die die kurzschwänzige Conejo-Katze verdrängten.

Als Harvey sterilisiert, geimpft und herausgefüttert war, ging sie ganz in ihrer Rolle als Klinik-Maskottchen auf. Ihr Lieblingsplatz war der Sims des offenen Kamins im Wartezimmer. Dort ruhte sie in geduckter Haltung, das Gesicht zwischen den Vorderpfoten vergraben. Wenn sie aufwachte, erschreckte sie viele Klienten, die sie für ein dekoratives, totes Schmuckstück gehalten hatten. Sie war eine freundliche und neugierige Katze, und einige unserer Klienten waren von ihrer Persönlichkeit und ihrem ungewöhnlichen Aussehen sehr beeindruckt. Manche Leute kamen einfach vorbei, um sie zu sehen oder sie zu beschenken, besonders natürlich zur Weihnachtszeit.

»Wo ist Harvey?« wollten viele Tierbesitzer wissen, wenn sie sie nicht im Wartezimmer vorfanden.

Von anderen Katzen nahm Harvey keine Notiz, dafür begrüßte sie in besonderer Weise jeden Hund, der in die Klinik kam. Sie sprang von ihrem Sims und ging souverän auf den Besucher zu. Besonderen Gefallen hatte Harvey an einem lebensgefährlichen Spiel: sie grapschte gern nach dem Schwanz großer Hunde. Wir fürchteten manchmal, daß dieses Spiel ein böses Ende nehmen könnte, aber anscheinend wußten die Hunde, daß das Wartezimmer ihr Katzenrevier war. Die meisten Hunde waren im Wartezimmer zu ängstlich, um sich auch noch um die Mätzchen dieser komischen Katze kümmern zu können, die mit ihrem Schwanz spielen wollte.

Obwohl man sie niemals abgerichtet hatte, apportierte Harvey wie ein Hund. Wenn man eine Rolle Gaze wie einen Ball warf, dann verfolgte sie ihn auf dem Boden, wobei sie oft ausrutschte. Sofort brachte sie die Rolle zurück und warf sie dem Mitspieler vor die Füße. Von diesem Spiel bekam sie niemals genug, bis es dem Ballwerfer zu dumm wurde.

In der Stadt wurde eines Tages ein Club der Neubürger gegründet, dem Debby und ich beitraten, um andere junge Ehepaare kennenzulernen. Man traf sich einmal im Monat abwechselnd bei den Mitgliedern zu Hause.

Bei einem dieser Treffen sagte unsere Gastgeberin: »Doktor, wir haben ein Kätzchen, das wie ein Hase aussieht. Wir möchten es gern am Montag in die Klinik bringen, damit es geimpft wird.«

Sie zeigte uns das Kätzchen, das etwa sechs Monate alt war. Es war nur zwei Drittel so groß wie Harvey, aber sonst fast das totale Ebenbild unserer Katze. Als einziges Unterschiedsmerkmal hatte Harvey ein schwarzes rechtes Ohr, während das rechte Ohr der anderen Katze weiß war. Sonst unterschied sie sich in nichts von Harvey. Sogar die schwarzen und roten Flecken auf dem weißen Untergrund waren identisch, ebenso die hasenähnlichen Beine und der Wollknäuelschwanz.

Debby und ich staunten über diese Ähnlichkeit und

sagten dies auch den Besitzern der Katze. Wir waren uns einig, daß die beiden Katzen nahe Verwandte sein mußten, obwohl Harvey einige Jahre älter war.

Mir kam eine Idee. Ich erbot mich, die Katze in die Klinik mitzunehmen.

»Wir werden sie dort impfen und übers Wochenende behalten, dann können Sie sie am Montag wieder abholen.«

Die Gelegenheit, daß ich einen Doppelgänger von Harvey gefunden hatte, wollte ich nicht ungenutzt lassen. Wir nahmen die Katze zu uns und färbten ihr rechtes Ohr mit Tinte.

Am frühen Montagmorgen versteckte ich Harvey in einem Käfig in einem Hinterzimmer der Klinik. Die neue Katze setzte ich auf den Boden des Untersuchungsraums. Als Mary Tuttle, unser Faktotum, eintrat, machte ich mich fleißig an meinem Schreibtisch zu schaffen.

»Guten Morgen, Doktor Miller«, rief Mary.

»Guten Morgen, Mary«, erwiderte ich.

»Guten Morgen, Harvey«, sagte Mary. Dann folgte eine lange Stille.

»Doktor Miller!«

»Ja?«

»Harvey ist geschrumpft!«

»Geschrumpft?«

»Ja, sie hat abgenommen!«

»Wirklich?« meinte ich scheinbar zerstreut. »Aber wenn sie an Gewicht verliert, dann geben Sie ihr eben etwas mehr Futter!«

»Ich glaube nicht, daß sie Gewicht verloren hat!« rief Mary bestimmt. »Ich meine, sie schrumpft. Sie wird kleiner!«

»Aber nein, Mary«, beruhigte ich sie. »Harvey ist noch nie eine große Katze gewesen. Sie sind eben den Anblick von Löwen und Tigern gewohnt, die hierherkommen.«

»Doktor Miller«, insistierte Mary und hielt mir ›Harvey‹ vor die Nase, »schauen Sie das Tier an, es ist wirklich kleiner geworden!«

Ich nahm Mary die Katze ab und wog sie grüblerisch auf den Händen.

»Ich glaube, Sie haben doch recht«, sagte ich. »Harvey wird kleiner. Das ist ja äußerst interessant.«

»Aber wie ist denn so was möglich?« wollte Mary ganz ernsthaft wissen. »Wie soll das weitergehen?«

»Ja«, meinte ich nachdenklich, »ich weiß es auch nicht. Es muß etwas Ungewöhnliches passiert sein. Vielleicht ist sie an einen unserer Arzneimittelschränke geraten, und wir haben es nun mit einem medikamentellen Nebeneffekt zu tun. Oder sie ist in die Nähe unserer Röntgenanlage gekommen. Im letzten Jahr habe ich einen Film gesehen, der hieß ›Das unglaubliche Schrumpfen des Menschen‹. Da wurde ein Mensch einer Bestrahlung ausgesetzt, und eines Tages merkte er, wie seine Kleider ihm zu groß wurden, und als er neben seiner Frau stand, entdeckte er auf einmal, daß sie größer war als er. Dann ...«

»Doktor Miller!« Mary sah mich mißtrauisch von der Seite an und drohte mir mit dem Zeigefinger.

»Ich sage Ihnen, was ich tun werde«, fuhr ich ungerührt fort. »Ich gebe der Katze eine Wachstumshormoninjektion, und ich wette mit Ihnen, daß sie morgen wieder ihre normale Größe hat.«

Aber für Mary war das zu starker Tobak.

»Doktor Miller«, sagte sie, »ich weiß nicht, wie so etwas möglich ist, aber das Tier hier kann nicht Harvey sein! Wo, um alles in der Welt, haben Sie bloß diese Katze aufgetrieben – und wo ist der richtige Harvey?«

Ich war glücklich, Mary gefunden zu haben. Sie nahm mir allen Bürokram ab. Aber ich benötigte noch einen tierärztlichen Mitarbeiter, da sich die Praxis immer mehr ausdehnte und ich die anfallende Arbeit nicht länger allein erledigen konnte. Ich versorgte eine große Zahl von Haustieren, Zuchttieren, Pferden und auch Wildtieren, und jede Nacht war ich in Bereitschaft. Ich konnte es nicht mehr allein schaffen.

Eines Tages besuchte mich ein langer, spindeldürrer Tierarzt mit Bürstenhaarschnitt. Er hieß Bob Kind und stammte von einer Farm aus Kansas. Nach seiner Ausbildung war er einige Jahre als Veterinäroffizier bei der Armee gewesen, und jetzt arbeitete er in einer Kleintierpraxis in Los Angeles. Er wollte sich niederlassen, und das Conejo-Valley gefiel ihm gut.

Wir verabredeten ein Treffen in einem Lokal auf halbem Weg zwischen Los Angeles und Thousand Oaks, damit sich auch unsere Frauen kennenlernen und wir uns ein wenig näherkommen konnten.

Auf Debbys Menschenkenntnis ist immer Verlaß, und so verabredete ich mit ihr, daß sie nur zu sagen brauchte: »Oh, hast du vergessen, Mrs. Johnson zurückzurufen?«, falls ihr die Kinds als künftige Partner gefielen. Falls sie von ihnen nicht überzeugt wäre, sollte sie einfach still sein, und dann würde ich einen Rückzieher machen.

Wir trafen uns und nahmen zum Abendessen Platz. Kaum hatten wir mit dem Salat als Vorspeise angefangen, platzte Debby heraus: »Oh, hättest du nicht noch Mrs. Johnson zurückrufen müssen, bevor wir wegfuhren?«

Ich schaute Debby ganz erstaunt an, weil ich wußte, daß Debby kein Freund schneller Entschlüsse war. Später erklärte sie mir, daß sie sofort von den Kinds eingenommen gewesen sei.

»Ja«, sagte ich. »Ich habe Mrs. Johnson schon angerufen.«

Danach besprachen wir die Zukunft mit Bob und Mary Kind.

Daß ich Dr. Kind als Mitarbeiter und schließlich auch

als Partner genommen habe, ist eine der besten Entscheidungen, die ich je getroffen habe. Er ist kräftig, liebenswürdig und ein aufrechter Mann, mit dem ich nie Streit bekam oder je einmal größere Meinungsverschiedenheiten hatte. Er bedeutet mir mehr als ein Kollege oder ein Geschäftspartner. Er ist ein Freund, auf den Verlaß ist.

Bob Kind ist ungefähr 1,95 Meter groß; obwohl er schon lange vor mir sein Studium beendet hatte und auch Offizier bei der Luftwaffe gewesen war, sieht er doch recht jung aus.

Eines Morgens kam ein Klient mit einem Hund. Der Klient war der Trainer der Basketballmannschaft eines Colleges, das sich erst vor kurzem in Thousand Oaks angesiedelt hatte. Als wir miteinander sprachen, ging Bob Kind durch den Raum. Der Trainer sah Bob Kind nach und hörte plötzlich auf zu reden.

Aber sobald Bob wieder hinausgegangen war, fragte er ganz aufgeregt: »He, wer ist dieser Kerl? Den brauche ich für meine Mannschaft!«

»Dieser Kerl«, erklärte ich ihm, »ist Doktor Kind, mein neuer Mitarbeiter. Auf dem College hat er Baseball gespielt, aber das ist schon eine Weile her.«

Der Trainer schaute ganz enttäuscht drein. Die Leistung seines Teams riß einen in diesem Jahr auch wirklich nicht vom Hocker. Wenn Bob mitgespielt hätte, hätten sie vielleicht viel besser abgeschnitten.

Eines meiner besten Geschäfte machte ich damals mit Don Swanson. Don war wohlhabend und besaß einige edle Pferde und eine Meute von Hunden und Katzen. Er war ein geschätzter Klient, der gute und prompte Hilfe erwartete und sie auch immer fachgerecht erhielt. Obwohl er keine direkten Vorschriften machte, war Mr. Swanson in seinen Wünschen sehr bestimmend. Ich hatte Angst, er könnte meinen neuen Kollegen nicht akzeptieren und würde mich persönlich zur Behandlung seiner Tiere verlangen.

Bob betreute Mr. Swansons Hunde und Pferde schon einige Monate lang, bis Mary sich mir eines Tages anvertraute.

»Mister Swanson möchte, daß nach Möglichkeit Doktor Kind zu seinen Tieren kommt. Er sagt, daß er und seine Frau Doktor Miller sehr schätzen, aber daß sie sich mit Dr. Kind eigentlich sehr gut verstehen. Sie baten mich, Ihnen nichts davon zu sagen, aber daß sie, wenn möglich, Doktor Kind haben wollten. Ich wußte, daß Sie nicht beleidigt sein würden und froh sind, daß sie Doktor Kind mögen.«

»Ich glaube, der Magnet, den Sie in ihren Magen eingesetzt haben, ist ein bißchen zu stark.«

Die Wunderkuh

Ike war Vorarbeiter auf einer großen Rinderfarm in der Nähe von Thousand Oaks. Ich unterhielt mich mit ihm, während ich meine Instrumente säuberte, die ich zur Untersuchung einer Kuh benutzt hatte. Da trottete aus der Scheune ein kleiner Hundemischling und sonnte sich in den milden Sonnenstrahlen des ausgehenden Tages. Ich bemerkte an seiner linken Seite eine ausgefranste Narbe. Sie zog sich in einer Kurve von der Lende bis zur Flanke hinunter.

»Das ist ja eine häßliche Narbe«, sagte ich zu dem Kleinen, »wo bist du denn da hängengeblieben?«

Der Hund gab natürlich keine Antwort, dafür legte Ike los: »Das haben wir nie herausgefunden, Doc. Eines Tages kam er nach Hause geschlichen und hatte ein großes Loch auf der Seite. Die ganzen Eingeweide hingen heraus. Keine Ahnung, wie weit er damit gelaufen war. Es war ein Jammer.«

Ich untersuchte die alte Verletzung gründlich. Die Wunde verlief im Zickzack und war aus dichtem Narbengewebe. Ich wußte, daß ich die Wunde nicht genäht hatte, und so fragte ich, ob dies der Tierarzt, der früher hier die Farm betreut hatte, gemacht hätte.

»Oh nein«, brummte Ike, »für so einen wertlosen Köter hätte ich doch kein Geld ausgegeben. Ich habe einfach das Gras und den Dreck abgewaschen und die Gedärme wieder hineingestopft und die Haut darübergezogen und sie dann mit fünf oder sechs Wäscheklammern zusammengeflickt.«

Ich starrte Ike an. »Wie ging das dann weiter?«

»Oh, er lag zusammengerollt ungefähr eine Woche in der Scheune. Er hatte keinen Appetit und blieb einfach liegen. Ich glaubte, daß er sterben würde. Aber eines Tages kam er langsam angewackelt und wedelte mit dem

Schwanz. Er sah wirklich komisch aus mit all den Wäscheklammern in der Flanke.«

Ich mußte dies erst verdauen und fragte dann: »Sie haben ihn wohl mit Penicillin vollgepumpt?«

»Aber nein, Doc, ich dachte, er würde sowieso abkratzen. Ich hätte ihm das Leiden gern erspart, aber die Chefin wollte, daß er noch eine Chance haben sollte .«

Nach einigem Nachdenken nahm ich an, daß die Wunde nicht bis zur Bauchhöhle gegangen sein konnte. Was Ike für Eingeweide gehalten hatte, mußte Fett gewesen sein.

»Ich glaube nicht, daß es der Darm war, der heraushing, Ike. Möglicherweise waren es abgerissene Muskeln, Fett und Bindegewebe.«

Ike schaute mich beleidigt an. »Doc, ich habe schon viele Tiere geschlachtet. Ich kenne Därme sehr wohl. Sie hingen fast einen Meter heraus, lange alte Schläuche, die miteinander verwachsen waren und von Blutgefäßen durchzogen. Es war der Darm! Ich habe das Gras und den Dreck abgewaschen und alles zurückgestopft. Dann habe ich die Wäscheklammern draufgesetzt.«

Ich habe nur selten Probleme mit Infektionen nach einer Operation, wenn es aber einmal vorkommt, versetzt es mir immer einen Stich bei dem Gedanken an Ike und jenen Hund.

Der Einfallsreichtum des amerikanischen Landmanns erstaunt mich immer wieder. Ich erinnere mich an einen Cowboy, der die ausgestülpte Gebärmutter einer Kuh auf der Weide zurückschob und dann mit Hilfe seines Taschenmessers und mit Haaren aus dem Schweif der Kuh die Scheide zunähte.

Oder da war dieser Bauer, der eine klaffende Wunde an der Schulter eines Pferdes mit Hilfe einer Lochzange und Wickeldraht zusammenflickte.

Melker haben Kaiserschnitte gemacht, ebenso Magenoperationen und Knochenschienungen. Aber Ikes

Wäscheklammeroperation schießt den Vogel ab. Ich kann mir nicht vorstellen, wie dieser Hund den Schock und die Wundinfektion überstanden und auch noch den Nachoperationsstreß überwunden hat. Aber ich möchte wetten, daß dieser Hund die Versorgung seiner Wunde in einem blitzsauberen Operationssaal nicht überstanden hätte und noch auf dem Operationstisch gestorben wäre. Auch dann, wenn ein steril gekleideter Operateur, mit Mundschutz, keimfreien Instrumenten und OP-Handschuhen und mit all den anderen Notwendigkeiten ausgerüstet, diese Operation gewagt hätte.

Noch heute müssen Tierärzte in Ställen und Scheunen oder sogar unter freiem Himmel operieren, obwohl uns moderne aseptische Einrichtungen zur Verfügung stehen. Tony Gentry besaß eine Pony-Farm. Eines seiner Ponys hatten einen Darmverschluß, und schon vier Tage lang versuchte ich vergeblich, das Tier von seinen Kolikschmerzen zu befreien.

»Es wird immer schwächer«, sagte ich zu Tony, »und ich fürchte, unsere einzige Chance ist es, die Sache chirurgisch anzugehen. Das Pony ist so zierlich, daß es auf den Operationstisch unserer Kleintierklinik paßt. Bringen wir es dorthin!«

Man brachte das Pony in unsere Klinik. Es wurde betäubt, an den Tropf gehängt und zur Bauchoperation vorbereitet. Bob Kind und ich wuschen uns und setzten eine Kopfbedeckung auf. Wir legten Atemschutz und sterile OP-Kleidung an, während ein Assistent den Bauch für den Eingriff vorbereitete. Das Operationsfeld wurde mit sterilen Tüchern abgedeckt, und die Operation begann. Sie währte einige Stunden. Wir öffneten die Bauchhöhle, beseitigten den Darmverschluß sorgfältig und nähten die einzelnen Schichten der Bauchdecke wieder zusammen. Als das Pony erwachte, brachten wir es triumphierend in den Hänger und sahen zu, wie Tony mit ihm nach Hause fuhr.

Zwei Tage danach besuchte ich gerade einen Mittagstisch des Lions-Clubs. Eine Bedienung kam herein und rief: »Doktor Miller, ein dringender Fall für Sie!«

Es war Tony Gentry.

»Da hängt etwas aus der Wunde heraus, Doktor«, sagte er. »Es sieht wie Darm oder so was aus und ist etwa zwanzig Zentimeter lang.«

Ich raste zu Tonys Farm im Newbury Park. Als ich ankam, fand ich Tony ganz verzweifelt vor.

»Schläfern Sie es ein, Doc«, bat er. »Machen Sie ein Ende!«

Das Pony stand teilnahmslos im Stall. Bis zu meinem Eintreffen war die Wunde ganz aufgeplatzt, und das arme Tier stand in seinen eigenen Eingeweiden. Sie wikkelten sich um seine Beine und waren mit Schmutz und Kot verschmiert.

»Nur noch einschläfern, Doc. Wir können sonst nichts mehr tun.«

»Nicht um alles in der Welt!« sagte ich. »Nicht nachdem wir jetzt so viel für seine Rettung versucht haben. Ich werde es unter keinen Umständen einschläfern!«

Ich betäubte das Pony und verlangte einen Gartenschlauch und einige Leintücher. Die Gedärme wurden so gut wie möglich abgewaschen. Dann legten wir sie auf die Leintücher, damit sie möglichst sauber blieben. Ich wusch rasch meine Hände und stopfte alles wieder in die Bauchhöhle zurück. Die größeren Klumpen von Schmutz und Mist tupfte ich ab. Dann schüttete ich eine ganze Flasche Antibiotika-Lösung in die offene Bauchhöhle. Als alles hineingelaufen war, nähte ich in Eile den Bauch wieder zu.

Das Pony überstand es, und nach meinem Wissen lebt es heute noch in sehr fortgeschrittenem Alter. Daran sieht man also, daß Primitiv-Chirurgie im Scheunenmilieu manchmal sehr erfolgreich sein kann.

Das zeigt auch die Geschichte von Roy Morrisons Kuh.

Bob Kind machte einen Kaiserschnitt bei einer Kuh von Morrisons Fleischrindern. Das Tier erholte sich gut von diesem Eingriff, der bei Großtierpraktikern auf dem Lande Routine ist.

Einige Tage nach der Operation rief der Besitzer bei Bob an. »Die Kuh hat eine mächtige Anschwellung unterhalb der Wunde«, erklärte er. »Wir haben die Kuh mit dem Lasso gefangen und an eine Eiche gebunden.«

Es war fast dunkel, als Bob eintraf. Die Kuh wurde mit dem Kopf an der Eiche festgemacht und mit den Hinterbeinen an die Stoßstange von Bobs Wagen gefesselt, damit sie sich nicht bewegen konnte. Sie war so geschwächt, daß Bob ihr keine Allgemeinnarkose gab, sondern nach lokaler Betäubung die Wunde öffnete. Die inneren Nähte der Bauchdecke waren aufgegangen, während die Hautnähte gehalten hatten. Aber ein langes, schwarzgefärbtes Darmteil war in dem Bruchsack eingeklemmt. Der Darm wurde abgeschnürt und die Blutversorgung unterbrochen. Dieser Darmteil war abgestorben. Mein Partner arbeitete ganz allein, und Morrison hielt die Taschenlampe. Bob entfernte mehr als zwei Meter Darm und nähte die Endteile der gesunden Darmabschnitte aneinander. Man nennt das eine End-zu-End-Anastomose. Damit wird die Durchgängigkeit des Darms wiederhergestellt. Dann verschloß er die Bauchdecke.

»Glauben Sie, daß sie durchkommt?« fragte ich Bob am nächsten Tag, als er mir von der ›Taschenlampen-Operation‹ erzählte.

»Wahrscheinlich ist sie schon gestorben«, meinte Bob pessimistisch.

Einige Monate später untersuchte ich die gesamte Morrison-Herde auf Trächtigkeit. Die meisten Tiere waren tragend, und sie sahen alle wohlgenährt und gesund aus. Wir hatten nur noch wenige Tiere zu untersuchen, als eine ausgemergelte Kuh in den Untersuchungsstand kam. Ich zog einen langen Plastikhandschuh an und seifte ihn ein. Dann ging ich mit dem Arm in den Mastdarm ein und ertastete darunter die Gebärmutter und die Eierstöcke. Diese paßten gerade in meine hohle Hand. Das Tier war also nicht trächtig.

»Kein Wunder«, sagte ich, »die sieht ja ganz klapprig aus! Was fehlt ihr denn?«

Roy Morrison zog die Augenbrauen hoch. »Das ist doch ›Old Miracle‹, das alte Wundertier«, protestierte er. »Die sieht großartig aus. Die hätten Sie mal vor ein paar Wochen sehen sollen!«

»Wunderkuh?« fragte ich.

»Sicher«, sagte der Rancher, »das ist doch die Kuh, die Ihr Partner aufgeschnitten hat und bei der er zwei Meter Darm entfernt hat. So was habe ich noch nie gehört. Das war ein Wunder, und diese Kuh erhält bei mir das Gnadenbrot bis an ihr natürliches Ende!«

Als die Morrisons ihre Ranch als Bauland verkauften und in einen anderen Ort im Norden zogen, nahmen sie die ›Wunderkuh‹ mit. Sie ist ein lebendiges Zeugnis und ein Triumph der Stall- und Scheunenchirurgie!

Die Frau, die mit den Pferden redet

Ich weiß heute nicht mehr, wann Belle Holloway starb, es muß irgendwann in den Sechzigern gewesen sein. Aber ich erinnere mich noch genau an sie: eine bemerkenswerte Frau. Man nannte sie ›Die Frau, die mit den Pferden redet‹.

Sie war in einer kleinen Hütte nahe bei Thousand Oaks in der letzten Hälfte des 19. Jahrhunderts zur Welt gekommen. Ihr ganzes Leben verbrachte sie im Conejo-Valley. Sie erzählte mir oft Geschichten aus der alten Zeit – von ihrem Ritt nach Santa Barbara, von der Postkutschenlinie, die Newbury Park mit dem Simi Valley verband (der seinerzeit einzigen Stadt im Conejo-Valley). Sie berichtete mir auch, wie die Rancher damals auf offener Weide kastrierte männliche Schweine mästeten. Das Futter bestand nur aus Eicheln, die von den Bäumen fielen. Nach der Jahrhundertwende zerstörte die Schweinepest diesen Erwerbszweig. Danach gab es nur noch Rinderzucht und Getreideanbau in unserem Tal.

Viehzucht, besonders Pferdezucht, war Belles Leben. Sie war sehr geschickt im Umgang mit Pferden und konnte selbst mit den widerspenstigsten Tieren umgehen. Sogar nach einer Brustoperation, die einen gelähmten Arm zur Folge hatte, blieb sie ein Genie im Zähmen und Zureiten junger Pferde. Im Laufe der Zeit kam auch ich in ihre Gegend, wo sie ein Pferdetransportunternehmen hatte. Ihre braunen Lastwagen und Viehanhänger gehörten zum Straßenbild Kaliforniens. Dutzende von Rassepferden wurden darin durch die Weiten des Landes gefahren.

Sie war eine warmherzige, gesprächige und heitere Frau, inzwischen Großmutter. Belle steuerte selbst einen Sattelschlepper, der mit wertvollen Pferden beladen war. Eine Gegensprechanlage verband den Anhänger mit dem Fahrerhaus. In jenen Tagen, als es noch keine Tranquilizer gab, nahm sie einfach das Mikrofon und redete den Pferden gut zu, um sie zu beruhigen und zu besänftigen. Das machte sie immer, wenn sie so dahinraste und die Unruhe der Pferde hinter ihr spürte. Ich sehe sie noch vor mir, wie sie den großen Sattelschlepper auf der Autobahn fährt und ihr blaugrauer Großmutterkopf übers Steuerrad schaut und wie sie das Mikrofon in der Hand hält und mit den Pferden spricht.

Belle war aus echtem Schrot und Korn und eine richtige Frau vom Lande. Einmal hatte sie mit mir einen Termin zur Kastration von Hengsten festgelegt. Sie warnte mich: »Doc, Sie wissen doch, daß ich mich nach dem Horoskop richte, und die Sterne stehen nicht günstig, aber ich glaube nicht, daß Sie etwas davon halten.«

Ich sagte ihr: »Belle, wenn ich immer eine günstige Sternstunde abwarten würde, dann müßte ich alle Kastrationen an einem einzigen Tag erledigen, was ja sehr unbequem wäre. Immerhin habe ich noch keinen Hengst verloren, demnach mache ich ja wohl nichts falsch.«

Wir kastrierten die Herde auch ohne Horoskop.

Belle ist einmal auf einen Kurpfuscher hereingefallen, der sich Dr. Scroggins nannte. Er war, wie sie sagte, früher Chiropraktiker gewesen, der bei der Behandlung von Menschen in Schwierigkeiten gekommen war und nun Pferde behandelte. Scroggins hatte zwei ›Wunderapparate‹. Einer war für die Diagnostik. Man mußte ein Stück Papier mit einem Tropfen Blut des Patienten an Dr. Scroggins senden. Das Papier steckte man in die Maschine – und Hokuspokus, spuckte die Maschine die Diagnose aus.

Belle wollte an die Maschine glauben. Sie hatte wenig Schulbildung, aber ihr gesunder Menschenverstand traute der Sache doch nicht ganz. »Haben Sie schon mal von einer solchen Maschine gehört?« Sie schielte dabei herausfordernd nach mir.

»Nein«, sagte ich, »aber das können wir ja ausprobieren. Wir senden ihm einfach einen Tropfen Hühnerblut und geben es als das Blut eines Vollblutfohlens aus!«

Bald erhielten wir Scroggins' Diagnose. Das Huhn hatte angeblich Azoturie (›schwarze Harnwinde‹), eine Pferdekrankheit.

»Ich wußte gar nicht, daß auch Hühner Azoturie haben können«, sagte Belle.

Scroggins zweite Maschine lieferte einen Therapieplan. Die Maschine vermietete er an Belle. Er nannte sie ›Schwarze Kiste‹, in der sich ein Gewirr von Schläuchen und Drähten verbarg. Wenn man die Maschine einschaltete und auf den Patienten richtete, konnte sie angeblich alles heilen.

Einmal bat mich Belle um die Untersuchung eines lahmen Hengstes. Solche ›Wobbler‹ zeigen unkoordinierte Bewegungsabläufe infolge eines Wirbelsäulenschadens. Ich bestätigte die Diagnose und hielt die Krankheit für unheilbar. Ich sagte auch, daß ich jede gezielte Behandlung für nutzlos hielte. Ich riet, das Pferd ein Jahr lang auf die Weide zu geben, um zu sehen, ob sich mit der Zeit etwas daran ändere.

Belle sagte: »Nun gut, dann werde ich bei diesem Hengst einmal die ›Schwarze Kiste‹ anwenden. Dann wird es sich ja zeigen.«

Natürlich war das Pferd nach einem Jahr gesund, wie ich selbst zugeben mußte. Bald danach kamen aus allen Teilen des Staates Wobbler auf Belles Hof. Keiner von ihnen zeigte jemals Besserung. Aber Scroggins' einzelner Sieg wurde weit und breit kommentiert.

Eines Tages brachte Belle eine Kotprobe und bat mich um eine Untersuchung auf Würmer. Ich machte einen Flotationstest und ließ sie die Myriaden von Spulwurmeiern unter dem Mikroskop sehen.

»Fein«, sagte sie, »helfen Sie mir doch bei einem Experiment. Doktor Scroggins behauptet, daß er Pferde entwurmen kann, wenn er das Hinterteil mit seinem

Apparat bestrahlt. Ich möchte es an diesem Pferd ausprobieren, und nach ein paar Wochen machen wir nochmals eine Untersuchung auf Würmer. Dann werden wir ja sehen, ob noch welche da sind.«

Dem stimmte ich zu und wies darauf hin, daß diese Untersuchung natürlich im Interesse der Wissenschaft kostenlos sei.

Schließlich brachte Belle eine zweite Probe. Im Mikroskop sah ich viele Wurmeier. Ich machte ihr Platz, damit sie auch hineinsehen konnte. Eine geraume Zeit schaute sie durch die Linse, schweigsam und ohne eine Miene zu verziehen.

Schließlich stand sie auf und sagte: »Das geschieht mir ganz recht, weil ich bei Scroggins' Anweisungen so dazwischengepfuscht habe. Er sagte, man solle das Hinterteil einmal täglich zehn Minuten bestrahlen. Ich dachte, das sei eine zu hohe Dosis, und habe es nur fünf Minuten lang bestrahlt. Wie man sieht, genügen fünf Minuten eben doch nicht. Egal, man braucht ohnehin zuviel Zeit für die Bestrahlung, und es macht eine Menge Umstände. Geben Sie mir ein Wurmmittel, Doc.«

Ich hatte einmal ein großes, störrisches Jagdpferd behandelt. Es stand in einem Stall, der eine halbe Stunde Autofahrt von meiner Praxis entfernt war. Das Tier war bekannt dafür, daß es sich weigerte, in einen Hänger zu gehen. Täglich mußten seine Wunden behandelt werden, die er sich beim Einladen in einen Transporter zugezogen hatte. Dem Besitzer gefiel mein Rat, das Pferd auf Belle Holloways Hof zu stellen, der ganz in der Nähe meiner Praxis lag. Das Problem war nur, das transportscheue Pferd, das ja schon Verletzungen hatte, zu befördern.

»Belle wird's schon machen«, versicherte ich dem furchtsamen Besitzer. Ich rief Belle an und riet ihr, das Pferd in einem Pferdetransporttrailer abzuholen.

»Die sind alle auf Achse«, erklärte sie. »Ich werde ihn selbst mit einem Pkw-Anhänger herholen.«

»Belle«, sagte ich, »ich weiß, daß Sie sich aufs Verladen von Pferden verstehen, aber dieser Bursche ist wirklich schwierig. Ich bin nicht sicher, ob Sie ihn aufladen können, wenn kein Trailer verfügbar ist.«

»Doc«, antwortete sie, »man kann alle aufladen. Lassen Sie mich nur machen!«

Am nächsten Tag meldete sich Belle am Telefon. »Das große rote Pferd steht bei mir. Sie können kommen und ihn verarzten. Wissen Sie, Doc, daß das das widerspenstigste Pferd war, das ich jemals zu transportieren hatte?«

»Ich hatte Sie gewarnt«, schalt ich sie. »Was ist denn passiert?«

»Ich habe meine ganze Trickkiste ausgepackt. Ich redete ihm gut zu, aber er wollte nicht in den Hänger. Ich versuchte es mit dem Zaumzeug und der Nasenbremse und dann noch mit all meinen Geheimmethoden für sehr schlimme Pferde. Aber wissen Sie, ich habe Stunden gebraucht, und es gelang mir nicht, das Pferd aufzuladen. Schließlich – es fällt mir schwer, das zugeben zu müssen – riß mir der Geduldsfaden. Ich holte eine Peitsche und habe auf Teufel komm raus auf den Kerl eingedroschen, bis er froh war, in den Hänger springen zu können!«

Die letzte Instanz

Aus humanitären Gründen ist es manchmal notwendig, daß der Tierarzt dem Leben eines größeren Tieres ein Ende durch Erschießen bereiten muß. Tierärzte wissen, wie man das macht. Das Hirn eines Pferdes oder einer Kuh ist nicht größer als eine Faust. Wenn es von der Kugel richtig getroffen wird, tritt sofort der Tod ein. Trifft man aber daneben, zeigt sich zunächst wenig Wirkung bei einem Großtier. Um das Gehirn richtig zu treffen, zeichnen wir zwei Linien auf die Stirn, und zwar vom rechten Auge zum linken Ohr und vom linken Auge zum rechten Ohr. Der Schnittpunkt beider Linien ist der Zielpunkt.

Es war gegen Mitternacht. Debby und ich fuhren nach Thousand Oaks zurück; wir hatten uns in der Stadt eine Show angesehen. Von ferne konnte ich schon die roten Stopplichter und das Blaulicht erkennen. Langsam fuhr ich auf die Szene zu. Da hörte ich einen Schuß. »Das war ein Schuß aus einem Gewehr«, sagte ich besorgt zu Debby und fuhr im Schneckentempo weiter. Dann kam ein zweiter Schuß. Ich hielt an. Falls die Polizei da vorn in ein Feuergefecht verwickelt sein sollte, wollte ich nicht näher herankommen.

Aber dann sah ich im Schweinwerferlicht einen Cowboy auf mich zurennen. Er winkte mir zu und rief: »Weiterfahren, weiterfahren!«

Es war Harlan Brown, der Vorarbeiter der nahegelegenen Triunfo-Ranch. »Was ist los, Harlan?« schrie ich durchs geöffnete Fenster.

»Doc«, keuchte er. »Sie sind genau der Mann, den wir suchen.«

Ein dritter Schuß knallte.

»Die Autobahnpolizei will einen verletzten Bullen erschießen. Ich glaube, sie schaffen das nicht!«

Drei Brahman-Bullen waren aus einer Herde ausgebrochen und auf der Autobahn herumgeirrt, wo sie von zwei Lastwagen angefahren worden waren, berichtete Harlan. Ein Bulle war sofort tot gewesen, ein anderer hatte sich verletzt in die Berge geflüchtet. Der letzte hatte eine gebrochene Wirbelsäule und kauerte wie ein Hund mitten auf der Fahrbahn.

Ich fuhr näher heran und stieg aus dem Wagen. Ich trat auf einen Polizeibeamten zu, der einen 38er Revolver in den Händen hielt. Er hatte gerade aus einer Entfernung von drei Metern fünf Schüsse auf den Kopf des Bullen abgefeuert. Der Bulle saß teilnahmslos und bemitleidenswert da. Nur ein dünnes Rinnsal Blut tröpfelte aus seiner Nase. Auf der Stirn sah man Einschußlöcher.

»Das hier ist unser Tierarzt«, sagte Harlan.

»Soll er den Bullen erschießen?« Der Beamte musterte mich kalt und fragte dann Harlan: »Ist das Ihr Bulle?«

»Nein, Sir. Er kommt aus einer anderen Ranch.«

»Okay. Dann erschieße ich den Bullen«, sagte der Gesetzeshüter.

Er legte wieder an und ballerte drauflos. Der Bulle zuckte nicht einmal.

»Möchten Sie ihn nicht doch von mir erschießen lassen?« fragte ich.

Keine Antwort. Nachdem der Beamte die ganze Trommel mit den sechs Kugeln leergefeuert hatte, wandte er sich an einen anderen Polizisten: »Gib mir deine Waffe, Bill.« Es war ein 357er Magnumgewehr, das er nun wieder aus sicherer Entfernung abfeuerte. Der Bulle saß unverändert da.

Angewidert, frustriert und verärgert brüllte der eigensinnige Polizist: »Was, zum Teufel, ist denn mit diesen gottverdammten Waffen los?«

Niemand antwortete. Dann wandte er sich an mich: »Wollen Sie diesen Bullen erschießen?«

»Ja.«

»Passen Sie gut auf«, warnte er mich, als er mir die Waffe reichte.

Ich ging rasch auf den Bullen zu und zeichnete ein x vom rechten Auge zum linken Ohr und vom linken Auge zum rechten Ohr. Dort, wo sich die Linien im gekräuselten Haar kreuzten, setzte ich die Mündung der Waffe an und zog am Abzug. Der Bulle fiel sofort in sich zusammen. Sein Leiden fand ein gnädiges Ende.

Ich gab die Waffe dem Beamten zurück und sah ihn fragend an. »Haben Sie gesehen, wie ich es gemacht habe?« Er nickte stumm. Sein Mund stand offen. »Haben Sie gesehen, daß ich ein Kreuz auf seine Stirn gemacht habe?«

»O ja. Sind Sie denn katholisch, Doc?«

Im allgemeinen ist das Töten natürlich ein bitterernster Vorgang. Dem Leben eines Tieres ein Ende zu setzen ist eine der unangenehmsten Aufgaben für einen Tierarzt. Von unseren Gefühlen wie von unserer Ausbildung her bemühen wir uns, Leben zu erhalten. Dennoch müssen alle praktizierenden Tierärzte immer wieder diese unvermeidliche Maßnahme ergreifen, leider sogar viel zu oft. In der Fachsprache nennen wir dies Euthanasie. Die Besitzer von kleinen Haustieren sagen dazu: Einschläfern. Das kann zuweilen bedenklich zweideutig sein. Ich habe eine Reihe von Fällen erlebt, bei denen Tierhalter den Tierarzt darum baten, ihr Tier »einzuschläfern«. Sie meinten aber damit nicht die Tötung, sondern daß die erforderliche Behandlung des Tieres unter Allgemeinnarkose erfolgen sollte. Der Tierarzt hat dies falsch verstanden und das Tier mit einer Überdosis narkotisiert und damit getötet. Um Mißverständnisse zu vermeiden, lassen wir den Besitzer eines Tieres oder dessen Bevollmächtigten ein Formblatt unterschreiben, auf dem er die Euthanasie ausdrücklich verlangt, also die ›schmerzlose Tötung‹.

Ich rate nur selten zur Euthanasie, selbst wenn ich

weiß, daß der Fall hoffnungslos ist und man dem Tier unnötige Leiden ersparen muß. Meistens sage ich dann zu dem Besitzer: »Wenn dieses Tier mir gehören würde, dann wüßte ich, was ich zu tun hätte. Aber diese Entscheidung müssen Sie selbst treffen.« Damit hat der Besitzer die Möglichkeit, diese humane Alternative anzunehmen, ohne mir später vorwerfen zu können, ich habe sein Tier töten wollen. Nach diesem Prinzip verfahre ich seit einem Vorfall, der sich kurz nach der Eröffnung meiner Praxis in Thousand Oaks ereignet hatte.

Bei einem alten Spaniel hatte ich Krebs im Endstadium diagnostiziert. Sein Besitzer war ein älterer Herr. Er verlangte von mir, daß ich den Hund mit Schmerzmitteln behandle, obwohl ich ihm den Leidensweg des Tieres klar vor Augen geführt hatte. Er brachte das arme Geschöpf jeden Tag. Ich tat alles, was in meiner Macht stand. Ich sah, wie sich der Körper des Hundes immer mehr auszehrte, und jedesmal rührte mich der Blick aus seinen Augen, der bei Krebs im Endstadium so typisch ist. Da begann ich mich schuldig zu fühlen. Immer wieder riet ich zur schmerzlosen Tötung.

Schließlich sagte ich zu dem Besitzer. »Ich finde, daß Sie Ihrem Tier gegenüber nicht fair sind. Sein Zustand ist hoffnungslos. Es hat schreckliche Schmerzen, obwohl es dies nicht ausdrücken kann. Ich halte die Zeit für gekommen, ihm die Gnade einer Sterbehilfe zu gewähren.«

Der alte Herr musterte mich kühl und sagte: »Junger Mann, Sie sind Arzt, und Sie wissen mehr über diese Dinge als ich. Gerade deshalb müßten Sie doch das Leben des Hundes verlängern und ihm seine noch verbleibenden Tage so angenehm wie nur möglich machen. Ich bin zu Ihnen gekommen, damit Sie meinem Hund helfen und ihn nicht umbringen. Wenn ich das wollte, würde ich ihn bei laufendem Motor in die Garage einsperren.« Dann packte er den ausgemergelten Hundekörper und verließ die Klinik. »Ich werde schon einen

Tierarzt finden, der ein Tier lieber vor dem Tod bewahrt, als daß er ihm das Leben nimmt.«

Andererseits ist es oft genau umgekehrt: Der Tierbesitzer verlangt die Tötung seines Tieres, während der Tierarzt dagegen ist.

Mr. Bigelow war Ende sechzig und ein ortsansässiger Geschäftsmann. Er besaß eine makellose Stute der Rasse ›Tennessee Walking Horse‹ und pflegte gern auf ihr durch die enge, gewundene Hauptstraße von Thousand Oaks zu reiten. Die Stute war etwa zehn Jahre alt und hatte eine behende und eindrucksvolle Gangart, wie sie für diese Rasse typisch ist. ›Goldie‹ war in einer völlig geschlossenen Stallbox untergebracht. Das ganze Jahr über wurde sie zugedeckt. Sie trug schwere, hohe Hufeisen, wie sie viele Walking-Horse-Besitzer bevorzugen. Gewöhnlich ist dieser übertriebene und unnatürliche Hufbeschlag nur Show-Pferden vorbehalten. Mr. Bigelow ließ sein Pferd zwar bei keiner Show auftreten, aber er wollte sie mit dieser Art des Beschlagens zur Schau stellen.

Eines Abends rief er mich an und bestellte mich für neun Uhr am nächsten Morgen. Ich sollte in sein Haus kommen, um mich um seine Stute zu »kümmern«.

Als ich bei den Bigelows eintraf, war ich überrascht, daß der Abholdienst von ›Jungleland‹ da war, um ein totes Tier mitzunehmen. Plötzlich erkannte ich, daß man mich zu einer Euthanasie gerufen hatte.

»Doktor«, sagte Mr. Bigelows, »ich weiß, daß man die Stute erschießen muß, damit sie bei ›Jungleland‹ verwertet werden kann. Ich weiß auch, daß das Erschießen schnell und schmerzlos ist, aber ich möchte nicht dabeisein. Ich möchte Ihnen Ihr Honorar geben und alle notwendigen Papiere unterschreiben. Dann gehe ich fort, und Sie tun das Unvermeidliche!«

»Aber warum sollte ich das tun?« fragte ich bestürzt. Die Stute war gleich neben dem Haus an eine Eiche gebunden und sah völlig gesund aus. »Was fehlt ihr denn? Warum sollen wir das tun?«

»Doktor, ich habe ein sehr schwaches Herz. Ich kann sie nicht länger reiten. Ich glaube nicht, daß ich noch lange leben werde.«

Nun sah ich erst, wie fahl und blaß Mr. Bigelow war. Sein Gesicht war fast grau.

»Ich möchte sicher sein, daß für Goldie gesorgt ist, bevor ich sterbe«, sagte er.

»Aber sie sieht so gesund aus!« protestierte ich.

»Das ist sie auch«, gab er mir recht. »Sie ist in bester Verfassung. Trotzdem möchte ich sie jetzt erlöst haben. Niemand wird sich je um sie kümmern, wie ich es getan habe. Ich möchte sicher sein, daß sie niemals gequält wird. Sie hat mir sehr viel bedeutet.«

Ich betrachtete die Stute, ein elegantes Tier im besten Alter. Ihr Fell glänzte im Morgenlicht, ihre Mähne und ihr Schweif waren gut gepflegt.

»Ich bin Tierarzt«, entgegnete ich. »Ich habe selbst eine Stute, und sie steht auf einer Weide neben meinem Haus. Wollen Sie Goldie nicht mir geben? Ich verspreche Ihnen, daß ich sie niemals weiterverkaufen werde und daß sie es bei mir sehr gut haben wird.«

»Ausgeschlossen!« rief Mr. Bigelow. »Niemand wird sich so um sie kümmern wie ich. Wenn ich nicht auf ihr reite, ist sie stets im Stall eingeschlossen. Sie ist immer in eine Decke gehüllt, und ihr Spezialbeschlag kostet ein Vermögen. Das würden Sie alles nicht für sie tun!«

»Das ist wahr. Aber Sie betrachten diese Dinge als Wohltat«, argumentierte ich, »und da bin ich nicht Ihrer Meinung. Ich weiß, daß Goldie viel lieber auf einer Weide wäre, ohne Zudecken und ohne diese schrecklichen Hufeisen. In diesem Klima braucht sie keine Decke. Ich mag Walking Horses sehr, aber ich würde sie ganz normal beschlagen, dann hätte sie viel mehr Freude am Leben. Wäre das nicht besser, als sie umzubringen?«

»Nein!« schrie Mr. Bigelow. »Wenn Sie es nicht machen wollen, dann hole ich mir eben jemand anderen dafür!« Er war aufgebracht und verärgert.

Plötzlich fiel mir ein, daß dieser herzkranke Mann am Rand des Grabes stand. »Nun gut«, besänftigte ich ihn, »dann mache ich es eben, aber es ist mir gar nicht wohl dabei.«

Ich war in einem Dilemma. Einerseits respektierte ich den Wunsch eines todkranken Mannes, andererseits widerstrebte es mir, ein Pferd zu töten, das ich seit meiner Niederlassung am Ort immer bewundert hatte. Ich war auch noch unerfahren und unsicher und versuchte gerade in dieser kleinen Stadt Fuß zu fassen. Mr. Bigelow gehörte immerhin zu den erfolgreichen und einflußreichen Geschäftsleuten hier.

Sobald er gegangen war, erschoß ich die Stute. Als ich sie tot daliegen sah, mit glasigen Augen, da wußte ich, daß ich falsch gehandelt hatte. Ich schwor, niemals mehr ein Tier zu töten, wenn es mit meinem Gewissen unvereinbar wäre. Diesen Schwur habe ich noch nie gebrochen. Seit jenem Morgen mußte ich noch Hunderte von Tieren töten, aber es war kein Fall dabei, wo der Tierbesitzer es verlangte und ich dagegen war.

Ich bin Mr. Bigelow noch des öfteren begegnet, nachdem der ›Jungleland‹-Wagen ›Goldie‹ mitgenommen hatte. Als ich ihn zum letzten Mal traf, sah er genauso aus wie an jenem Morgen, an dem seine Stute sterben mußte. Mr. Bigelow war klapprig, und sein Gesicht war grau. Er sah nicht älter aus, obwohl inzwischen schon elf Jahre vergangen waren.

Es ist nicht leicht, die letzte Verantwortung für ein Tier zu übernehmen, besonders dann, wenn es sich um ein Tier handelt, das der Tierarzt vorher behandelt und das er im Laufe der Jahre liebgewonnen hat.

Swampy war ein Mischling von unbestimmbarer Abstammung. Aber er war von überschwenglicher Liebenswürdigkeit. Ich mochte ihn als Patienten und

Nachbarn gleichermaßen gut leiden. Er hat sich nie um Anbinde-Vorschriften gekümmert und besuchte mein Haus des öfteren. Er sprang einfach über den Zaun und spielte Fangen mit meinen Hunden. Zur Mittagszeit ging er wieder nach Hause.

Swampy war ein zäher Bursche, ein muskulöser, gelbfarbener Mischling, mit stehenden Ohren und vielen Narben in seinem klugen Gesicht. Er sah rauh und ungehobelt aus, aber in Wirklichkeit liebte Swampy alle Menschen und Tiere. Er hatte ein goldenes Herz, und golden glänzte sein Fell. Immer war er bei guter Gesundheit, und meine beruflichen Kontakte mit ihm beschränkten sich auf routinemäßige Untersuchungen und Impfungen. Als er älter wurde, tat er mir leid, weil er wegen seiner Arthritis nicht mehr in mein Anwesen springen konnte. Kein anderer Hund aus der Nachbarschaft war mir in gleicher Weise willkommen. Swampy wühlte nie im Abfall und verstreute ihn auf dem Grundstück; er hetzte auch nicht meine anderen Haustiere oder machte sonst welchen Unfug.

Als Swampy vierzehn Jahre alt war, bekam er einen bösartigen Lungentumor von der Größe eines Hühnereis. Wir operierten ihn und entfernten den befallenen Lungenteil. Swampy überlebte den Eingriff und erholte sich überraschend gut. Mit fünfzehn Jahren war er noch immer kräftig, aber ein wenig schwerhörig und wackelig. Wenn er in die Klinik kam, lächelte er und wedelte mit dem Schwanz, als wollte er sagen: »Hallo, Doc!« Swampy war der Liebling unserer ganzen Klinikmannschaft und auch aller Nachbarn. Wenn er mal als Patient in der Klinik war, schickten ihm Freunde einen Blumengruß.

Swampys Herrchen bekam in einer anderen Stadt eine neue Stellung angeboten, und so brachte ihn sein Frauchen eines Tages zu uns herein, um auf Wiedersehen zu sagen. Ich tätschelte den Kopf des alten Hundes und sagte ihm, daß ich ihn vermissen werde. Natürlich habe ich ihm nicht gesagt, daß ich im Grunde froh war, daß er wegzog. Ich wußte, daß Swampy nicht mehr lange zu leben hatte, und war dankbar, daß ich nicht der Tierarzt sein würde, der ihn in Bälde würde einschläfern müssen.

»Hören Sie, Doktor – ich bin nicht einer von Ihren Kleintierpatienten! Was meinen Sie damit: ›Sein kleines Herz hat es nicht mehr gepackt‹?!«

Säumige Zahler

Es war gut einen Mitarbeiter zu haben, mit dem man sich die Notfälle teilen konnte. Dienstfreie Nächte waren ein Luxus, und jeder von uns hatte abwechselnd einen freien Donnerstag. An den Samstagen arbeiteten wir gemeinsam, weil es da am meisten zu tun gab.

Bob Kind hatte Bereitschaftsdienst, als der Bar Jay Stall eines Nachts anrief. Ein Pferd hatte sich am Stacheldraht schwer verletzt. Bob versorgte die tiefe, häßliche Verletzung, und der Besitzer des Stalls sagte, daß wir die Rechnung an den Tierbesitzer schicken sollten, der sein Pferd bei dem Reitstall untergestellt hatte.

Die Rechnung wurde nie bezahlt. Damals war ich noch Alleininhaber der Praxis, und Bob war nur mein Mitarbeiter, aber noch nicht Teilhaber. So versuchte ich die Rechnung einzutreiben und rief den Besitzer des Pferdes, einen Mr. Hayes, an. Dabei erfuhr ich, daß das Tier voll wiederhergestellt sei und daß sie von Dr. Kinds chirurgischen Qualitäten sehr angetan seien.

»Ja, warum bezahlen Sie dann meine Rechnung nicht?« fragte ich. »Der Unfall ist vor einem halben Jahr passiert.«

Der Pferdehalter machte mir klar, daß der Stallbesitzer keine Erlaubnis hatte, sein Pferd auf eine Weide mit Stacheldrahteinzäunung zu tun. Die Verletzung war demnach durch ein Verschulden des Pensionsstalles entstanden, und dieser sollte daher zur Kasse gebeten werden. Mr. Hayes hatte unsere Rechnung an den Stallbesitzer, Mr. Hennesman, weitergegeben, der aber keinerlei Anstalten machte, zu bezahlen. Mr. Hayes sagte, daß er für unsere Dienste sehr dankbar sei, es täte ihm sehr leid, daß wir noch kein Geld bekommen hätten. Aber er bestand darauf, daß Hennesman dafür aufkommen müsse. Ich meinte, daß er doch aus Dankbarkeit diese Rechnung bezahlen sollte und sich dann mit Mr. Hennesman irgendwie vergleichen könnte. Hayes lehnte das strikt ab; es sei unser Problem, von Hennesman das Geld zu bekommen. Dieser war leider unter den Tierärzten als schlechter Zahler bekannt.

Schließlich brachte ich die Angelegenheit vor Gericht, in der Annahme, daß wir gegenüber Mr. Hayes einen gesetzlichen Anspruch hätten. Ich nahm einen halben Tag frei und begab mich zum Gericht nach Camarillo.

Mr. Hayes erschien ebenfalls. Er war ein Herr mittleren Alters, gut gekleidet und mit guten Manieren.

Zu meiner Überraschung entschied der Richter zu seinen Gunsten, nachdem er sich die Sache angehört hatte.

»Doktor«, erklärte der Richter, »ich bin eigentlich auch Ihrer Meinung. Ihr Mitarbeiter hat gute Arbeit geleistet und hat dafür kein Honorar erhalten. Jedoch kam zwischen Ihnen und dem Stallbesitzer telefonisch ein Vertrag zustande, und demnach ist Mister Hayes, der Pferdebesitzer, im Recht und braucht nicht zu zahlen. Das ist allein Sache von Mister Hennesman.«

»Unfaßbar!« protestierte ich. »Wir haben den Auftrag angenommen und dachten natürlich, daß unsere Bemühungen im Interesse des Tierbesitzers seien und er dies auch dankbar honorieren würde.«

»Aber Mister Hayes wurde in dieser Sache überhaupt nicht gefragt«, entgegnete der Richter. »Der Auftrag war Doktor Kind von Mister Hennesman erteilt worden. Mister Hennesman müssen Sie verklagen.«

Da ich wußte, daß es wahrscheinlich nutzlos war, gegen Hennesman vorzugehen, verließ ich enttäuscht den Gerichtssaal und ärgerte mich über die verschwendete Zeit. Am Ausgang kam ich an Mr. Hayes vorbei. »Doktor«, sagte er, »es tut mir leid, daß Sie und Doktor Kind in diese Sache hineingeraten sind. Aber hier geht es ums Prinzip. An der Verletzung meines Tieres war Hennesman schuld, und deswegen wollte ich die Rechnung nicht bezahlen!«

»Wissen Sie«, sagte ich, »ich habe meine Praxis noch nicht lange, aber in den wenigen Jahren ist so was schon oft vorgekommen. Jetzt reicht es mir. Ich schwör's Ihnen: Wir werden keinen Notfall mehr annehmen, kein verletztes Tier mehr behandeln, wenn der Tierbesitzer nicht selbst am Telefon ist und uns versichert, die Kosten zu übernehmen.«

Ich wußte, daß das eine leere Drohung war, weil viele tierärztliche Noteinsätze von Leuten verlangt werden, denen das Tier gar nicht gehört. Ein streunendes Tier kann vom Auto angefahren worden sein, oder ein Tierbesitzer ist nicht zu Hause und ein Nachbar ruft für ihn an. Man findet oft verletzte Pferde, Rinder und Wildtiere auf der Straße. Man stößt auf Wildtiere in Fallen oder mit Schußverletzungen. Kranke oder ausgehungerte Hunde und Katzen werden auf Hinterhöfen gefunden. Haustiere werden von verantwortungslosen Tierhaltern ausgesetzt. Immer wieder haben wir Tierärzte es mit Patienten zu tun, deren Besitzer unbekannt sind. Wir behandeln diese Tiere; manchmal kommt jemand vorbei und zahlt für die Behandlung, und manchmal gibt es überhaupt keinen Besitzer. Es kommt auch vor, daß man den Tierhalter ausfindig macht und er die Zahlung der Behandlung ablehnt. Dagegen sind wir machtlos, weil der Tierhalter nur für solche Dienstleistungen aufkommen muß, die er selbst verlangt hat.

Die meisten Tierärzte wissen um dieses Problem. Es gehört nun mal zu ihrem Beruf, und sie haben sich damit abgefunden. Fast alle Tierärzte müssen von Zeit zu Zeit Nutz- und Heimtiere, aber auch Wildtiere behandeln, ohne je eine müde Mark dafür verlangen zu können.

So war der Schwur, den ich vor Mr. Hayes ablegte, reiner Bluff: Er sollte Gewissensbisse bekommen.

Ich überquerte die Straße und stieg ins Auto.

»Doktor!« hörte ich eine Stimme hinter mir herrufen.

Hayes kam ans Fenster. »Ich möchte für Ihre Entscheidung nicht die Verantwortung übernehmen«, sagte er und zog sein Scheckbuch heraus. Er stellte für die gesamte geschuldete Summe einen Scheck aus und übergab ihn mir.

»Wenn Sie das gleich gemacht hätten«, sagte ich, »dann hätten wir beide hier keine Zeit verloren.«

»Ich bin ein Mann von Prinzipien«, erwiderte er. »Es ging hier ums Prinzip, und deshalb weigerte ich mich von Anfang an, die Rechnung zu bezahlen. Ihre Worte haben mich überzeugt, und es ist jetzt auch ein Prinzip für mich, daß ich bezahle.«

»Und wenn ich nur geblufft hatte?« fragte ich. »Möglicherweise habe ich das alles nur gesagt, damit Sie ein schlechtes Gewissen bekommen sollten.«

»Vielleicht haben Sie tatsächlich geblufft, aber ich hatte Angst, Sie könnten es ernst nehmen, und dann wollte ich nicht schuld daran sein. Sie wissen, daß ich so lange auf meinem Rechtsstandpunkt beharrte, bis Sie mich eines Besseren belehrt haben. Es war mir nicht bewußt, daß Ihnen solche Dinge tagtäglich widerfahren. Mir passiert das nur einmal, aber bei Ihnen geschieht das anscheinend öfter.«

»Ja«, erwiderte ich, »laufend. Erst heute wieder haben Leute einen Habicht mit gebrochenem Flügel gebracht und auch ein Kätzchen, daß sie irgendwo unterwegs aufgelesen hatten. Wir haben beide Tiere behandelt. Aber es gibt niemanden, der dafür bezahlt. Den Habicht werden wir wieder fliegen lassen, und für das Kätzchen werden wir schon einen guten Platz finden. Die einzige Belohnung, die wir dafür bekommen, ist die Genugtuung über eine gute Tat. Mit Ihrer Sache bin ich vor Gericht gegangen, Mister Hayes, weil es hier einen Besitzer gibt und dieser das Geld aufbringen kann.«

»Sie sind ein anständiger Mann, Doktor Miller«, sagte er und reichte mir die Hand.

»Sie aber auch, Mister Hayes.«

Ein Tierarzt hilft auch Menschen

»Teresa ist erst dreizehn, aber sie weiß jetzt schon, daß sie einmal Tierärztin wird«, sagte Mrs. Klutterman. »Es ist sehr nett von Ihnen, daß Sie sie einmal beim Operieren zusehen lassen. Teresa, setz dich ruhig hin und stör die Ärzte nicht. Ich geh jetzt einkaufen und komm am Nachmittag zurück und hole dich hier ab.«

»Okay, Mama«, sagte Teresa, ein ernstes, ruhiges Mädchen.

Als ich aus dem Zimmer ging, um vorne nach den Patienten zu sehen, hörte ich Bob Kind sagen: »Also, Teresa, zuerst müssen wir eine Sterilisation bei diesem kleinen Hund machen. Das ist eine Ovariohysterektomie, das heißt, die Eierstöcke und die Gebärmutter werden entfernt, damit Cindy keinen unerwünschten Nachwuchs bekommt.«

Nach einigen Minuten stürmte Mary in die Apotheke zu mir. »Doktor Miller, Teresa ist ohnmächtig geworden, und wir glauben, daß sie mit dem Kopf auf den Steinboden aufgeschlagen ist. Kommen Sie sofort!«

Ich eilte in den Operationsraum, wo mich Bob Kind, der über dem bewußtlosen Mädchen kniete, zutiefst besorgt ansah.

»Ich begann gerade mit einer intravenösen Narkose bei dem Tier, und kaum war ich in der Vene, da kippte Teresa schon um. Wissen Sie, wo ihre Mutter ist?«

»Nein«, erwiderte ich. »Sie ist irgendwo beim Einkaufen und kommt nicht vor ein paar Stunden zurück. – Sehen Sie, Teresa kommt wieder zu Bewußtsein.«

Unsere Stadt war inzwischen so gewachsen, daß sich nun ein halbes Dutzend Ärzte hier niedergelassen hatte. Aber es dauerte noch etliche Jahre, bevor wir ein Krankenhaus bekamen. Natürlich gab es auch noch keinen Notarztwagen. Teresa war nun bei Bewußtsein und konnte reden, aber sie zeigte eindeutige Anzeichen einer Gehirnerschütterung. Wir legten sie auf eine bequeme Bank und schoben ein Kissen unter ihren Kopf.

»Weißt du, wo deine Mutter ist?« fragte Mary.

»Nein.«

»Habt ihr einen Hausarzt in der Stadt?«

»Ja.«

»Wie heißt er?«

»Ich weiß es nicht, aber er ist jung und sieht gut aus und wohnt am Ende der Straße.«

Ich rief mir schnell alle Ärzte der Stadt ins Gedächtnis. Auf Dr. Larson schien die Beschreibung zu passen.

»Ich habe einen Patienten in Narkose«, sagte Bob. »Könnten Sie sie zum Arzt bringen?«

»Sicher«, erwiderte ich. »Mary, sagen Sie den bestellten Tierbesitzern, was passiert ist und daß ich sobald als möglich zurückkomme.«

Teresa wurde in meinen Wagen gebracht, und im weißen Praxismantel samt Stethoskop fuhr ich das Mädchen zu Roy Larsons Praxis.

»Ich kenne sie nicht«, sagte Dr. Larson. »Sie ist nicht meine Patientin. Aber Sie sollten sie zur Beobachtung hier lassen.«

Später erfuhr ich, daß Dr. James McGillis der Hausarzt war. Thousand Oaks bekam offenbar immer mehr junge und gut aussehende Ärzte.

»Schicken Sie Teresas Mutter her, sobald sie in Ihrer Praxis aufkreuzt.«

Ich verließ das Untersuchungszimmer und lief durch die Halle auf den Ausgang zu. Als ich an der Empfangstheke vorbeikam, sah ich Mrs. McCarthy dort stehen. Die Empfangsdame sagte gerade zu ihr: »Welchen Arzt wünschen Sie?«

»Das ist mir egal«, sagte Mrs. McCarthy. Sie drehte sich um und sah mich auf sie zumarschieren. Mein weißer Mantel flatterte, und das Stethoskop baumelte an meinem Hals.

Sie zeigte auf mich. »Nur den nicht! Er behandelt meine Pferde! Was haben Sie denn hier verloren, Doktor Miller?«

»Guten Morgen, Mrs. McCarthy«, sagte ich außer Atem, als ich an ihr vorbeiging. »Ich arbeite hier nur zeitweise!«

»Aber Sie behandeln doch meine Hunde und meine Pferde. Sie sind Tierarzt!«

»Stimmt«, rief ich ihr zu, bevor ich um die Ecke verschwand. »Meistens! Die meisten meiner Patienten sind Tiere!«

Die meisten meiner Patienten sind natürlich Tiere, aber alle Tierärzte müssen gelegentlich auch mal Menschen behandeln – meist unfreiwillig. Ich habe aber noch nie ein Menschenbaby zur Welt gebracht, wie es einmal ein Kollege eines Nachts tun mußte, als ein aufgelöster Ehemann vor seinem Haus mit quietschenden Reifen stoppte, während seine Frau auf dem Rücksitz des Wagens in den letzten Wehen lag.

»Es war Routine«, meinte mein Freund, »wie die Geburt eines Welpen. Aber die Mutter sah mich doch recht komisch an, als ich zu ihr sagte, sie habe ein prächtiges Junges geworfen ...«

Ich praktizierte bereits in Thousand Oaks, bevor noch ein Arzt sich hier niedergelassen hatte. Meine kleine Klinik hatte auch schon ein Röntgengerät. Die ersten drei Ärzte, die hier praktizierten, ließen mich einige ihrer routinemäßigen Röntgenaufnahmen machen. Ich machte bald die Erfahrung, daß ein furchtsames dreijähriges Kind ein schwierigerer Patient ist als die meisten Tiere. Aus dem einfachen Grund, weil wir Tierärzte sogleich unsere Röntgenpatienten betäuben, wenn sie nicht stillhalten. Das kann man mit einem Kind natürlich nicht machen.

Notfallbehandlungen an Feiertagen bleiben besonders im Gedächtnis eines Tierarztes hängen. Ich erinnere mich an einen Heiligen Abend vor Jahren, als ein hiesiger Arzt mich um eine Röntgenaufnahme der Hand einer älteren Dame bat. Sie war gerade aus dem Bus ausgestiegen, als sie von einem Auto angefahren wurde. Sie wollte in unserer Stadt ihre Tochter und ihren Schwiegersohn besuchen. Der Schwiegersohn war ein Klient von mir und erzählte allen Leuten, wie seine Schwiegermutter einen Verkehrsunfall erlitt – »und da hat man sie zum Tierarzt gebracht«.

Obwohl wir nur für die Behandlung von Tieren ausgebildet und zugelassen sind, suchen doch immer wieder auch Menschen bei uns ärztlichen Rat. Wir empfehlen diesen Leuten vorsichtigerweise, ihre eigenen Ärzte aufzusuchen. Ich habe da schon die tollsten Geschichten erlebt. Oft hat zum Beispiel der Besitzer ein ähnliches Problem wie sein Tier, und dann will er einfach dieselben Medikamente nehmen.

DMSO ist eine Abkürzung von Dimethyl-Sulfoxid. Es ist ein von der Industrie verwendetes Lösungsmittel, bei dem man einige interessante medizinische Eigenschaften entdeckt hat. Man hatte es vor Jahren erfolgreich an Pferden getestet. Die erfahrenen Pferdeleute kennen dieses DMSO recht gut. Orthopädische Verletzungen und Leiden findet man häufig bei Leuten, die mit Pferden arbeiten, und einige von ihnen versuchen mit allerlei Tricks an diese Pferdemedizin DMSO, einer Medizin von hoher Wirksamkeit, heranzukommen.

Wenn man DMSO auf die menschliche Haut aufträgt, dringt es rasch in den Körper ein, und bald spürt man den Geschmack auf der Zunge. Es besitzt einen unverwechselbaren Geschmack und Geruch, so ähnlich wie Knoblauch oder Austern. Neben anderen Indikationen hilft DMSO auch bei Gelenkschmerzen und Muskelentzündungen. Es befreit von Schmerz und Schwellungen. Das Präparat ist von der Gesundheitsbehörde der USA noch nicht für die Anwendung beim Menschen zugelassen, trotzdem wird es immer wieder verlangt.

»Hören Sie mal«, sagte der alte Cowboy. »Haben Sie nicht etwas von diesem DSMO bei sich?« Er legte die linke Hand auf die rechte Schulter, und wenn er seinen Oberarm drehte, zuckte er zusammen.

»Ich brauch' es für meinen alten Wallach – Sie kennen doch mein altes Roping-Pferd. Seine Schulter macht ihm zu schaffen. Da möchte ich mal DSMO draufgeben.«

»Gut«, antwortete ich. »Ich bin nicht sicher, ob das bei ihm hilft, aber zumindest schadet es nicht. Schauen wir uns das Pferd halt mal an.«

»Oh, das steht ja oben im Norden, Doc, aber am Wochenende komm' ich dorthin. Dieses Zeug kann ihm doch nicht schaden, oder? Natürlich stinkt es dann aus dem Maul, aber was soll's! Es ist doch ungefährlich für das Tier, nicht wahr, Doktor?«

»Nun«, sagte ich kurzangebunden, »es kann zur Schrumpfung der Hoden kommen. Aber bei einem Wallach spielt das ja keine Rolle.«

Er hörte sofort auf seinen Arm zu massieren, und starrte mich an. Mein Gesicht blieb todernst.

Schließlich schnaubte er: »Na gut, dann muß ich eben die Zähne zusammenbeißen.«

In einem öffentlichen Reitstall kam ein Mann auf mich zu. Er trug die Schürze eines Schmieds und schleppte einige Hufbeschlagsinstrumente mit sich. Er ging leicht vorgebeugt, mit steifen kleinen Schritten aus dem Kniegelenk heraus. Als er sich umwandte, bewegte er den Kopf nicht, sondern drehte einfach starr den ganzen Körper. Ein Hund, ein Queensland-Heeler, hüpfte hinter ihm drein und wedelte aufgeregt mit dem Schwanz. Er rannte im Kreis um ihn herum, dann senkte er seinen Vorderkörper und bellte freudig. Danach machte er einen Luftsprung.

Der Schmied zeigte auf den Hund. »Er hat sich am Rücken verletzt«, sagte er. »Das brennt wie Feuer. Kann ich ihm etwas ODMO geben?«

»Was soll das sein?« fragte ich.

»ODMO? Das kennen Sie doch – dieses nach Knoblauch stinkende Zeug, das man bei Pferden anwendet!«

»Hallo, Doc«, begrüßte mich ein anderer Mann. »Können Sie mir etwas DDSO geben?«

»Wofür?«

»Für mein Pferd.«

»Was fehlt ihm denn?«

Er zeigte auf seinen eigenen Nacken. »Es hat sich den Fuß verstaucht!«

»Kann ich das Pferd mal anschauen?« fragte ich.

Widerwillig ging der Mann weg, und kam mit einem braunen Wallach zurück.

»Führen Sie ihn vor!« bat ich.

Das Pferd bewegte sich einwandfrei.

»Er geht doch gar nicht lahm«, sagte ich.

»Das ist richtig«, gab er zu. »Kann man DDSO an seinem Knöchel auch vorbeugend anwenden?«

Sogar das Verschreiben von Medikamenten für Tiere verlangt manchmal Diplomatie und Fingerspitzengefühl. Einem Pferd oder einer Kuh macht es nichts aus, welches Medikament sie bekommen, aber oft ist dies für den Besitzer von Bedeutung.

Ein amerikanisches Gesetz verlangt, daß auf Rezepten für Menschen oder Tiere der Name des Heilmittels ausgeschrieben werden muß. Das war nicht immer so. Verschreibungen für Menschen hat man oft mit geheimnisvollen Codenamen versehen, und bei Tierärzten war es gang und gäbe, abgegebene Medikamente umzubenennen. Viele Veterinärprodukte haben bereits abreißbare Etiketten, damit eine Auszeichnung leichter verändert werden kann.

Im allgemeinen lasse ich die Etiketten gern an den Medikamenten, die ich abgebe. Manche Leute haben jedoch eine gefährliche Halbbildung. Zum Beispiel Sam

Dickerson, ein Rancher, der gern selber herumpfuschte. Er behandelte seine Tiere mit jedem Medikament, das er auftreiben konnte, und ständig wandte er die Medikamente falsch an. Wenn ich etwa für seine kranken Kälber ein Langzeitpenicillin für richtig hielt, dann war es besser, daß Sam nicht wußte, was ich verordnete. Ich entfernte das Etikett von einer Flasche mit Antibiotika und schüttete einige Tropfen Neoprontosil hinein, einen scharlachroten antibakteriellen Zusatz. Das normalerweise weiß aussehende Penicillin bekam eine liebliche rosa Färbung.

»Was ist das hier, Doc?« wollte Sam wissen.

»Es ist ein Langzeitantibiotikum.«

»Wie heißt das?«

»Ich mische es selbst und nenne es Erythromillercin.«

»Was Neues?« sagte Sam. »Es sieht ganz gut aus.«

Ich gab Anweisung, die Kälber jeden zweiten Tag damit zu spritzen. Ich wußte, daß Penicillin hier das Mittel der Wahl war. Aber Penicillin sieht so harmlos weiß aus, und jeder Bauer kann es beim Futtermittelhändler oder in der Apotheke frei kaufen. Solange Sam nicht wußte, was er spritzte, und auch von der rosa Farbe beeindruckt war, würde er auch nach meiner Anweisung seine Kälber behandeln.

Sam kam nach ein paar Tagen in die Praxis, und ich erkundigte mich nach seinen Kälbern.

»Denen geht es allen gut, Doc. Die Kranken sind wieder gesund. Aber jetzt habe ich Neuerkrankungen, und Ihr Medikament ist ausgegangen. Ich sollte noch etwas davon haben.«

Ich ging in die Apotheke, nahm eine Flasche Benzathin-Penicillin und entfernte das Etikett. Dann gab ich einige Tropfen Neoprontosil hinein, und Sam ging glückstrahlend nach Hause, um sein Vieh zu behandeln.

Zwei Tage später war er wieder in der Praxis. »Doc«, sagte er, »ich glaube nicht, daß die zweite Flasche Erythromillercin das gleich enthielt wie die erste.«

»Warum nicht?« fragte ich.

»Nun«, sagte Sam, »vor allem hat die zweite Flasche nicht so gut wie die erste gewirkt. Die Kälber sind noch immer krank. Außerdem war die erste Flasche röter als die zweite.«

Die Farbe einer Medizin ist für die Person, die sie einnimmt, von großer Bedeutung. Mit großem Vergnügen habe ich festgestellt, daß in einem Katalog für humanmedizinische Medikamente Aspirintabletten in sechs verschiedenen Farben angeboten werden, einschließlich Rot und Grün. Grün und Rot sind besonders wirksame Farben, sogar bei einem Placebo. Jeder erfahrene Praktiker weiß um die Wirkung, die die Farbe einer Medizin auf Laien hat.

Dr. Max Taylor, ein ehemaliger Kommilitone, praktizierte in Showlow, Arizona. Eines Tages sollte Max in der White River Reservation der Apachen einen Hengst kastrieren. Er legte seine Instrumente in einen Eimer mit einer Lösung von Nolvasan. Nolvasan ist ein dunkelblaues Desinfektionsmittel. Dann injizierte er dem Hengst intravenös Succinylcholin. Der Hengst fiel nieder, und ein Gemurmel lief durch die Menge der zuschauenden Indianer. Max beendete den Eingriff, und bald war der Hengst wieder auf den Beinen. Dann trat der Besitzer des Tieres vor, stierte in den Eimer mit der Nolvasanlösung und sagte: »Mensch, das ist aber ein starkes Mittel!«

Während einer Pferdegrippe-Epidemie benützte ich große Mengen Erythromycin, ein durchschlagendes Antibiotikum, das damals gerade neu herausgekommen war. Ein Vorarbeiter aus einem Pferdegestüt mit Standardpferdezucht in Alabama sah, wie ich eine klare, farblose Flüssigkeit injizierte.

Beinahe entschuldigend sagte ich: »Sieht aus wie klares Wasser, nicht wahr?«

»Richtig, Doc«, stimmte er zu. »Aber Gin und Wodka sehen auch wie klares Wasser aus.«

Schwierige Klienten

Darlene Abbott war einer jener Menschen, die einem Tierarzt das Leben schwermachen können. Sie war Hundezüchterin und hatte einen Zwinger mit wertvollen Zuchthunden, dazu noch einige Katzen, eine Ziegenherde und drei Pferde. Sie war finanziell gut gestellt und hatte einiges Geld geerbt. Außerdem bekam sie wohl noch Unterhaltszahlungen von einem ihrer letzten Ehemänner. Darlene bezahlte ihre Rechnungen meistens prompt und war ein eingeschworener Fan von mir. Sie schickte mir viele neue Klienten, und schon aus diesem Grund hätte ich sie wie eine besonders wichtige Klientin behandeln müssen. Leider war sie eine richtige Nervensäge. Sie stahl mir bei den Besuchen und am Telefon ungebührlich viel Zeit. Sie wollte in der Klinik mit niemand anderem als mit mir reden, und damit machte sie sich natürlich bei Mary und Bob Kind nicht gerade beliebt. Wenn ich nicht zur Verfügung stehen konnte, akzeptierte sie meinen Kollegen nur widerwillig und brachte es immer wieder fertig, ihn herabzusetzen. Sie hatte sogar meine private geheime Telefonnummer herausgefunden und rief mich zu jeder Unzeit an, egal, ob ich Dienst hatte oder nicht, um mit mir die Probleme mit ihren Tieren zu besprechen. Sie war eine intelligente Frau, und ihre Probleme waren nie eingebildet, sondern ganz real. Sie war eine scharfe Beobachterin, und ich konnte mich auf ihr Urteil verlassen. Wenn Darlene sagte, daß bei einem Tier etwas nicht stimmte, dann wußte ich, daß sie meist recht hatte.

Darlene schätzte meine beruflichen Fähigkeiten sehr hoch ein und verkündete das auch begeistert in Züchterkreisen. Ich fühlte mich dadurch nicht geschmeichelt, aber ich erkannte, daß dies unserer Praxis zugute kam, und daher sah ich ihr manches nach. Wenn sie zu weit ging, konnte ich sie wieder zur Ordnung rufen, indem ich sie mit einem strengen »Nein!« zurechtwies. Sie spielte sich zum Beispiel gern als die Besitzerin der Klinik auf und platzte unaufgefordert in den Operationssaal oder in einen Behandlungsraum hinein. Stundenlang konnte sie bei einem ihrer stationär behandelten Tiere ausharren. Sie brachte die Klinikmannschaft gegen sich auf, indem sie meinen Assistenten herumkommandierte oder mir lautstark zurief: »Bob, ich glaube, ihre Temperatur steigt wieder. Bob, kommen Sie gleich her und untersuchen Sie das Tier nochmals.«

Aber im allgemeinen benahm sie sich korrekt. Sie war nicht hypochondrisch. Es war freilich nicht leicht, unter solchen Bedingungen konzentriert zu arbeiten. Dann sagte ich einfach: »Darlene, Sie stören unseren Arbeitsablauf, so daß wir uns nicht mehr um unsere vielen Patienten kümmern können. Bitte gehen Sie nach Hause!«

Danach ging sie gehorsam hinaus, wobei sie ihr Gesicht wie ein beleidigtes kleines Mädchen verzog. Doch eine Stunde später hing sie wieder am Telefon und wünschte von mir persönlich einen erschöpfenden Bericht über den Zustand des Patienten.

Ich habe viel Verständnis für die persönlichen Eigenheiten der Menschen und versuche immer eine Erklärung für ihr Benehmen zu finden. Darlene war eine so besessene Tierliebhaberin, daß sie in ihre Zuneigung auch Tiere einbezog, die ihr persönlich nicht gehörten. Unsere Beziehungen blieben über viele Jahre ungetrübt, bis sie schließlich irgendwo anders hinzog.

Einmal hatte ich eine Erkältung. Im allgemeinen vertrieb ich so eine Erkältung einfach mit Arbeit. Öfters bin ich sogar mit einer Erkältung zum Skifahren gegangen und kuriert wieder heimgekommen. Ich hielt nichts davon, mich gehenzulassen. Damals also freute ich mich ganz besonders auf meinen freien Sonntag, den ich im Bett verbringen wollte. Nachdem ich mich eine ganze

Woche lang bei der Arbeit mit einer hartnäckigen Infektion der Atemwege herumgeschlagen hatte, hoffte ich, daß ein Ruhetag mich wieder aufmöbeln würde, während Bob Kind die Notfälle übernehmen sollte. Ich war über einem Buch eingeschlafen, als Debby mich weckte.

»Darlene Abbott ist an der Tür. Sie möchte dich sofort sprechen. Ich sagte ihr, daß du krank bist.« Darlene lebte damals noch in unserer Nachbarschaft.

Mit gemischten Gefühlen ging ich zur Tür.

»O Bob«, sagte Darlene, »ich bin ja so froh, daß Sie daheim sind. Eine Gruppe von Reitern ist mit den Pferden in den Barranca hinuntergestiegen, gleich hinter Ihrem Haus. Eines der Pferde steckt nun im Treibsand.«

Es war Januar, also Regenzeit in Kalifornien, und damals hatten wir einen nassen Winter. Hinter meinem Haus war ein Fluß, der in einem zwölf Meter tiefen Graben dahinströmte. Diesen Graben nannten wir auf Spanisch ›Barranca‹. Der Fluß war durch den Regen stark angeschwollen, und das führte zur Bildung von Treibsandbänken. Eine von diesen Sandbänken war direkt unterhalb unseres Hauses.

»Nur noch der Kopf des Pferdes schaut aus dem Treibsand«, erklärte Darlene. »Sie haben ein Brett untergeschoben, aber das Pferd sinkt langsam ein.«

Ich zog mich rasch an und schlüpfte in ein paar kniehohe Gummistiefel. Dann holte ich einige Seile aus der Garage und schlitterte und kletterte den steilen Abhang des Barranca hinunter zum Fluß, wo eine Gruppe verzweifelter Reiter herumstand. Alle Pferde waren an Bäume gebunden, bis auf eine Palomino-Stute. Sie lag auf der Seite, wobei nur noch Kopf und Hals und eine Schulter zu sehen waren. Eine Sperrholzplatte sollte sie abstützen. Sattel und Zaumzeug waren entfernt, und sie trug ein Halfter. Vier junge Leute zogen vergeblich am Seil des Halfters.

»Wir haben schon die Feuerwehr und die Rettungswacht gerufen«, sagte jemand.

»Wir müssen ein Seil hinter den Vorderbeinen um ihren Körper herumführen«, schlug ich vor. »Man kann sie hier am Hals allein nicht herausbekommen.«

Während ich dies sagte, sah ich, wie die Stute tiefer und tiefer in dem grundlosen, wirbelnden Sand versank. Sie war zu müde, um noch zu kämpfen. Ihr Kopf lag ganz nahe an der Böschung. Ein Freiwilliger rutschte hinab und schob sein Bein unter das Brett, um die Nase der Stute über Wasser zu halten. Inzwischen watete ich ins Wasser, um ein Seil um den Körper der Stute zu schlingen. In Sekundenschnelle waren meine Stiefel mit eiskaltem Wasser gefüllt. Es war das erste und einzige Mal in meinem Leben, daß ich im Treibsand steckte. Als ich mich abrackerte, um das Seil unter der Stute durchzuziehen, versank ich bis zur Hüfte im Sand. Der untere Teil meines Körpers war unbeweglich und starr vor Kälte. Es machte mir nicht viel aus, weil eine Menge Leute am Ufer standen, die mich mit einem Seil herausziehen würden, wenn ich noch tiefer einsank.

Nachdem ich eine halbe Stunde lang vergeblich versucht hatte, das Seil unter die Stute zu bringen, erschienen am anderen Ufer ein Rettungswagen der Feuerwehr und ein Bulldozer. Der Bulldozer bahnte sich einen Weg hinab zum Fluß, und ein Feuerwehrmann auf der anderen Seite der Stute konnte das Seil fassen, das ich endlich unter ihrem Körper durchbrachte. Über eine Stunde lang hatte ich im Wasser gestanden, bis der Bulldozer die Stute aus dem Sand ziehen konnte und auf festen Boden stellte.

Ich ging heim, stieg in mein Praxismobil und fuhr über die nächste Brücke querfeldein zu der Stute. Sie war nun auf dem gegenüberliegenden Ufer, und ich mußte einen Umweg von zwei Meilen machen. Sie lag regungslos am Boden und litt an Erschöpfung und Unterkühlung. Ich bezweifelte, daß sie nochmals davonkommen würde. Während sie von freiwilligen Helfern trockengerieben wurde, gab ich ihr eine intravenöse Injektion mit Traubenzucker und Kreislaufmitteln sowie eine massive Dosis eines Cortisonpräparats, damit sie den Schock überwand. Dank dieser Aufbaustoffe kam sie wieder auf die Beine, nachdem ich sie mit einem elektrischen Viehauftreiber gekitzelt hatte. Unsere Freude war groß. Die Stute bekam noch eine Penicillinspritze, um sie in ihrem geschwächten Zustand vor einer Infektion zu schützen. Dann wurde sie nach Hause gebracht. Sie erholte sich komplikationslos.

Ich dagegen bekam eine Lungenentzündung. Ich brauchte Wochen bis zur Genesung, und seitdem habe ich Schwierigkeiten, eine Erkältung wieder los zu werden. Ich erkälte mich nicht oft, aber wenn es passiert, dann bekomme ich immer eine hartnäckige Bronchitis.

Manchmal treiben schwierige Klienten ihren lieben Tierarzt so zur Verzweiflung, daß er auf Rache sinnt.

Einer unserer Klienten, den ich hier Merv Pill nennen möchte, war außerordentlich anspruchsvoll. Er wollte, daß angekündigte Besuche zeitlich exakt eingehalten wurden, und wenn wir zu spät kamen, war er schlechter Laune. Es ist sehr schwierig, in der Großtierpraxis Termine genau einzuhalten, weil man nie weiß, wie lange man für jeden Besuch braucht, und dann wird ja unsere so sorgfältig geplante Tour immer wieder durch Notfälle unterbrochen.

Gewöhnlich können wir unseren Klienten sagen, an welchem Tag wir kommen und oft auch, ob es am Vormittag oder am Nachmittag sein wird, aber selten können wir uns auf die Stunde genau festlegen. Um Merv zu beschwichtigen, sagte ihm mein Partner, daß er Mervs Herde um genau 8.30 Uhr an einem Samstagmorgen im Februar entwurmen und impfen würde und daß er um 8.00 Uhr diesen Termin nochmals bestätigen würde.

Den ganzen Freitag hindurch und auch noch am Samstagmorgen schüttete es in Strömen. Bob Kind wußte, als er um 8.00 Uhr bei Merv anrief, daß die Farm ein einziger Sumpf war und es dort sehr kalt und trostlos sein würde.

»Guten Morgen!« sagte er freundlich. »Ich fahre jetzt los!«

»Halt«, protestierte Merv, »es regnet doch in Strömen!«

»Das ist kein Problem«, sagte Bob, der Gummistiefel und einen Regenmantel trug. »Ich werde wie versprochen um 8.30 Uhr bei Ihnen sein!«

Merv verlangte danach nie mehr einen exakten Besuchertermin.

Eine andere Klientin – nennen wir sie Gladys Bubbly – weckte mich einmal im März um Mitternacht.

»Meine Stute fohlt gerade«, legte sie sofort los. »Da stimmt etwas nicht. Es dauert schon zu lange.«

»Gehen Sie in den Stall zurück und sehen Sie noch mal nach!« sagte ich und wendete meine Taktik wie bei all solchen unklaren Anrufen wegen Geburtshilfe an. »Ich bleibe am Telefon und mache mich schon mal fertig.«

Viele solcher Anrufe sind blinder Alarm. Wenn der Anrufer sich innerhalb einer Minute wieder meldet und mir sagt, daß es nicht weitergeht, dann fahre ich sofort los. Die meisten Klienten aber kommen erst nach fünf Minuten ans Telefon zurück. Dann weiß ich, daß das Fohlen bereits geboren wurde und der Anrufer vor lauter Staunen über das Fohlen vergessen hat, daß ich noch immer am Telefon warte.

Diesmal vergingen ungefähr zehn Minuten. Ich war wieder eingenickt und hatte das Telefon ans Ohr gebettet, als Mrs. Bubbly sich erneut meldete.

»Doktor? Oh, es tut mir sehr leid, daß ich Sie so lange habe warten lassen. Es ist alles in Ordnung, wir haben ein schönes Fohlen bekommen!«

»Glückwunsch«, sagte ich. »Ich werde gleich am Morgen die Nachuntersuchung machen. Bewahren Sie die Nachgeburt für mich zur Kontrolle auf.«

Ich war längst wieder eingeschlafen, als das Telefon um ein Uhr nachts erneut klingelte. Es war Mrs. Bubbly.

»Doktor, das Fohlen ist nicht in Ordnung. Es ist wackelig und strampelt mit den Beinen und fällt immer wieder um.«

»Das ist bei einem eine Stunde alten Fohlen ziemlich normal«, erklärte ich ihr geduldig. Mrs. Bubbly sollte das eigentlich wissen, da sie schon mindestens ein Dutzend Fohlengeburten miterlebt hatte.

Eine halbe Stunde später war ich gerade wieder eingenickt, da klingelte das Telefon noch einmal. »Ist es normal, wenn das Fohlen hustet und Schleim ausspuckt und wenn ihm die Nase läuft?«

»Steht es nun fest auf den Beinen?« fragte ich.

»Ja, und es kommt zu Kräften. Es ist ein großes Fohlen.«

»Das klingt ja ganz ordentlich«, sagte ich. »Es ist immer so, daß etwas Schleim und Fruchtwasser in die Luftröhre kommt, und es dauert natürlich eine Weile, bis das ausgehustet oder hinuntergeschluckt wird.«

Dann schlief ich immerhin zweieinhalb Stunden, bis das Telefon mich wieder weckte. Es war 4.00 Uhr morgens.

»Doktor«, sagte Mrs. Bubbly. »Es ist etwas nicht in Ordnung mit dem Fohlen. Es fängt an zu saugen, und dann scheint es die Zitze zu verlieren. Es schnüffelt herum, bis es die Zitze wiederfindet.«

»Saugt es kräftig?« fragte ich.

»O ja, sehr gierig sogar.«

»Das klingt ja ganz schön für ein Fohlen, das erst zu saugen beginnt«, sagte ich müde. »Sie haben mir nichts gesagt, was mich als Tierarzt beunruhigt. Morgen früh werde ich Stute und Fohlen untersuchen.«

Ich erwachte um 5.30 Uhr wie immer, obwohl ich kaum geschlafen hatte. Um sechs Uhr ging ich ans Telefon in der Küche, um den Rest der Familie nicht aufzuwecken. Ich rief Mrs. Bubbly an. Das Telephon klingelte mehrmals, bis sich eine müde Stimme meldete.

»Hallo?«

»Guten Morgen«, rief ich betont fröhlich. »Hier spricht Doktor Miller. Wie geht es Ihrem Fohlen heute morgen?«

»Weiß nicht«, murmelte die Stimme schläfrig. »Ich habe mich vor einer Stunde hingelegt. Weiß nicht.«

»Schön«, sagte ich gutgelaunt, »ich werde in dreißig Minuten bei Ihnen sein. Erwarten Sie mich im Stall.«

Als ich ankam, traf ich Mrs. Bubbly mit geschwollenen und müden Augen im Stall an. Ehe ich wieder ging, bemerkte ich noch, daß die rechte Beugesehne des Fohlens leicht verkürzt war. Ich wies Mrs. Bubbly an, die nächsten zwei Stunden die Fessel zu strecken, um die Sehne zu dehnen. Ich verließ sie, während sie sich im Morgennebel über das Fohlen bückte und leise wimmerte.

Zufrieden fuhr ich nach Hause, um zu frühstücken. Es schien ein guter Tag zu werden. Mrs. Bubbly hatte ein gesundes Fohlen, und ich war sicher, daß sie nie wieder vor Sonnenaufgang anrufen würde, um mich zu einem gesunden, normalen Fohlen zu holen.

»Sie lispelt!«

Ein tragischer Fall

Als ich die Autobremsen vor der Klinik quietschen hörte, wußte ich, daß wir einen Notfall bekamen. Ich besprach gerade mit Mary in ihrem Büro einige geschäftliche Probleme. Wir gingen zum Fenster und schauten hinaus. Eine verwirrte Frau stürzte aus dem Wagen und hielt ein bewegungsloses Hündchen in ihren Armen. Ich öffnete ihr die Tür, und sie blieb vor mir stehen. Ihr Gesicht war aschfahl, ihre Augen waren vor Schreck weit aufgerissen, sie zitterte unkontrolliert und konnte nicht sprechen. Nur unverständliche, qualvolle Töne kamen über ihre Lippen. Ich nahm ihr das Tier ab und brachte es rasch auf einen Untersuchungstisch. Das Hündchen lebte, war aber bewußtlos, und ich erkannte sogleich, daß seine Verletzungen tödlich waren.

Ich untersuchte die grauen Schleimhäute und hörte Herz und Lunge ab, dann fragte ich: »Überfahren worden?«

Sie nickte und war noch immer nicht in der Lage zu reden, sondern gab nur diese unzusammenhängenden, winselnden Töne von sich. Ihre Hände schlotterten unbeherrscht.

»Ich werd's versuchen«, sagte ich, packte das schlaffe Mischlingshündchen und verschwand mit ihm in den Behandlungsraum. Ich steckte die Schnauze des Welpen in eine Sauerstoffmaske und schaltete den Beatmungsapparat ein. Danach bereitete ich eine intravenöse Infusion von Blutersatzmitteln vor, in der Hoffnung, den tödlichen Schock des Tieres beheben zu können.

Mit einer elektrischen Schermaschine entfernte ich rasch die Haare am Vorderbein und legte eine Blutstaumanschette an, aber dann hörte ich mit der Behandlung auf. Es war schon zu spät. Der Welpe war gestorben. Das Herz war stehengeblieben. Ich tastete den warmen weichen Bauch ab. Sein Umfang war durch eine innere Blutung vergrößert. Ich stand da und überlegte, daß ich in den Untersuchungsraum zurück mußte, um die geschockte Frau zu informieren. Ich schaltete das Beatmungsgerät aus und ging langsam zur Tür.

»Ist es Ihr eigenes Hündchen?« fragte ich.

Sie nickte wortlos. Noch immer überliefen sie diese Zuckungen, und sie schluchzte ganz schrecklich.

»Haben Sie das Tier selbst überfahren?« Bei dieser für uns unglücklicherweise alltäglichen Notfallsituation hatte sie sich so auffällig verhalten, daß ich annahm, sie selbst und nicht ein Fremder habe das Tier überfahren.

Nun redete sie zum ersten Mal. »Ich habe ihn beim Zurückstoßen überfahren. Er war auf der Ausfahrt, und da habe ich ihn angefahren«, flüsterte sie heiser.

»Warum setzen Sie sich denn nicht?« schlug ich vor. Sie war in einer so labilen Verfassung, daß ich das Schlimmste befürchtete, wenn ich ihr von dem Tod des Welpen berichtete.

Mary kam herein, mit einem ernsten und teilnahmsvollen Gesichtsausdruck. Dann führte sie die junge Frau zu einem Stuhl und ließ uns allein.

»Wir er durchkommen?« fragte die junge Frau zähneklappernd und mit erstickter Stimme.

»Es tut mir sehr leid, aber er ist inzwischen gestorben.«

Sie verdrehte die Augen nach oben und gab einen Schrei von sich, daß ich eine Gänsehaut bekam. Dann fing sie zu weinen an und schluchzte hysterisch und fassungslos. Sie muß eine sehr labile Gemütsverfassung haben, dachte ich. Sie äußerte ihren Kummer so heftig, und ihre Reaktion war so übertrieben, daß ich sicher war, daran könne nicht allein der Verlust des Welpen schuld sein. Da mußte mehr dahinterstecken.

Schließlich nannte die Frau ihren Namen, und ich riet ihr, nicht selbst nach Hause zu fahren. Sie gab uns dann die Telefonnummer einer Nachbarin.

Die Nachbarin kam schnell zur Klinik und war sehr betroffen. Sie führte die gebrochene Frau zu ihrem Wagen. Dann kam sie zurück in die Klinik und sagte, daß der Mann der Frau später in die Klinik kommen werde, um den Wagen zu holen und unsere Bemühungen zu honorieren.

»Geht es ihr wieder gut?« fragte ich. »Ich kann ja ihren Kummer und ihre Schuldgefühle verstehen, aber ihre Reaktion ist doch außergewöhnlich. Ich habe noch nie eine solche Betroffenheit bei jemandem gesehen, und erst recht nicht beim Tod eines Welpen. Dieser war erst einige Monate alt. Normalerweise gewöhnen sich die Leute nicht so schnell an einen Hund, es sei denn, daß sie ihn schon einige Jahre besitzen. Dann ist der Verlust um so schmerzlicher.«

Die Nachbarin, eine freundliche Dame mittleren Alters, schaute mich an, und Tränen standen in ihren Augen. Dann erklärte sie alles: »Eines Tages hat sie ihre beiden Kinder auf die gleiche Art getötet – beim Rückwärtsfahren auf der Garagenausfahrt.«

Diese schreckliche Geschichte hat einen tiefen und bleibenden Eindruck bei mir hinterlassen. Und als ich selbst Kinder hatte, habe ich oftmals plötzlich beim Zurückstoßen aus einer Ausfahrt gestoppt. Ich bin in ernster Sorge ausgestiegen und habe kontrolliert, ob nicht doch ein paar Knirpse hinter meinem Wagen sind. Sogar heute noch, ein Vierteljahrhundert nach diesem Vorfall, habe ich beim Rückwärtsfahren ein Augenmerk auf Kinder und Hunde. Ich bin täglich über hundert Meilen unterwegs, um meine Besuche zu machen, und dabei muß ich immer wieder rückwärts aus den Einfahrten zu den Scheunen und Ställen herausfahren. Alle meine Fahrzeuge haben übergroße Seitenspiegel. Die Tragödie dieser Frau werde ich nie vergessen.

Traumberuf Dompteur

Dompteure von wilden Tieren sind ein ganz besonderer Menschenschlag, vornehmlich diejenigen, die Großkatzen abrichten.

George Keller war Professor an einem College in Pennsylvania. Er war der Leiter der Abteilung ›Darstellende Kunst‹ und Dekan der Pädagogischen Hochschule von Bloomsburg. Professor Keller war ein ausgesprochener Tiernarr.

Schon als Knabe hatte er von einer Karriere als Löwenbändiger geträumt und daß er einmal Superstar in der Manege bei der ›Größten Show der Welt‹ sein würde. Seine Klassenkameraden hatten ihn oft gehänselt wegen seiner Versuche, Hunde, Katzen und andere Haustiere zu dressieren. Jahre später, als er schon ein angesehenes Mitglied des Lehrkörpers am College war, schickte ihm ein ehemaliger Bundesbruder spaßeshalber einen ausgewachsenen Puma. An seinem Käfig hing ein Zettel mit der Aufschrift: »Dressier ihn mal, Keller!«

Und genau das tat der Professor. Er arbeitete mit dem Puma auf dem Hinterhof. Nach und nach kaufte er einige Großkatzen dazu, und bald hatte er eine eindrucksvolle Dressurnummer in einem Käfig auf seinem Grundstück einstudiert. Zunächst gab er Wohltätigkeitsvorstellungen mit seinen Großkatzen, aber schließlich wurde ein Agent auf ihn aufmerksam und bot ihm ein Engagement in Atlantic City während des Sommers an. Der College-Professor George Keller wurde ein professioneller Löwenbändiger.

Nach einigen Saisons mußte er feststellen, daß ihm das Leben eines Schaustellers mehr Freude bereitete als das eines Hochschullehrers. George Keller entdeckte, daß auch ein Mann in mittleren Jahren noch einmal ganz von vorne anfangen kann. Er war überzeugt, daß man seine Träume in jeder Lebensphase verwirklichen kann, wenn man davon überzeugt ist und die notwendige Entschlußkraft dafür aufbringt. Keller war bereits über fünfzig, als er seine Position als Lehrer und Beamter an den Nagel hängte und mit einer Zirkusnummer mit verschiedenen Großkatzen durch die Lande zog. Er trat mit Löwen, Tigern, Leoparden, Jaguaren und Pumas in der Manege auf und gab eine aufregende und spannende Vorstellung. Jahrelang strampelte sich Keller ab, um an die Spitze zu gelangen, wobei er all die Unsicherheiten und Beschwernisse des Zirkuslebens in Kauf nahm. Er wurde von seinem Assistenten Bill Scamihorn und dessen Frau Virginia tatkräftig unterstützt. Später wurde diese Dame dann Mitarbeiterin in unserer Conejo-Valley-Tierklinik.

Keller mußte lange Ruhezeiten ohne Engagement in Kauf nehmen. Dabei kam es natürlich auch zu finanziellen Engpässen. Löwen und Tiger brauchen aber nun mal ihr tägliches Fressen. Es gab aufregende Momente wie damals, als die Tiere vergiftet wurden; ich habe schon darüber berichtet. Wenn Keller und Co. nicht gerade auf Tournee waren, hielten sie sich auf ihrer Ranch auf, die ein paar Meilen von Thousand Oaks entfernt war, und trainierten täglich ihre Nummern in einem großen zirkuszeltähnlichen Rundkäfig. Die Nachbarn gewöhnten sich an das Gebrüll und an das Knallen von Peitschen und Platzpatronen, die beim Training verwendet wurden. Wenn der Zirkus ein Engagement bekam, brachte das anstrengende Überlandfahrten und das zigeunerhafte Nomadenleben von Zirkusleuten mit sich.

Nach neun Jahren waren sie wieder einmal auf ihrer Ranch im Winterquartier, das ihnen auch als Trainingszentrum diente. Dort engagierte sie ein Mann, der Agent von Barnum und Bailey war. Kellers ›Jungle Killers‹, wie diese Vorstellung genannt wurde, waren die Hauptattraktion. Kellers Kindheitstraum, ein Löwenbändiger in der ›Größten Show der Welt‹ zu werden, wurde Wirklichkeit.

Keller schrieb ein Buch, eine faszinierende Autobiographie mit dem Titel ›Dressier ihn mal, Keller‹. Das waren genau jene Worte, die auf dem Zettel am Käfig des Pumas standen, den Kellers Freund ihm zum Scherz geschickt hatte.

Als Keller starb, war er 61 Jahre alt. Er starb in den Sielen. Ein Herzschlag traf ihn während der Vorstellung, inmitten seiner Großkatzen, die er so sehr geliebt hatte.

Auch Dick Walker hatte den Jugendtraum, Löwenbändiger zu werden. Als junger Mann kam er zu ›Jungleland‹ und erbot sich, kostenlos zu arbeiten, nur um in der Nähe von Großkatzen zu sein und bei den Trainern, die er so beneidete und bewunderte. Er lernte von der Pike auf und begann mit dem Reinigen von Käfigen und mit kleineren Arbeiten. Ich war gerade mit Debby nach Thousand Oaks gezogen, als Dick sich hochgearbeitet hatte. Er hatte eine eindrucksvolle Nummer einstudiert, die nur mit großen männlichen Löwen besetzt war. Diese Nummer war weltbekannt, und er führte sie im Zirkus, im Fernsehen und in Filmen vor. Ich sah Dick in einer Fernseh-Show mit dem Titel ›Gefahr ist mein Geschäft‹. Als er in dieser Show interviewt wurde, erklärte er, daß ihn sein Beruf aus zwei Gründen so fasziniere: Erstens sei da die Liebe zu seinen majestätischen und kraftvollen Raubkatzen, und zweitens sei er gefangen von der Gefährlichkeit seines Geschäfts. Es waren das Risiko und die Aufregung, die das Leben für ihn interessant machten. Er war ein außergewöhnlich kluger, redegewandter und seriöser Mann. Es war stets ein Vergnügen, sich mit Dick zu unterhalten. Er hatte einen Beruf, den nur eine Handvoll Leute auf der Welt so beherrschten, und ich war immer davon angetan, Leute wie ihn zu kennen und solche Leute als Klienten zu haben.

Ich kannte Dick Walker schon einige Jahre, als ich ihm eines Tages in einem Supermarkt begegnete. Ich hatte ihn schon eine ganze Weile nicht mehr gesehen.

»Hallo, Dick«, sagte ich. »Wie geht es den Katzen?«

Er schaute mich verdutzt an. »Ja, haben Sie denn nicht gehört, daß ich aus dem Geschäft ausgestiegen bin?«

»Wirklich?« erwiderte ich. »Was machen Sie denn jetzt?«

»Doktor, wenn ein Mann einmal auf die Vierzig zugeht und an einen Routinejob gekettet ist, ohne daß sein Herz daran hängt, und wenn er die ganze Zeit glaubt, da gäbe es doch noch was anderes auf der Welt, was er tun möchte – dann sollte er sofort umsatteln, oder er schafft nie mehr den Absprung.«

»Aha«, sagte ich. »Und was tun Sie jetzt?«

»Ich meine«, fuhr er fort, »es war halt Tag für Tag immer das gleiche: hinein in die Manege, die Show durchziehen, Peitschen knallen und mit den Löwen kämpfen. Es gab nur ab und zu ein Engagement, um die Langeweile zu unterbrechen, und ich brannte doch darauf, mal wieder etwas Neues zu tun.«

»Was Neues?« fragte ich gespannt.

»Der Absprung war nicht leicht. Ich hatte eine erfolgreiche Nummer, und ich habe ja lange gebraucht, bis sie stand. Ich muß eine Familie ernähren. Am einfachsten wäre es gewesen, zu bleiben und im alten Trott weiterzumachen und meine persönlichen Ambitionen beiseite zu schieben. Ich mußte wieder von vorn beginnen. In der Mitte meines Lebens wollte ich eine neue Karriere starten. Aber ich wußte, wenn ich jetzt nicht den Mumm aufbrachte, das zu machen, was ich tatsächlich will, dann kam ich vielleicht nie mehr dazu. Jetzt oder nie hieß meine Parole.«

»Jetzt oder nie?« Ich war nun ganz neugierig geworden.

Und ich bin vollkommen glücklich! Ich mache, was ich schon immer tun wollte! Ich bin froh, daß ich das gemacht habe!«

»Dick«, ließ ich nicht locker, »sagen Sie mir doch endlich, was Sie machen!«

»Ich arbeite an einem Computer!«

»Ehrlich gesagt, als Sie mich anriefen und mich um eine kleine Zahnoperation baten, habe ich eigentlich was ganz anderes erwartet.«

Ersatzkinder

Jeder weiß, daß Menschen zu Kleintieren eine außergewöhnliche Beziehung entwickeln können – das Tier nimmt sozusagen die Stelle eines Kindes ein.

An sich ist an dieser Beziehung nichts Abnormales. Das beweist eigentlich nur den in unserer Spezies stark ausgeprägten Urtrieb, im Familienverband leben zu wollen. Insbesondere Hunde lieben es, Mitglieder eines Rudels zu sein, und daher sind sie als Kinderersatz erstaunlich gut geeignet. Das erklärt auch die alte symbiotische Beziehung zwischen Menschen und Hunden. Schon in vorgeschichtlichen Zeiten hielten Menschen sich Hunde; sie jagten mit ihnen, kämpften gemeinsam, beschützten einander, und in der Einsamkeit waren sie einander treue Kameraden. Die Tatsache, daß der Mensch den Hund oft mißbraucht und ihn sogar verspeist hat, ändert nichts an der Tiefe oder der Bedeutung der Beziehung zwischen den beiden Arten. Der Mensch hat seine eigenen Artgenossen ebenso mißbraucht, ganz zu schweigen vom Kannibalismus. Aber der Mensch braucht nun einmal seinen Mitmenschen, um für ihn oder mit ihm zu leben.

1961 war Thousand Oaks noch ein Dorf gewesen. Bob Kind und ich besuchten damals eine Versammlung der San Fernando Tierärzteschaft. Anders als das Conejo Valley, war das San Fernando Valley schon in die Vorstadtbezirke der riesigen und quirligen Großstadt Los Angeles miteinbezogen. Das monatliche Tierärztetreffen von San Fernando gab meinem Partner und mir die Gelegenheit, gute Vorträge zu hören und etwas von den wissenschaftlichen Fortschritten in unserem Beruf zu erfahren. Während des Essens sprachen wir, wie gewöhnlich, über unsere Patienten, über ihre Krankheiten und über ihre Besitzer. Einer unserer Großstadtkollegen machte eine interessante Bemerkung. Er hatte beobachtet, daß homosexuelle Paare zu ihren Tieren oft ganz besonders hingebungsvolle Beziehungen hätten. Anders als bei heterosexuellen Paaren seien Haustiere ja für sie die einzig möglichen ›Kinder‹, die sie haben können, meinte er. (Später haben homosexuelle Paare Kinder adoptiert, aber das war zu jener Zeit noch nicht der Fall.) Die meisten der Herren am Tisch pflichteten ihm sofort bei. Wir diskutierten übrigens in einer reinen Männergesellschaft, denn Tierärztinnen sind erst jetzt etwas Selbstverständliches.

Bob und ich schauten einander verständnislos an. Es gab keine offenkundig homosexuellen Paare, die mit ihren Tieren unsere Klinik aufsuchten.

»Kommt das oft vor?« fragte ich. »Haben Sie viele homosexuelle Klienten, die mit ihren Haustieren zu Ihnen kommen und diese dann wie ein Familienmitglied zur Untersuchung vorstellen?«

Die Tierärzte aus Los Angeles versicherten, daß dies tatsächlich häufig vorkomme.

Innerhalb weniger Jahre vergrößerte sich unser Thousand Oaks, sein Bevölkerungsbild änderte sich, und schließlich kamen auch einige solcher Paare als Klienten in unsere Klinik. Sie waren, wie man uns erzählt hatte, besonders eng mit ihren Kleintieren verbunden. Mir fiel auf, daß sie in den meisten Fällen ein Tier des gleichen Geschlechts wie ihr eigenes ausgesucht hatten. Männliche Homosexuelle hatten fast immer ein männliches Tier, während Lesbierinnen ein Weibchen als Heimtier hatten.

Zwei Krankenschwestern, die zusammenlebten, hatten einen Zwergschnauzer namens ›Heidi‹. Sie liebten Heidi inniglich und umsorgten sie aufs beste. Die Damen bemühten sich nicht, ihre Beziehung zu verbergen. Für einen Tierarzt waren sie ideale Klienten, weil sie rücksichtsvoll und dankbar waren; da sie geprüfte Krankenschwestern waren, verstanden sie auch die medizinischen Zusammenhänge der Krankheiten ihres Hundes viel besser als die meisten Laien.

Eines Tages kamen sie wieder mal mit Heidi zu uns. Die Hündin hatte fürchterliche Schmerzen. Nachdem ich sie untersucht hatte, sagte ich den Besitzerinnen, es sei vermutlich eine akute Bauchspeicheldrüsenentzündung. Ich machte noch einige zusätzliche Labortests, die meine Diagnose untermauern sollten. Ich hatte Heidi zuvor schon des öfteren wegen kleiner Unpäßlichkeiten behandelt, aber nie mußte sie auf der Krankenstation der Klinik bleiben. Diesmal aber war sie schwerkrank.

»Ich muß sie hierbehalten und an den Tropf hängen«, sagte ich.

»O nein, Doktor Miller«, protestierten sie, »wir können sie nicht hier lassen! Sagen Sie uns, was zu tun ist, und wir machen es. Wir sind schließlich Krankenschwestern und können ihr Injektionen geben und was sie sonst noch braucht.«

»Sehen Sie«, sagte ich, »ich habe Sie nie zuvor gebeten, Heidi hierzulassen. Sie war noch nie so krank wie jetzt. Sie ist sogar todkrank und braucht intensive Pflege. Ich kann für Heidi nicht garantieren, wenn Sie sie nicht hierlassen.«

Beide Frauen hatten Tränen in den Augen. »Doktor«, sagte die eine, »das ist eben nicht nur ein Hund für uns, sondern auch unser Kind. Wir können sie nicht hierlassen.«

»Das weiß ich, und ich verstehe Sie«, versicherte ich ihr. »Ich weiß, was sie Ihnen bedeutet, und gerade deshalb müssen Sie sie hierlassen. Ich möchte, daß sie Ihnen erhalten bleibt. Das geht aber nur, wenn sie stationär in der Klinik behandelt wird. Ich werde alles tun, um sie durchzubringen.«

Heidi verbrachte einige Tage in unserer Klinik. Einmal war sie dem Tod nahe. Bob und ich haben sie abwechselnd in der Nacht mit nach Hause genommen.

Neben dem Bett stand das kleine Körbchen mit Heidi, die wieder gesund wurde. Als wir sie ihren tränenreich glücklichen Besitzerinnen zurückgaben, wedelte Heidi schwach, aber selig mit dem Schwanz. Sie freute sich, daß es nach Hause ging. Obwohl ihre beiden Besitzerinnen niemals natürliche Mutterschaft kennenlernen würden, waren sie nicht weniger von Mutterliebe und Anhänglichkeit beseelt. Alle freuten sich, daß die ›Familie‹ wieder beisammen war.

Ich erinnere mich auch an zwei Frauen, die den langen Weg von Hollywood nicht scheuten und ihren ein Jahr alten Schimpansen zu uns brachten. Sie nannten das Tierchen ›Tricia‹ und hatten ihm teure rosarote Kinderkleidung angezogen.

»Sie hat ein krankes Bein«, sagte die eine Dame.

Ich zog dem kleinen Schimpansen das rosarote Höschen aus und entfernte die Windeln, dann sagte ich: »›Sie‹ ist ein Junge!«

»Ja, das wissen wir, aber wir wollten eigentlich einen weiblichen Schimpansen und haben nur den bekommen können. Wir tun so, als sei er ein Mädchen.«

Der Schimpanse hatte ein deformiertes Knie. Die Röntgenuntersuchung brachte die Ursache klar zutage. Der kleine Schimpanse hatte zwei Schrotkugeln in seinem Affenkörper. Eine steckte im Rücken, die andere in der Nähe der Schulter. Es war nichts Besonderes, bei Primaten aus Tierhandlungen Schrotkugeln zu finden. Ohne Zweifel hatte hier ein eingeborener Jäger die Schimpansenmutter vom Baum heruntergeschossen. Das Baby, das auf dem Rücken der Mutter hing, wurde verwundet und das Knie wahrscheinlich beim Herunterfallen verletzt. Dann hatte der Eingeborene das Baby an einen Wildtierhändler verkauft, und schließlich war es in einem Zoogeschäft in Kalifornien gelandet.

Das Tier hatte Glück. Es hatte die Strapazen überlebt und war in einem Privathaushalt untergekommen, wo es gutes Futter bekam. Dafür aber mußte es nun Windeln und gerüschte rosarote Kleidung tragen. Die meisten Tiere, die auf diese Art gefangen werden, sterben durch Krankheit oder Mangelernährung, bevor sie überhaupt ein amerikanisches Zoogeschäft erreichen.

Jetzt war also die rechte Kniescheibe gesplittert, was wahrscheinlich auf jenen vernachlässigten Knochenbruch zurückzuführen war, den sich das Tier beim Fall vom Baum im fernen Afrika zugezogen hatte.

Ich betrachtete die Besitzerinnen. Eine davon war eine schöne junge Frau. Sie war Sängerin, und ich habe sie später im Fernsehen gehört. Sie war schick angezogen und hatte Charme und Sex Appeal – eine bemerkenswert schöne Frau mit grauen Augen und langem, blondem Haar. Als ich sie ansprach, unterhielt sie sich angeregt und warmherzig lächelnd mit mir.

Die zweite Dame sah anders aus. Sie war groß und trug saloppe Jeans und ein blaues Männerarbeitshemd. Sie war unauffällig und hatte männliche Züge. Die Haare waren sehr kurz geschnitten, beinahe ein Militärschnitt. Die Fingernägel waren kurz und ungepflegt.

Als ich den Fall besprach, bemerkte ich die Feindseligkeit der zweiten Frau. Ich war verwirrt, weil sie jede Feststellung, die ich machte, mit einem abfälligen oder spöttischen Kommentar aufnahm.

Immer mehr wandte ich mich der schönen und liebenswürdigen Dame zu. Das schien ihre Begleiterin noch mehr gegen mich aufzubringen. Plötzlich begriff ich, was ich falsch machte. Ich hatte das Familienoberhaupt mißachtet. Diplomatisch änderte ich meine Taktik. Ich schaute nicht mehr nach der hübschen Besitzerin und trat mit der anderen in Augenkontakt. Sofort änderte sich ihr Verhalten. Von da ab gab ich alle Anweisungen ›Daddy‹, während ›Mami‹ die kleine Tricia hätschelte und zärtlich auf sie einredete. Bald wußten wir alle, was jeder vom anderen zu halten hatte. Ich war der Kinderarzt, und ›Dad‹ war unangefochten das Familienoberhaupt. ›Dad‹ bezahlte auch die Rechnungen und traf die Entscheidungen, und ›er‹ paßte höllisch auf, daß mit der kleinen Frau niemand schäkerte.

Im Falle dieses Affen habe ich einen Facharzt für Orthopädie konsultiert. Heute gibt es schon geprüfte und von der Tierärztekammer anerkannte Veterinärorthopäden, aber damals mußte ich noch einen Humanmediziner einschalten. Tatsächlich war das Knie des Schimpansen mit einem Babyknie identisch. Dr. Les Cohn fragte, ob er die Röntgenbilder seinen Universitätskollegen in Los Angeles zeigen dürfe – niemand merkte, daß der Patient kein Mensch war.

Dr. Cohn erbot sich freundlicherweise, das Knie kostenlos zu operieren, und der kleine Schimpanse hatte danach ein gesundes Bein.

Am deutlichsten merkt man, daß Haustiere Kinderersatz sind, wenn ihre Besitzer über sie reden. Sie sind immer sehr erstaunt, daß bei Tieren die gleichen Medikamente wie beim Menschen verwendet werden. »Das ist ja das gleiche Medikament wie für Menschen«, sagen sie, und da sie ihre Kleintiere ohnehin vermenschlichen, fragen sie bei der Dosierung: »Muß Fido die Kinder- oder die Erwachsenen-Dosierung erhalten?« Die Dosierungs-Maßgabe nach Kilogramm Körpergewicht interessiert sie gar nicht.

Einige Tierhalter möchten nicht einmal, daß man ihre Haustiere Hund oder Katze nennt. Der taktvolle Tierarzt lernt bald, seine Patienten beim Namen zu nennen.

»›Prince‹ hat einen Blasenstein«, klingt viel besser als »Ihr Hund hat einen Blasenstein.« Tierärzte sollten daran denken, daß ›Prince‹ ein Familienmitglied ist.

Bei Zootieren, die als Haustiere gehalten werden, bemerkt man eine ganz ungewöhnliche Beziehung zwischen diesen Tieren und deren Besitzern. In einer Praxis mit exotischen Tieren muß man daher auf so manches gefaßt sein.

In den ersten Jahren meiner Praxis entdeckte ich per

Zufall eine wirksame Behandlung gegen eine Skeletterkrankung beim Affen. Diese Krankheit war damals eine der häufigsten Todesursachen bei Affen, die als Haustiere gehalten wurden. Sie war auch als ›Käfiglähme‹ bekannt, und man glaubte, daß sie durch Bewegungsmangel verursacht wurde. Später hat man die Krankheit genau erforscht und als ernährungsbedingte Schilddrüsenüberfunktion erkannt. Haustieraffen wurden normalerweise nur mit Nüssen und Früchten gefüttert, und diese kalziumarme Ernährung verursachte eine unheilbare Knochenkrankheit mit Verformungen und Verbiegungen. Dutzende solcher Tiere brachte man in unsere Klinik. Sie hatten sonderbar verkrümmte Glieder und deformierte Schädel. Heute begegnet man dieser Krankheit kaum noch, weil ausgewogene Handelsfuttermischungen für Primaten angeboten werden.

Harry und Dolly Carter kamen mit drei wolligen Affen in unsere Praxis, die an dieser Knochenkrankheit litten. Harry, der Mitte sechzig war, besaß in Los Angeles ein Varieté. Seine Frau Dolly war mehr als 35 Jahre jünger. Sie war eine Stripperin und tanzte in Harrys Varieté. Zu unserer Praxis mußten sie eine lange Anfahrt vom Zentrum von Los Angeles in Kauf nehmen; aber das machte Harry und Dolly nichts aus, weil sie froh waren, Tierärzte gefunden zu haben, die mit Engagement ihre Tiere behandelten und etwas von Affenkrankheiten verstanden.

Die Carters kamen regelmäßig zu uns. Als der Zustand ihrer Affen sich besserte, zeigten sie unverhohlen ihre Freude. Die Affen hingegen waren von den Besuchen in der Klinik hier weniger angetan. Sie trugen entzückende Anzüge, die Dolly ihnen geschneidert hatte. Für die Carters war das Varieté nur ein Gelderwerb. Was ihnen wirklich am Herzen lag, das waren ihre Affen. Kinder hätten nicht mehr Elternliebe erfahren können, als sie diesen Tieren in verschwenderischer Weise zuteil wurde.

Eines Tages sagte ich zu meinem Partner, als die Carters gerade gegangen waren: »Bob, ist es nicht tragisch, daß viele Leute ihr eigentliches Problem nicht erkennen? Da geht ein Paar, das sich sehnlichst Kinder wünscht. Ihnen fehlt eine richtige Familie. Warum adoptieren sie nicht Waisenkinder und schenken denen die Zeit, das Geld und die Liebe, die sie für die Affen verwenden?«

Die Carters waren gute Klienten. Sie befolgten unsere Anweisungen und schätzten unsere Bemühungen. Sie bezahlten prompt unsere Rechnungen und nahmen uns nicht ungebührlich viel Zeit weg. Zugegeben, sie kamen in unsere Praxis mit Affen, die wie Kinder angezogen waren; dennoch konnte man sie nicht für verrückt halten. Sie litten einfach an einer unerfüllten Sehnsucht nach Elternschaft, und die Affen dienten ihnen als Ersatz für Kinder. Ich hoffte immer, daß die Carters ihr Problem erkennen und ein Kind adoptieren würden.

Es vergingen einige Jahre, da kamen die Carters wieder zu uns mit einem Affen. Sie hatten auch ein kleines Mädchen dabei. Bonnie war vier Jahre alt und niedlich angezogen. Sie war hübsch und aufgeweckt. Während unsere Sprechstundenhilfe sich mit Bonnie beschäftigte, erzählten mir Harry und Dolly vom Schicksal des kleinen Mädchens.

»Bonnies Mutter war eine von unseren Stripperinnen. Sie war ledig und heroinabhängig. Sie vernachlässigte das goldige Kind und brannte mit einem Kerl nach Europa durch. Sie sagte, wir sollten uns um Bonnie kümmern.«

Die Gesichter der Carters strahlten vor Begeisterung, als sie mir erzählten, was für ein nettes Mädchen Bonnie sei. Sie waren über ihre Mutter sehr erbost.

»Wie kann eine Frau – eine Mutter – ihr eigenes Fleisch und Blut verlassen?« fragte Dolly. »Sehen Sie sich dieses Kind an! Wie konnte seine Mutter ihm das antun?«

Harry sagte: »Wir werden Bonnie behalten. Wir wollen Bonnie adoptieren und ihr ein gutes Zuhause geben.«

Ich war ganz glücklich. Auch wenn es für mich einen geschäftlichen Verlust wegen der abgegebenen Affen bedeutet hätte, freute ich mich dennoch für die Carters und die kleine Bonnie.

Das Schicksal hatte ein Einsehen gehabt. Ein Paar, das ein Kind brauchte, hatte ein Kind gefunden, das ein Heim suchte.

Ich sah die Carters einige Monate lang nicht mehr. Eines Tages rief Dolly mich an. Einer ihrer Affen hatte eine Hautwunde. Es klang nicht bedenklich, aber ich konnte, ohne es gesehen zu haben, keine Diagnose stellen. Sie sagte, daß sie am Morgen losfahren werde.

Als Dolly und Bonnie mit dem Affen hereinkamen, sagte Bonnie: »Ich möchte zuschauen.«

»Okay«, murrte Dolly ungeduldig. Auf dem einen Arm hielt sie den Affen, mit der anderen Hand führte sie Bonnie in das Untersuchungszimmer. Sie setzte den Affen, der in ein weiches Tuch gehüllt war, auf den Untersuchungstisch. Dann wandte sie sich an Bonnie, zeigte auf die Bank und sagte scharf: »Sitz!« Bonnie kletterte auf die Bank und setzte sich. Danach streckte Dolly ihre rechte Hand aus und sagte: »Bonnie, bleib dort!«

Dolly wandte sich wieder mir zu, packte den Affen aus dem Tuch aus und fing an, mir die Wunde auf dem Arm des Tieres zu erklären. Aber ich konnte mich nicht auf ihre Worte konzentrieren. Ich war soeben Zeuge dieser niederschmetternden Szene geworden: ein Tier wurde wie ein Kind und ein Kind wie ein Tier behandelt.

Nach einem Jahr kam Harry allein zu mir. Er sah verhärmt aus.

»Wie geht es Mrs. Carter?« fragte ich.

»Sie hat mich verlassen«, sagte er. »Sie hat mich mitsamt den Affen und Bonnie sitzenlassen. Mit einem

25jährigen Burschen ist sie durchgebrannt. Ich kann es nicht fassen! Ich begreife ja, daß sie mich verlassen hat. Ich bin für sie ohnehin zu alt. Ich kann auch noch verstehen, daß sie Bonnie verlassen hat. Sie ist ja nicht ihr Fleisch und Blut. Aber das Unbegreifliche ist für mich, daß sie die Affen im Stich gelassen hat. So etwas hätte ich doch nie von ihr gedacht.«

Die Rollen, die Tiere im Leben der Menschen spielen, sind manchmal höchst sonderbar. Das extremste Beispiel habe ich nicht in meiner Praxis erlebt, sondern bei einem alten Freund an einem Wochenende in San Bernardino. Als ich zufällig aus dem Küchenfenster schaute, sah ich eine große kalifornische Schildkröte über den Hinterhof kriechen.

Ich fragte: »Dick, dein Hof ist nicht eingezäunt, warum läuft diese Schildkröte denn nicht weg?«

»Was für eine Schildkröte?« fragte Dick.

»Diese da!« Ich zeigte auf das Reptil.

Dick schaute zum Fenster hinaus.

»Das ist nicht meine Schildkröte«, sagte er, »aber ich glaube, ich weiß, wo sie herkommt.«

Die Hinterseite seines Grundstücks war von dichtem Gebüsch zum Nachbarn hin abgegrenzt. Wir arbeiteten uns durch das Gebüsch, damit wir auf das Nachbargrundstück sehen konnten. Ein altes Ehepaar war mit Gartenarbeit beschäftigt. Wir sahen noch ein halbes Dutzend Schildkröten auf ihrem Hof verteilt.

»Haben Sie eine Schildkröte verloren?« rief Dick.

Die alten Leute schauten in alle Richtungen und in die Luft wegen der mysteriösen Stimme.

»Hier bin ich, im Gebüsch!« sagte Dick.

Als sie merkten, woher die Stimme kam, eilten sie herbei und nahmen die Schildkröte, die mein Freund ihnen zurückgab.

»Mutter, das ist Elmer!« sagte der alte Mann. »Elmer ist zurückgekommen!«

Ohne uns auch nur eines Wortes zu würdigen, tätschelten beide die Schildkröte und bedeckten sie mit Küssen, bevor sie in ihr Haus zurückkehrten.

»Elmer«, schalt die Frau, »du böser Junge, wo warst du denn? Deine Brüder und Schwestern, Papa und Mama haben sich solche Sorgen um dich gemacht. Du warst ja wochenlang weg, du Schlingel! Wo warst du denn bloß?«

Mein Freund ist auf einer Farm in Idaho aufgewachsen. Er sah mich von der Seite an und spuckte auf den Boden. »Du bist doch Tierarzt«, sagte er zu mir, »hast du schon mal jemanden gesehen, der eine Schildkröte küßt?«

Aber es gibt auch ganz andere Formen von Tierliebe, wie die folgende Geschichte zeigt. Greg, einer meiner Klienten ist Pilot bei einer Fluggesellschaft. Seine Tochter hatte eine Stute, die sozusagen ein Mitglied der Familie war. Eines Tages rief Greg mich an und bat mich, die Stute wegen einer Lahmheit zu untersuchen. Das alte Tier litt an ›Schale‹, einer Verknöcherung der Zehengelenke. Diese chronische Arthritis war weit fortgeschritten, so daß sie nicht mehr behandelt werden konnte; es war nicht mehr sicher, auf dem Pferd zu reiten.

»Nun ja«, sagte Greg, »mit gutem Gewissen kann ich sie an niemanden mehr verkaufen. Sie ist ein altes Haustier, das von den Kindern sehr geliebt wurde. Auf eine Auktion kann ich sie auch nicht mehr bringen, damit sie von einer Tierfutterfirma gekauft wird. Ich glaube, es gibt wirklich nichts anderes zu tun, als sie von ihrer Qual zu erlösen.«

Widerstrebend stimmte ich dieser Entscheidung zu.

»Also gut. Ich halte es für das Beste, sie zu mästen, und in etwa einem Monat holen wir Sie zur Fleischbeschau«, sagte Greg.

Ich war entsetzt. »Mästen?«

»Sicherlich«, sagte er. »Sie wird besser schmecken,

wenn sie mehr auf den Rippen hat, oder nicht? Wie ein Ochse!«

»Besser schmecken?« Ich war einfach perplex.

»Na klar! Ist das etwa nicht in Ordnung? Ich denke, daß Pferdefleisch ganz gut schmeckt. In Europa ißt man das auch. Warum sollten wir das Fleisch wegschmeißen? Wir machen sie fett, und dann wird sie geschlachtet, und das Fleisch kommt in die Gefriertruhe.«

Trotz dieser umwerfenden Argumente war ich erleichtert, als der Rest der Familie diesen Plan ablehnte. Seine Frau und seine Tochter hatten nicht die geringste Absicht, das Fleisch des alten Pferdes, das so lange ein Freund der Familie gewesen war, zu verzehren.

Nun wissen Sie ja schon, daß ich keine gewöhnliche Praxis habe. Ich hatte oft meine liebe Not mit schwierigen Patienten, aber Cookie schoß von allen den Vogel ab. Später hatte mir Cookie sogar noch eine Einladung zu seiner Geburtstagsparty geschickt. Er war wieder gesund geworden und wollte feiern. Cookie war ein Kaiman, ein südamerikanisches Krokodil. In der Zoohandlung hatte er zunächst eine Länge von 25 Zentimeter. Als er mir von seiner Besitzerin zum ersten Mal vorgestellt wurde, war Cookie schon 1,50 Meter lang. Seine Besitzerin war eine ungarische Witwe, die wie Zsa-Zsa Gabor sprach, und sie schaute etwa so aus, wie Zsa-Zsa ausgesehen hätte, wenn es nicht die moderne Kosmetik geben würde. Der fünfzehn Kilo schwere Cookie hatte eine blaue Schleife um den Hals, und sein Kopf war bedeckt mit Lippenstiftflecken, die von Küssen stammten. Cookies Besitzerin erzählte mir die Geschichte und die Probleme ihres Haustieres. Sie war in Begleitung eines Freundes, der andauernd voller Zustimmung nickte und murmelte: »So ist es! Es stimmt alles, was sie sagt.«

Cookie schlief neben dem Bett der Besitzerin in einem Korb. Man sagte mir, Cookie sei wasserscheu. Obwohl er sehr furchtsam war, reagierte er auf seinen

Namen. Cookie spürte es, wenn ›Mami‹ auf Reisen ging. Er wurde ganz unleidlich, wenn er sah, wie sie die Koffer packte. Er verweigerte so lange die Nahrung, bis man ihm sagte: »Cookie, es geht fort, wir nehmen Cookie diesmal mit! Wir lassen Cookie nicht zu Hause!« Cookie hat mit seiner Besitzerin und mit deren Ehemann, einem Wissenschaftler, schon siebenmal die Welt umrundet. Das Reptil fuhr gerne im Auto, wo es sich auf der Ablage vor der Rückscheibe ausstreckte. Die Leute an den Tankstellen fuhren immer erschreckt zurück, wenn Cookie sich plötzlich bewegte. Sie hatten ihn natürlich für ein ausgestopftes Exemplar gehalten.

Auf einer Reise hatte ein Kofferträger Cookie mit den Gepäckstücken weggetragen, kam aber nicht weit damit. Mit einem Schrei ließ er die ganze Ladung fallen. »Das Ding lebt ja!«

Cookie ernährte sich von Hamburgers, und das war die Ursache seiner Krankheit. Es kam zu Calziummangelererscheinungen, die die gleichen Störungen, verursachen, wie wir sie schon bei Affen kennenlernten, die als Haustiere gehalten wurden. Cookie bekam dadurch Knochenerweichung. Er hatte Kreuzschmerzen und Zahnprobleme.

»Untersuchen Sie bitte sein Gebiß«, bat mich die Besitzerin.

Ihr Freund nickte zustimmend.

Cookie saß auf dem Untersuchungstisch. Er zitterte, wie es auch viele Hunde tun, aus Angst vor dem Doktor. Ich konnte das gut verstehen. Er hatte Angst vor mir und ich vor ihm. Ich beugte mich vor, um ihn zu untersuchen, und zeigte wissenschaftliches Interesse, wobei ich meine Hände tunlichst hinter dem Rücken versteckte.

»Würden Sie bitte seine Zähne anschauen, Doktor?« erinnerte mich die Dame.

»Ja, wie – nun ja – wie kriegen wir denn sein Maul auf?« fragte ich sie. Vor der Tür des Untersuchungsraums hörte ich ein unterdrücktes Kichern; Bob und Mary waren nebenan und wollten miterleben, wie ich mit diesem besonders exotischen Exemplar zurechtkäme.

›Zsa-Zsa‹ forderte nun den Kaiman auf: »Cookie, mach deinen Mund auf für den netten Doktor!«

Zu meinem Erstaunen sackte der Unterkiefer herab, und es war ein Leichtes, seine Zähne zu untersuchen. Sie waren locker. Cookies Zittern wurde immer heftiger, während mein Zutrauen ihm gegenüber zunahm.

»Warten Sie einen Augenblick, Doktor«, meinte die Dame. Sie beugte sich über Cookies Kopf und flüsterte: »Cookie, mein Liebling, der Doktor tut dir doch nichts. Hab keine Angst! Der Doktor ist ein lieber Mann.«

Es war kaum zu glauben! Cookie hörte sofort auf zu zittern, er entspannte sich langsam, stellte seine erhobenen Vorderfüße wieder auf den Tisch – und seufzte. Ich brauchte eine Dreiviertelstunde, um Cookie zu verarzten, und hörte mit zunehmender Begeisterung die Geschichten über ihn, die seine Besitzerin mir erzählte.

Als ich sie verabschiedete, gestand ich ihr: »Ich muß mich entschuldigen, daß ich Ihre Zuneigung zu diesem Tier zunächst für eine übertriebene Spinnerei gehalten habe. Ich habe eingesehen, daß da wirklich eine gegenseitige Beziehung vorhanden ist. Er versteht Sie und reagiert auf Sie. Ganz offen gesagt, ich habe immer gedacht, daß das Krokodil den Verstand einer Karotte hat, aber Sie haben mir die Augen geöffnet. Durch Ihr Bemühen und Ihre Zuwendung hat das Tier eine weit höhere Entwicklungsstufe erreicht, als ich es je für diese Spezies angenommen hätte. Heute habe ich etwas dazugelernt!«

›Zsa-Zsas‹ Augen sprühten, und mit ihrem ungarischen Akzent sagte sie: »Doktor, unterschätzen Sie niemals die Macht der Liebe!«

Es gibt nichts, was es nicht gibt

Die Vielfalt der exotischen Tierarten in Südkalifornien hat mir immer viel Freude bereitet. Als Patienten waren sie mir jederzeit willkommen. Sie haben mir Spaß gemacht und waren eine Herausforderung für mich. Kein Wunder, daß ich mit ihnen die ungewöhnlichsten Erlebnisse gehabt habe und oft von einem Extrem ins andere geriet. So behandelte ich zum Beispiel an einem einzigen Tag einen Wal und einen Kolibri!

Zu den exotischen Fällen, die sich meinem Gedächtnis besonders eingeprägt haben, gehören der Löwe, der einen Stock verschluckt hatte, das Känguruh, das auf der Autobahn mit einem Auto frontal zusammenstieß, der Wal mit dem Sonnenbrand und der Elefant mit Verstopfung.

Einmal habe ich eine Wunde bei einer drei Meter langen Boa constrictor genäht, die durch eine zerbrochene Fensterscheibe gekrochen war. Zwei Wochen später brachte der Besitzer sie in einem Sack wieder, um die Fäden ziehen zu lassen. Als er im Wartezimmer saß, bewegte sich der Sack langsam vor seinen Füßen. Neben ihm saß eine nette alte Dame, die eine Katze auf dem Arm hatte. Die Augen der Dame starrten wie hypnotisiert auf den sich windenden Sack. Schließlich konnte sie ihr Mißfallen nicht länger unterdrücken, und sie wandte sich an den stämmigen Besitzer.

»Was ist da drin?« fragte sie mit erhobener Stimme und deutete auf den Sack.

»Eine drei Meter lange Boa constrictor«, war die lakonische Antwort.

»Das hab' ich mir doch gleich gedacht!« kreischte die alte Dame. Sie drückte die Katze an die Brust und flüchtete auf die andere Zimmerseite.

An eine Episode kann ich mich noch ganz genau erinnern. Ein Klient rief an und erkundigte sich nach der Gebühr für die Kastration eines Affen.

Plötzlich drang lautes, aufgeregtes Affengeschrei aus dem Hörer. Das Tier hatte sich einen Zweitapparat geschnappt und mischte sich in unser Gespräch ein.

Wie die meisten Tierärzte, die Exoten behandeln, rate ich normalerweise davon ab, solche Tiere als Haustiere zu halten. Weil Exoten als Haustiere so beliebt sind, drohen sie allmählich in der freien Natur auszusterben. Oft bekommen sie von ihren Besitzern nicht einmal die richtige Pflege und Ernährung. Einige dieser Tierarten sind aggressiv und richten Schaden an, andere sind sogar gefährlich. In den fünfziger und sechziger Jahren war die Heimtierhaltung von vielen exotischen Tierarten im Bezirk von Los Angeles nicht gesetzlich verboten. Es gab indes nur wenige Tierärzte, die bereit und in der Lage waren, solche Tiere zu behandeln. Daher kamen auch Tierhalter mit Exoten von weither in unsere Klinik, die im Bezirk Ventura lag.

Eines Tages rief mich eine Dame aus Los Angeles an.

»Ich habe gehört, daß Sie Ozelots behandeln«, sagte sie.

Das stimmte, diese attraktiven, kleingefleckten Katzen waren häufige Patienten der Conejo-Valley-Tierklinik.

»Ich kann einen Ozelot geschenkt bekommen«, sagte sie, »aber ich dachte, es wäre besser, mich erst einmal beraten zu lassen. Was halten Sie davon?«

»Ich bin froh über Ihren Anruf«, sagte ich. »Es gibt so viele unqualifizierte und unverantwortliche Leute, die sich die Haltung eines exotischen Heimtiers zutrauen. Darf ich Ihnen ein paar Fragen stellen?«

»Aber natürlich, ich freue mich, daß Sie sich dafür Zeit nehmen.«

»Wo wohnen Sie?«

Die angegebene Adresse war in einer dichtbesiedelten Gegend im San Fernando Valley.

»Haben Sie noch andere Haustiere?«

»Ja, zwei Hunde und zwei Hauskatzen.«

»Haben Sie Kinder?«

»Ja, sie sind vier und sechs Jahre alt.«

»Haben Sie schon mal ein exotisches Tier gehalten?«

»Nein. Bisher haben wir solche Tiere nur im Zoo gesehen.«

»Was für eine Ausbildung haben Sie und Ihr Mann?«

»Ich bin Hausfrau. Ich war mal Sekretärin, und mein Mann ist Fernfahrer.«

Ich brauchte eine Viertelstunde, um ihr klarzumachen, warum ich ihr keinen Ozelot als Heimtier empfehlen konnte. Ich sprach über die Verantwortung für das Tier, die ethischen Aspekte und die neuen gesetzlichen Vorschriften für eine solche Tierhaltung. Sie bedankte sich herzlichst für meine Mühe.

Zwei Monate später rief sie wieder an.

»Ich bin die Dame, der man einen Ozelot schenken wollte, und ich hatte Sie deswegen um Rat gefragt. Sie hatten gemeint, ich solle das Tier nicht nehmen. Erinnern Sie sich?«

»Ja«, sagte ich. »Ich erinnere mich an unser Gespräch.«

»Ich möchte Ihnen nochmals für all die Zeit danken, die Sie mir geopfert haben. Sie waren offen zu mir und wollten nicht, daß ich einen Fehler mache.«

»Aber, bitte, gern geschehen«, erwiderte ich.

»Heute«, fuhr sie fort, »möchte ich nur einen Termin mit Ihnen vereinbaren. Wir haben uns nämlich einen Puma angeschafft.«

Jeder Tierarzt kann bestätigen, daß man nicht nur mit außergewöhnlichen Tieren die verrücktesten Dinge erlebt. An einem Sonntag, der sehr ruhig zu werden versprach, machte ich einen Besuch bei einem Pferd, das ich am Samstagabend behandelt hatte. Es hatte seine Kolik gut überstanden, und ich gab Anweisungen, wie es zu füttern sei. Dann ging ich in die Klinik und sah nach den Patienten dort. Wir hatten gerade nur zwei Hunde und eine Katze in stationärer Behandlung. Der Katzenbesitzer wartete auf mich, und ich gab ihm ›Fluffy‹ mit nach Hause, weil die Sterilisationswunde schon gut abgeheilt war. Den beiden Hunden ging es ebenfalls gut. Der Boxer, dessen gebrochenes Vorderbein mit einer Thomasschiene versorgt worden war, lernte wieder gehen, und der Terrier hatte mit Kratzen aufgehört und leckte nicht mehr ständig seine Pfoten. Ich fuhr heim und genoß den Gedanken an einen ruhigen Sonntag. Als ich jedoch die steile Auffahrt zu unserem kleinen Haus hochfuhr, empfing mich Debby mit bekümmerter Miene.

»Phil Garon hat angerufen«, sagte sie. »Er ist mit seinem Collie auf dem Weg zur Klinik. Es sieht sehr schlecht aus.«

Die acht Jahre alte, sandweiße Hündin wirkte elend.

»Sie trinkt eine Menge Wasser und rührt kein Fressen an«, sagte Phil. »Sehen Sie nur, was für einen aufgetriebenen Bauch sie hat.«

»Wann war ihre letzte Läufigkeit?« fragte ich.

»Vor ungefähr fünf bis sechs Wochen.«

»Ich muß eine Blutuntersuchung bei ihr machen. Ich möchte wissen, ob ihre Nieren gut arbeiten, und ich muß die weißen Blutkörperchen zählen. Ich halte es für Pyometra. Das ist eine Gebärmutterentzündung, wobei sich das Organ mit Eiter füllt. Pyometra tritt häufig nach einer Läufigkeit auf. Diese Hündin hat alle Voraussetzungen für Pyometra, weil sie schon acht Jahre alt ist und oft scheinschwanger war. Das ist eine typische Vorgeschichte für Pyometra.«

»Mich dürfen Sie nicht danach fragen«, sagte Phil. »Normalerweise geht Sophie mit dem Hund zum Arzt. Aber ihr geht es heute nicht gut, deswegen mußte ich selbst kommen. Alles auf einmal!«

Sophie war Phils Frau. Sie hatte ein sehr attraktives Gesicht und tiefschwarzes Haar, aber sie war etwas üppig geraten. Sie war nicht dick und fett, sondern einfach rund. Wie ein Basketball.

Der Bluthanrnstoff war normal, also arbeiteten Lassies Nieren recht gut. (Etwa die Hälfte aller weiblichen Collies, die ich kenne, hießen ›Lassie‹, nach dem bekannten Fernsehstar.) Die geschwächte Collie-Hündin rührte sich nicht, als ich am Vorderbein für die Blutuntersuchung eine Vene anstach. Ganz traurig beobachtete sie mich. Ihr Kopf lag müde auf dem Untersuchungstisch. Collies sind fast immer umgängliche und unkomplizierte Patienten. Mit ihren kleinen dunklen Augen verfolgte sie alle meine Bewegungen.

Ich pfiff durch die Zähne, als ich die Anzahl der weißen Blutkörperchen sah. 60 000! Das sah ganz nach Pyometra aus.

Während ich Lassie für eine diagnostische Operation vorbereitete, telefonierte Phil mit seiner Frau. Als ich gerade mit der Operation beginnen wollte, kam Mrs. Garone angerauscht.

»Wenn es eine Pyometra ist, bedeutet das, daß sie dann keine Jungen mehr kriegen kann?« fragte die rundliche, schwarzhaarige Dame.

»Ja, wir müssen eine Totaloperation machen«, erklärte ich ihr. »Die kranke Gebärmutter ist voll Eiter, und wir müssen sie entfernen.«

»Ach«, sagte Sophie, »jetzt tut es mir aber sehr leid, daß wir sie nicht decken ließen. Ich wollte immer Hundebabies haben, aber ich glaube, ich habe zu lange damit gewartet.«

Als ich die Bauchhöhle eröffnete, sah ich etwas, was ich vorher noch nie erlebt hatte. Wie erwartet, hatte Lassie eine Gebärmuttervereiterung. Der Uterus war riesig überdehnt, dunkelrot und mit Eiter gefüllt, aber – Lassie war trächtig. In diesem infizierten und abnormalen Uterus, der in wenigen Tagen Lassies Tod verursacht hätte, waren lebendige Feten. Ich konnte mir nicht erklären, wie die fünf Welpen in dieser Umgebung überleben konnten. Aber die Garones waren noch mehr verwirrt als ich: wie hatte der Collie überhaupt schwanger werden können?

»Wir hatten sie während der Läufigkeit die ganze Zeit im Hof eingesperrt«, behaupteten sie. »Wir machen das immer so. Es gibt keine anderen Hunde in der Gegend. Wir wohnen abgeschieden auf dem Lande, Sie wissen ja, wo es ist.«

»Aber dennoch muß sie mit einem Rüden zusammengekommen sein!« stellte ich trocken fest.

Lassie überstand die Operation bestens, und nach zwölf Tagen brachte Phil sie zum Fädenziehen.

»Haben Sie das von Sophie schon erfahren?« fragte er.

»Was soll mit Sophie los sein?«

Phil Garone grinste übers ganze Gesicht. Er griff in seine Hemdtasche, zog eine Zigarre heraus und steckte sie mir zu.

»Ich habe einen Sohn! Erinnern Sie sich, daß ich sagte, wie schlecht Sophie sich gefühlt hat? Schon seit Monaten ging es ihr nicht gut. Vor einigen Nächten bekam sie ganz schlimme Krämpfe. Ich habe ihr etwas Pepto-Bismol gegeben, aber ihr Zustand verschlechterte sich. Ich bekam es dann mit der Angst zu tun und brachte sie zum Notdienst ins Krankenhaus von Oxnard. Der Doktor holte mich herein und verkündete:

›Mister Garone, Ihre Frau bekommt ein Kind!‹

›Was?‹ staunte ich. ›Sie ist doch überhaupt nicht schwanger! Wir versuchen doch schon seit sechs Jahren, ein Baby zu bekommen.‹

Der Doktor sagte: ›Sie ist hochschwanger, aber nicht mehr lange. Sie kriegt jetzt gerade das Kind!‹«

Phil strahlte mich an.

»Möchten Sie mir vielleicht weismachen, daß Ihre Frau neun Monate lang schwanger gewesen ist und keiner von Ihnen etwas gemerkt hat?«

»Genau das!« behauptete Phil voller Freude. »Sie

kennen doch Sophies rundliche Figur. Dadurch ist es uns überhaupt nicht aufgefallen. Auf jeden Fall haben wir ein Baby, einen Sohn – und wissen Sie was? Das ist besser als junge Hunde!«

Im Leben eines praktischen Arztes, eines Humanmediziners wie eines Tierarztes, geht es in der Tat zuweilen sehr hektisch zu. Es muß sich ja nicht gerade um Unfallchirurgie an einem Sonntag handeln, aber irgend etwas ist immer los. Ich erinnere mich an einen Herbst, als schon früh der Regen einsetzte. Im Dezember, mitten in der Abkalbsaison, war das Gras saftig und grün, und die Weiden waren überschwemmt. Ich hatte die Hälfte meiner Besuche an einem betriebsamen Samstag gerade erledigt, als ich aus meiner Praxis angerufen wurde. Es ging um eine festliegende Kuh auf der Lang Ranch.

Als ich dort ankam, fuhr ich, wie angewiesen, durch das Tor und weiter auf dem matschigen Feldweg, bis ich schon von weitem drei Reiter sah, die auf mich warteten. Als ich dicht bei ihnen war, blieb mein Auto im Schlamm stecken.

»Der Boden ist zu weich. Sie können nicht weiterfahren, Doc!«

Ich knirschte über diese überflüssige Feststellung nur mit den Zähnen.

»Die Kuh befindet sich etwa eine Meile oberhalb dieses Weges. Nehmen Sie dieses Pferd, und dann bringt Sie einer von uns dorthin. Wir ziehen inzwischen Ihren Wagen aus dem Schlamm.«

Verflixt und zugenäht! Mußte das ausgerechnet an einem Samstag passieren, an dem so viel zu tun war? Ich war gereizt und ärgerlich. Ich habe schon eine ganze Reihe von Besuchen zu Pferd gemacht, aber dieser Besuch würde meinen Zeitplan heute total durcheinander bringen, selbst wenn die Reiter meinen Wagen wieder flottmachen konnten. Aber da war nun mal nichts zu machen.

Die Kuh hatte gerade erst abgekalbt, und ich malte mir aus, daß mich eine Geburtskomplikation erwartete. Möglicherweise war bei ihr der Obturatoriusnerv im Becken gequetscht, was zu vorübergehender Lähmung der Hintergliedmaßen führt. Ich steckte alles, was ich voraussichtlich brauchen würde, in meine Taschen und in die Satteltasche und folgte den Reitern den Hang hinauf. Ich kochte innerlich, wenn ich an die vielen Besuche dachte, die ich noch zu machen hatte, und an die Leute und Patienten, die alle auf mich warteten.

Es war ein prachtvoller Dezembertag. Der Boden war feucht und das Gras duftend und grün. Wir haben hier in Kalifornien keinen richtigen Winter, es war eigentlich eher Vorfrühling. Weiße Wolken zogen gemächlich über den blauen Himmel. Eine Lerche sang. Der große kräftige Quarter-Horse Wallach, den ich ritt, ging mit flottem Schritt und bewegte munter seinen Kopf. Die Sonne wärmte uns. Es war Mittag. Ein rotschwanziger Falke zog mit schrillen Lauten seine Kreise über mir. Meine schlechte Laune verflog.

Wir durchquerten einen reißenden Bach. Kühe mit neugeborenen Kälbern standen auf der Weide herum. Durch die Hecken hindurch konnte man die weißen Köpfe der Kälber sehen, die oben am Hang standen. Eine andere Lerche sang. Ich schmunzelte. Das Pferd stieg einen steinigen Hang hinauf. Ich tätschelte seinen Hals.

»Guter Junge«, sagte ich zu ihm.

Schließlich kamen wir zu dem kranken Tier, einer weißköpfigen Herford-Kuh. Ein Kalb mit der gleichen Fellzeichnung stand an ihrer Seite. Ich sonnte mich in dem Frieden und der Schönheit meiner Umgebung. Dies hier gefiel mir viel besser, als auf der Autobahn zum San Fernando Valley zu rasen. Dort warteten etliche Pferdepatienten auf mich.

Ich untersuchte die Kuh. Meine Vermutung erwies sich als falsch.

»Sie hat Grastetanie«, sagte ich. Das kam vom frischen, nährstoffreichen Gras und führte infolge des Mineralstoffmangels zur Lähmung der Kuh mit Festliegen. »Ich habe die falschen Medikamente mitgenommen, und nun muß ich zum Wagen zurückreiten und die richtigen holen.« Das bedeutete wieder einen Dreimeilenritt: eine Meile zum Wagen hinunter, eine zurück zur Kuh, die dritte Meile wieder hinunter zum Auto.

Warum aber war ich nur so gut gelaunt? Eigentlich hätte ich mich wegen der Kuh, wegen des Drecks und auch wegen meiner Fehldiagnose doch ärgern müssen.

Einige Stunden später kam ich endlich bei den Pferden im San Fernando Valley an.

»Es tut mir leid, daß ich so spät komme«, entschuldigte ich mich. »Ich bin im Schlamm steckengeblieben.«

»Aber wo haben Sie denn dann Ihre gute Laune her?« fragte der Klient.

Achtung, Milzbrand

Pierre Esponda ist Baske. Er ist Fleischer von Beruf und besitzt einige Pferde. Ich erkannte ihn sofort am Telefon an seiner lauten und überschwenglichen Stimme. »'allo, Doktor! 'ier schpriescht Pierre. Isch 'abe in der Zeitung von der Milzbrandepidemie in Agoura gelesen. Sie wissen doch, daß Kühe an Milzbrand sterben. Muß isch mir um meine Pferde Sorgen machen?«

Milzbrand ist schon immer eine der gefährlichsten Viehseuchen gewesen. Louis Pasteur war der erste, der ein wirksames Serum dagegen entwickelte. Alle Säugetiere sind anfällig für Milzbrand, auch der Mensch, und diese Krankheit kommt auf der ganzen Welt vor. Der Milzbrandbazillus bildet im Erdreich Sporen, die anscheinend ihre Infektiosität behalten, so daß eine Gegend als für immer verseucht gilt, wenn die Krankheit dort einmal vorgekommen ist. Wir haben viele solcher Milzbrandbezirke bei uns im Weideland.

Ich habe noch nie Milzbrand am lebenden Tier gesehen. Nach meiner Erfahrung fällt ein Tier bei Milzbrand immer ganz plötzlich tot um, auch wenn es am Tag zuvor noch vollkommen in Ordnung war. Milzbrand tötet gerade die Wiederkäuer sehr schnell. Bei anderen Arten jedoch, wie etwa beim Menschen oder Schwein, zeigt Milzbrand eher eine chronische Verlaufsform.

Ich sagte zu Pierre, daß Pferde diese Krankheit bekommen könnten, doch ich hätte noch nie Milzbrand bei einem Pferd gesehen. Pferde kann man selbstverständlich dagegen impfen, aber anscheinend tut das niemand. Der gesamte Rinderbestand in unserer Gegend wird einmal jährlich geimpft. Aber wegen der Trockenheit in diesem Jahr hatte das Vieh das Gras bis zur Wurzel abgeweidet und dadurch die im Boden enthaltenen Milzbrandsporen aufgenommen. Das geschah schon sehr früh im Jahr, bevor die meisten Farmer geimpft hatten. Dadurch kam es zu einer Milzbrandepidemie, und alle konnten dann nicht schnell genug die Impfung durchführen lassen.

Aber Pierres Pferde waren einige Meilen von der verseuchten Weide entfernt, so daß ich ihn beruhigen konnte.

»Okay, Doktor«, rief Pierre. »Isch glaube Ihnen alles, was Sie mir sagen. Aber Doc, was ist Milzbrand eigentlisch? Isch 'abe das noch nie ge'ört.«

Beim Studium dieser Krankheit an der Hochschule lernten wir auch die Namen der Krankheit in anderen Sprachen. Sie heißt in der veterinärmedizinischen Fachsprache wie im Englischen *Anthrax,* im Französischen *Charbon* und im Deutschen *Milzbrand.*

»Pierre«, sagte ich, »Sie sind doch in einem Viehzuchtgebiet in den Pyrenäen aufgewachsen, und so wird Ihnen die Krankheit unter dem Namen Charbon bekannt sein.«

»Ooooh!« Pierre keuchte am Telefon voller Entsetzen. Er flüsterte vor sich hin, daß man es gerade noch hören konnte: »Charbon! Charbon! Ooooh!«

Pierre hatte also schon von Milzbrand gehört, und so, wie er das Wort Charbon aussprach, ließ es mich frösteln. Pierre war Fleischer, und in früheren Zeiten haben die Menschen sich oft durch den Verzehr infizierten Fleisches mit Milzbrand angesteckt.

Einige Tage später brachte uns ›Jungleland‹ einen toten Puma zur Sektion. Das Tier hatte am Abend zuvor noch vollkommen normal ausgesehen und gefressen. Am Morgen fand man es tot im Käfig. Die Besitzer wollten die Todesursache wissen, weil sie eine böswillige Vergiftung vermuteten.

Bob Kind und ich hatten einen Veterinärpathologen namens Dr. Gordon MacMillan angestellt, der uns zeitweise assistierte. Aufgrund seiner Fachausbildung hatte er gleich die Sektionen in unserer Praxis übernommen, aber normalerweise machte er auch die Routinebehandlungen der Alltagspraxis mit. Gordon arbeitete zwei Tage in der Woche für uns, um sein Einkommen als Pathologe in einem staatlichen Labor aufzubessern.

Bob versorgte die Kleintiere, während ich im Außendienst die Großtiere betreute. Zur Mittagszeit kam ich nach Hause. Gordon sezierte gerade den Puma mit großem Eifer.

»Haben Sie etwas gefunden?« fragte ich.

»Das ist alles höchst ungewöhnlich«, antwortete Gordon. »Ich bin sicher, daß es eine Art Blutvergiftung war. Sehen Sie die vielen petechialen Blutungen auf den Schleimhäuten? Hier ist das Herz. Können Sie die Blutungen im Pericard sehen? Und die Milz ist mächtig angeschwollen! Besonders interessant ist der Hals. Die Halslymphknoten sind völlig abnormal, haemorrhagisch und entzündet.«

Da fiel bei mir der Groschen. Hatten wir an der Uni damals nicht gelernt, daß Milzbrand beim Schwein sich besonders im Hals festsetzte?

»Gordon!« schrie ich.

»Ja?« sagte Gordon. Er zerlegte geschäftig die Lymphknoten mit dem Messer.

»Gordon, findet man bei Schweinemilzbrand nicht solche Veränderungen am Hals?«

Gordon erstarrte und schaute erschrocken auf. Dann ließ er das Messer fallen und trat vom Tisch zurück.

»Um Gottes willen!« sagte er. »Da gab es doch in Agoura diese Milzbrandepidemie, und von dort hat ›Jungleland‹ totes Vieh geholt, um seine Katzen zu füttern.«

Normalerweise werden an Milzbrand gestorbene Tiere verbrannt und sofort vergraben. Vielleicht hatte jemand eine seiner Kühe plötzlich tot aufgefunden und weder an Milzbrand gedacht noch nach der Todesursache gefragt. Man hatte ganz einfach den Abholdienst für tote Tiere angerufen.

Genau das war passiert. Wir mußten die Klinik desinfizieren. Gordon wurde vorsorglich mit Penicillin behandelt, genauso wie alle Großkatzen vom ›Jungleland‹-Zoo. Dies war der einzig bekannte Fall von Milzbrand bei einem amerikanischen Puma. Wir haben den Fall wissenschaftlich beschrieben und publiziert. Zweifellos ist so etwas schon öfter in der freien Natur vorgekommen, aber ohne daß Tierärzte dabei waren und diese Krankheit diagnostiziert hatten.

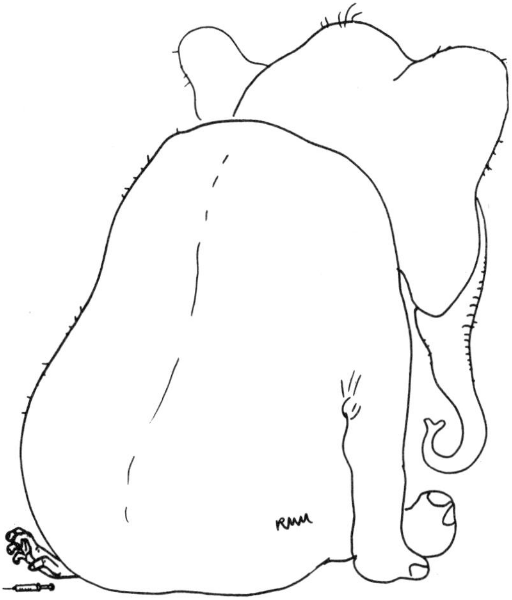

Wer zuletzt lacht

Früher unterschieden die Ärzte zwischen zwei Formen des Diabetes: Diabetes mellitus, der Zuckerharnruhr, und einem Diabetes ohne Zucker im Harn, Diabetes insipidus. Man untersuchte damals doch tatsächlich den Urin des Patienten mit der Zunge. Heute haben wir diese primitive und unästhetische Methode durch moderne Laboratoriumstests ersetzt.

Einer unserer Impfstofflieferanten schickt uns immer den Impfstoff zusammen mit einigen Dosen gefrorenem Orangensaft, um die Sendung kühl zu halten. Daher steht bei uns oft Orangensaft im Kühlschrank.

Während eines Sommers beschäftigten wir einen Tiermedizinstudenten von Colorado. Neben anderen Aufgaben mußte Arthur auch unsere Harnanalysen durchführen. Eines Tages saß uns wieder einmal der Schalk im Nacken. Ich schüttete etwas Orangensaft aus der Dose in einen Becher. Als Arthur ins Labor kam, gab ich ihm den Becher und bat ihn um eine Urinanalyse. Er machte sich augenblicklich ans Werk, und ich tat sehr geschäftig beim Mikroskopieren und wartete gespannt auf seine Reaktion.

»Wow!«

»Was gibt's?« fragte ich.

»Schauen Sie sich mal diese Zuckerreaktion an«, antwortete Arthur. »Er ist voller Zucker!«

Ich schlug mir an die Stirn. »Aber klar! Wie konnte ich nur so dumm sein! Diabetes mellitus! Da hätte ich doch gleich draufkommen sollen! Polydipsie und Polyurie! Unstillbarer Durst! Gewichtsverlust! Das war doch logisch, aber ich hab' nicht daran gedacht! Gott sei Dank hatte ich noch den Einfall, eine Urinuntersuchung zu machen!«

Arthur war emsig mit der Analyse beschäftigt. »Jetzt

untersuchen wir doch auch noch auf Ketonkörper«, sagte er.

Ich stellte mich neben ihn und schnüffelte am Becher.

»Wow, man kann den Zucker ja direkt riechen!«

Dann steckte ich den Zeigefinger in den Saft und leckte ihn ab. Ich sah, wie sich Arthurs Schultern verspannten. Er tat, als ob er sich ganz auf den Becher konzentrierte, aber er beobachtete mich aus den Augenwinkeln.

»Wow«, sagte ich nochmals. »Wie konnte ich nur nicht auf die Diagnose kommen?«

Arthur saß ganz steif da.

»Probieren Sie's auch mal«, bot ich ihm an.

»Nein, danke!« platzte er heraus.

Ich hob die Augenbrauen und gab mich überrascht.

»He, haben Sie denn Angst, es zu probieren?« fragte ich ihn.

»Genau!«

»Das müssen Sie überwinden, wenn Sie Tierarzt werden wollen«, sagte ich zu ihm. »Wußten Sie denn nicht, daß die Ärzte früher den Urin ihrer Patienten routinemäßig probieren mußten?«

»Ich weiß, ich weiß«, gab er zu. »Und mellitus heißt süß und insipidus geschmacklos. Aber nein, vielen Dank! Ich verlasse mich auf die paar Reagenzien hier!«

Ich schnaubte voller Empörung. »Ja, um Gottes willen, so heikel darf man doch nicht sein!« Dann nahm ich den Becher und trank ihn ohne abzusetzen aus.

»Oh nein«, keuchte Arthur. »Sie sind ja wahnsinnig!« Dann schüttelte ich mich vor Lachen, und Arthur ging ein Licht auf.

Praktische Tierärzte bekommen so viele seltsame Anrufe und Anfragen, daß sie nichts mehr überraschen kann. Wenn sie einige Zeit praktizieren, glauben sie alles. Darum fallen sie leicht auf allerlei Schabernack herein.

Eines Morgens kam ich als erster in die Praxis und

schaute auf den Dienstplan. Bob Kind war wie jeden Morgen für die Operationen eingeteilt, aber diesmal war nur eine kurze Operation vorgesehen. Er sollte einen Kater kastrieren. Daher schrieb ich in seine Spalte auf dem Dienstplan: ›Jungleland, Rhinozeros enthornen.‹

Als Bob eintrat und den Plan studierte, brummelte er irgend etwas vor sich hin. Dann endlich fragte er mich: »Ist es ein junges oder ein altes Rhinozeros?«

»Bob«, sagte ich tadelnd, »ein junges Rhinozeros hat noch keine Hörner. Es handelt sich um ein erwachsenes Tier – es ist dieser große Bulle, den sie dort halten.«

»Warum soll der denn enthornt werden?«

»Ich weiß es nicht. Ich glaube, weil er so verdammt gefährlich ist. Er hat schon einige Wärter zu töten versucht.«

Bob murmelte wieder etwas vor sich hin und sah ganz besorgt aus.

Ich setzte noch eins drauf: »Sie werden wohl das Horn behalten wollen. Ich glaube, daß das in Chinatown ein Vermögen bringen könnte.«

»Schon gut!« sagte Bob. »Kommt das Rhinozeros hierher, oder muß ich zu Jungleland hinfahren?«

»Ja, Sie müssen hinfahren. Wir haben die Eingangstür zur Klinik abgemessen. Sie ist zu schmal. Das Rhinozeros geht da nicht durch!«

Ich sah, wie es eine Weile in Bob arbeitete – offenbar machte er sich bereits Gedanken über das chirurgische Vorgehen. »Mal sehen«, meinte er, »das Horn ist in diesem Fall ein verdicktes umgewandeltes Haar, also nehme ich an, daß es keinen knöchernen Hornzapfen wie bei einer Kuh hat. Ich werde wohl die Drahtsäge direkt an der Basis ansetzen.«

»Bob«, sagte ich, »es war nur ein Spaß. Ich habe es aus Jux hingeschrieben. Sie brauchen heute morgen kein Rhinozeros zu enthornen.«

Bob schaute ein wenig enttäuscht drein, aber auch irgendwie erleichtert.

»He«, sagte er, »in dieser Praxis ist schließlich alles möglich. Ich mußte mal einem Elefanten den Rüssel zusammenflicken. Warum sollte ich nicht auch einmal ein Rhinozeros enthornen?«

Ein andermal rief ich an meinem freien Tag in der Klinik an und fragte nach Dr. Kind mit einem breiten, gedehnten Texas-Akzent.

»Doktaah, meine Baumwollkapselkäfa sterb'n alle, und ich wollte fragen, ob Sie mir da nicht helfen könn'.«

»Ich weiß überhaupt nichts über Insektenkrankheiten«, erwiderte er höflich. »Warum rufen Sie nicht die entomologische Abteilung des Pierce College an?«

»Hab' ich schon«, sagte ich. »Sie rieten mir, ein' Tierarzt anzurufen. Ich weiß mir wirklich nicht mehr zu helfen, Doktaah. Ich hab' schon die Hälfte meiner Käfa verlor'n.«

Nun hatte ich sein Interesse geweckt.

»Was ist denn mit ihnen passiert?« fragte er.

»Sie roll'n sich einfach zusamm' und sterb'n«, erklärte ich.

»Züchten Sie denn die Baumwollkapselkäfer?«

»Wel-l-l-l, Doktaah«, sprach ich sehr gedehnt. »Ich bin aus Texas, und die Käfa erinnern mich an meine Heimat. Sie wissen, daß manche Leute sie auf Farmen halten.«

»Ja«.

»Well, ich züchte diese Tiere, und nun sterb'n sie dahin.«

Offenbar hatte Bob das Gefühl, mit einem Narren zu sprechen, der ihm wertvolle Zeit stahl. Er versuchte mich loszuwerden. »Nun gut, das tut mir ja sehr leid, aber ich kann Ihnen beim besten Willen nicht helfen.«

»Warten Sie noch ein Weilchen«, fiel ich ihm ins Wort. »Ich hab' da noch ein anderes Problem. Ich muß für ein paar Wochen verreisen. Könnten Sie meine Käfa in Pflege nehmen?«

»Das ist aber eine seltsame Anfrage«, überlegte Bob. »Ich denke, das läßt sich machen. Sagen Sie mir nur, was man tun muß und womit Sie sie füttern.«

»Füttern? Mit Baumwolle natürlich!« brüllte ich.

»Ja, klar«, stotterte er. Dann sagte er nach einer langen Pause: »Wird gemacht, Dr. Miller.«

Bob Kind ist ein besonnener und geduldiger Mann. Er wartete den richtigen Moment ab, um sich zu revanchieren.

Auf einer großen Weide graste immer ein alter Büffel in der Nähe von Thousand Oaks. Sie war in mehrere Abschnitte von trockenem und hügeligem Grasland unterteilt.

Als ich eines Tages von meiner Besuchstour zur Praxis zurückfuhr, sah ich den Bullen am Zaun nahe der Autobahn regungslos daliegen. Da dies auch am nächsten Tag noch der Fall war, hielt ich an, um nachzuschauen. Er war tot. Es war Sommer, und nach einer Woche konnte man den Büffel von überallher meilenweit riechen.

Bob Kind sah seine Chance gekommen, und am nächsten Morgen las ich mit großer Verwunderung im Terminkalender: ›Dr. Miller, Sektion eines verendeten Büffels. Bericht an Tierschutzverein senden. Information kann bei Prozeß verwendet werden.‹

Ich wandte mich stöhnend an meinen Partner: »Haben Sie den Terminkalender gesehen? Man verlangt von mir, daß ich den Büffel seziere, der schon bei vierzig Grad Hitze eine Woche lang tot da draußen liegt!«

»Ja«, sagte er mitleidig, »und man wünscht niemand anderen als Sie. Man möchte eine komplette Untersuchung haben mit Probeentnahmen von allen Organen und Geweben. Das Gehirn und das Rückenmark müssen freigelegt werden. Ich habe ihnen gesagt, daß es sehr schwer sein würde, die Todesursache festzustellen, weil das Tier schon in einem fortgeschrittenen Verwesungszustand sei.«

Betreten schaute ich Bob an und sagte resignierend: »Ich glaube, ich fahre am besten gleich hinaus und mach' mich so früh wie möglich ans Werk. Es wird heute wieder sehr heiß werden!«

Alle konnten sich an diesem Tag auf meine Kosten amüsieren. Ein praktischer Tierarzt nimmt eben die verrücktesten Aufträge ernst. Kein Wunder, daß er, ohne das geringste Mißtrauen, selbst auf die absurdesten Scherze hereinfällt. Das ist keine Charakterschwäche, sondern Berufsrisiko.

»Das ist ein Vogelhund – was sonst?!«

Der Zauber der Manege

In den Vereinigten Staaten ist der Zirkus Vargas der einzige Drei-Manegen-Zirkus, der noch immer in einem riesigen Zelt seine Vorstellungen zeigt. Es gibt größere Unternehmen, aber wenn man ihre Darbietungen in einer Arena oder einem Sportstadion sieht, dann ist das längst nicht das gleiche Erlebnis wie bei einem Zirkus, der unter einem Zeltdach auftritt, so wie man es seit Jahrhunderten kennt.

Jedes Frühjahr gastierte der Zirkus Vargas im Bezirk von Ventura, und dabei gab es für uns Tierärzte viel Arbeit, die der Zirkus so lange hinausgeschoben hatte, bis er wieder in unsere Gegend kam.

Jeder Zirkusbesucher kennt die freie Dressur. Dabei tritt eine Gruppe Pferde in der Manege auf, die sich frei bewegen und nicht an der Longe sind. Sie reagieren nur auf das Kommando des Trainers, der gewöhnlich im Mittelpunkt der Manege steht.

In einem Drei-Manegen-Zirkus werden einander ähnliche Darbietungen in drei Manegen gleichzeitig vorgestellt. Die großartigste Nummer wird in der inneren Manege vorgeführt. Auch der Zirkus Vargas zeigt drei verschiedene freie Dressuren mit jeweils einer Gruppe von Pferden der gleichen Rasse.

Eine dieser freien Dressuren wurde von sechs Appaloosa-Hengsten bestritten. Die Pferde waren zwischen sechs und sechzehn Jahren alt. Obwohl diese Aufführung sehr beeindruckend war und die Hengste fehlerlos agierten, waren sie doch außerhalb der Manege fürchterliche Rabauken. Weder Menschen noch Tiere waren in ihrer Nähe sicher. Ihre Kastration war schon lange in Erwägung gezogen worden. Sie hatten Pfleger verletzt, und wenn sie einmal losgebunden waren, dann kämpften sie wild miteinander.

Schließlich hatte einer der Hengste einem Pferdepfleger ein Stück aus der Wange gebissen. Der junge Mann wurde dadurch ernstlich entstellt. Das Maß war voll! Der Trainer entschloß sich, die Hengste kastrieren zu lassen, sobald der Zirkus wieder im Ventura-Bezirk gastierte.

Das heutige Appaloosa-Pferd ist noch immer so farbig gefleckt wie das alte ›Appy‹, das der Stamm der Nez-Perce-Indianer gezüchtet hatte. Dennoch hat das heutige Appaloosa-Pferd ein Gutteil Vollblüter- oder Quarterhorse-Erbgut in sich, manchmal sogar beides zusammen. Diese Kreuzungszucht hat den Typ des Appaloosa-Pferdes verbessert und auch sein Temperament verändert – der ›Appy‹ früherer Zeiten war ein physisch und psychisch robustes Pferd, und die Pferde des Zirkus waren von diesem alten Schlag. Sie waren groß und grobknochig und hatten eine Römernase und kleine, heimtückische Augen. Der Umgang mit ihnen war sehr schwierig.

Als Operationsraum diente uns eine eingezäunte Wiese, die an den Zirkusplatz grenzte. Das erste Pferd wurde hereingeführt und narkotisiert. Sobald die Operation beendet war, ließen wir den Patienten im Gras liegen, damit er wieder aufwachen konnte. Dann geschah das gleiche mit dem zweiten, dritten und vierten Pferd. Als das fünfte Pferd kastriert werden sollte, erhob sich Pferd Nummer eins auf wackeligen Beinen. Kaum hatte ich mit der Kastration des letzten Tieres begonnen, erhob sich auch das zweite Pferd. Sobald sich die beiden ehemaligen Hengste erblickten, gingen sie aufeinander los. Infolge der Narkose hatten sie noch Gleichgewichtsstörungen, und obwohl sie gerade erst kastriert worden waren, fiel ihnen nichts Besseres ein, als sich anzugreifen. Die Hengste stürzten sich in einen richtigen Kampf mit Beißen und Schlagen und viel Geschrei.

»Treibt sie auseinander!« brüllte ich. »Tut doch was!«

»Schon gut, Doktor«, beruhigte mich der Trainer.

»Das machen sie immer so!«

»Aber sie sind doch gerade erst kastriert worden!« warf ich ein. »Sie werden Blutungen bekommen! Trennt sie voneinander, bevor sie sich umbringen!«

Einige Pfleger suchten widerwillig nach Halftern. Nun erhob sich auch das dritte Pferd schwankend und stürzte sich mit großem Geschrei in die Rauferei.

Als ich die letzte Operation beendet hatte, waren schon vier Pferde miteinander im Clinch. Nur mit Mühe konnten sie voneinander getrennt werden. Es war nicht ungefährlich für die Männer, sie einzufangen.

Zur Wundbehandlung verordnete ich einen hellgelben Spray und gab genaue Anweisungen für die Nachbehandlung.

»Wann können sie denn wieder auftreten, Doc?« wollte der Trainer wissen.

»In einer Woche«, sagte ich. »Die Heilung wird dann soweit fortgeschritten sein, daß die Zuschauer nicht merken, daß die Tiere gerade erst operiert worden sind.«

Ich reinigte meine Instrumente und ging zu dem Wohnwagen, in dem das Büro des Zirkus untergebracht war. Wie beim Zirkus üblich, bezahlte mich Mr. Vargas für meine Bemühungen in bar. Dann gab er mir drei Freikarten und sagte: »Hier, Doktor, vielleicht möchten Sie mal mit Ihrer Familie die Show ansehen!«

Ich fuhr nach Thousand Oaks zurück und rief von der Praxis aus Debby an. »Mark wird zum erstenmal einen Zirkus sehen«, sagte ich, weil ich dachte, daß sie sich darüber freuen würde. »Heute abend gehen wir nach Ventura in den Zirkus Vargas.«

»Was ist mit dem Abendessen?« wollte meine Frau wissen.

»Wir essen im Zirkus«, schlug ich vor. »Hot Dogs und was es halt beim Zirkus so gibt. Mark wird es gefallen.«

Wir saßen an diesem Abend auf den Rängen, mampften unsere Hot Dogs und genossen die Vorstellung. Mark fragte immer wieder: »Ist dieser Elefant dein Patient, Daddy? Was ist mit dem Löwen los? Behandelst du auch Kamele? Braucht man dich auch für die Bären?« Auf dem Höhepunkt der Show rief der Chef der Manege: »Meine Damen und Herren, liebe Kinder – die Liberty Pferde!«

Drei Gruppen von Pferden kamen ins Zelt, in jeder Manege eine Gruppe. Mir gegenüber waren die sechs Appaloosa-Pferde, die ich heute morgen kastriert hatte. Die Pferde agierten perfekt. Am Ende der Nummer schwang der Trainer seine Peitsche, und alle sechs Pferde erhoben sich zur Levade und standen auf den Hinterbeinen. Deutlich konnte man den von mir verordneten Wundspray sehen – ihre Leistengegend leuchtete knallgelb!

Debby, Mark und ich gingen einmal in einen anderen Zirkus. Während Debby Hot Dogs und Getränke kaufte, nahm ich Mark mit in die Ställe, um ihm die Tiere zu zeigen. Die Elefantendompteuse war eine meiner Klientinnen. Ich machte sie mit meinem kleinen Sohn bekannt, und sie fragte Mark, ob er nicht auf einem der Elefanten zur Eröffnungsparade mitreiten wolle. Mark verschlug es die Sprache, aber seine Augen strahlten, als er mich bettelnd anschaute.

»Sicher«, sagte ich.

Ich ging zu unseren Plätzen zurück. »Wo ist Mark?« fragte Debby voll mütterlicher Fürsorge.

»Oh, den habe ich bei Carol gelassen. Sie ist die Elefantentrainerin. Sie sagte, sie würde ihn nach einer Weile an seinen Platz zurückbringen.«

»Bist du sicher, daß mit ihm alles in Ordnung ist?«

»Aber klar!«

»Er wird die Eröffnungsparade verpassen! Schau, sie fangen gerade an! Mark versäumt etwas!«

»Nein«, versicherte ich ihr abermals, »von seinem jetzigen Platz aus kann er alles gut sehen. Er versäumt nichts!«

»Warum hast du ihn zurückgelassen? Er ist doch noch ein kleiner Junge. Es könnte ihm etwas zustoßen. Er versäumt doch die Parade. Warum ist er denn nicht hier?«

»Schau dir die große Eröffnungszeremonie an«, empfahl ich Debby, als sie gerade den Kopf drehte, um nach ihrem Sohn Ausschau zu halten. »Sieh mal, die Elefanten dort.«

Oben auf dem Kopf des zweiten Elefanten war unser Junge. Er hielt sich so fest, wie er nur konnte. Sein Gesicht strahlte vor Aufregung und Glückseligkeit

»Das ist ja Mark!« rief Debby, und als die Zuschauer um uns herum sie anstarrten, rief sie noch lauter: »Das ist mein Sohn, der den Elefanten da reitet!«

›Judy's Elefanten‹ war der Name einer weltberühmten Elefantendressur. Immer wenn der Zirkus in Los Angeles gastierte, um dort Fernsehshows und Filme zu machen, war er in Goebels Scheune untergebracht. Einmal wurde ich zur Behandlung eines kranken Elefanten gerufen. Das mächtige Tier verlor an Gewicht und hatte nur wenig Appetit. Es schien schwach und teilnahmslos. Die Elefantendame wurde in die Übungsmanege geführt, die von einem Betonring eingefaßt war. Dort untersuchte ich sie.

»Ich muß aus ihrer Ohrvene eine Blutprobe entnehmen«, sagte ich dem Trainer. Ich ging zu meinem Notfallkoffer außerhalb der Manege, um die nötigen Spritzen, Nadeln und Röhrchen zu holen.

Als ich mich über den Koffer beugte, hörte ich hinter mir jemanden sagen: »He, paß auf sie auf!« Danach folgten ein Donnerschlag und ein berstendes Krachen.

Die vier Tonnen schwere Riesin war ohnmächtig geworden und schlug beim Umfallen mit dem Kopf auf die Betoneinfassung der Manege.

Es ist beängstigend, wenn man ein Tier von solcher Größe so hilflos daliegen sieht. Die Laborwerte zeigten eine Niereninfektion, aber nun war unser augenblickliches Problem die Kopfverletzung des Tieres. Nina, die Elefantendame, hatte eine Gehirnerschütterung und war kaum noch bei Bewußtsein. Sie konnte nicht aufstehen. Ein Tier von solcher Größe kann man nicht lange auf einer Seite liegenlassen, sonst kommt es bei den Innenorganen zu Druckschäden. Sogar ein zehn Zentner schweres Pferd bekommt irreversible Organschäden, wenn es zu lange am Boden liegt. Daher kann man einen vier Tonnen schweren Elefanten erst recht nicht lange liegenlassen. Man muß ihn möglichst schnell aufrichten, damit Lungen und Kreislauf wieder ungestört funktionieren.

»Sie wird sterben, wenn wir sie nicht aufstellen können«, sagte ich.

»Möchten Sie, daß sie aufsteht?« fragte der Trainer. »Wir werden sie hochkriegen, Doc!«

Die Zirkusleute sind erstaunlich erfinderisch und praktisch veranlagt, wahre Meister der Improvisation. Innerhalb von zwanzig Minuten hatten sie eine dreifache Aufhängung aus Telefonmasten konstruiert. Mit einem Flaschenzug und dicken Halteseilen hatten sie den halb bewußtlosen Elefanten wieder auf die Beine gestellt.

Ich konnte eine Ohrvene finden, und in diese gab ich Nährlösungen und Medikamente, um den Druck in dem geschädigten Elefantenhirn zu verringern. Außerdem bekam Nina noch Antibiotika gegen die Niereninfektion.

Einige Tage danach spazierte sie eine Rampe hinauf in einen großen Transporter. Man brachte sie mit den anderen Elefanten ihrer Dressurnummer nach Tucson zur nächsten Vorstellung.

Diesmal jedoch war Mark beim Einritt nicht dabei.

Verdächtiges Fluggepäck

Ich habe schon immer eine Vorliebe für die Pferdepraxis gehabt. Als Pferdepraktiker braucht man freilich eine robuste Gesundheit und eine gute Kondition, denn die Behandlung von Pferden ist oft sehr schwierig. Pferde sind kraftvolle Fluchttiere, und jeder Tierarzt, der mit Pferden zu tun hat, muß im Laufe seines Berufslebens immer wieder mit Verletzungen rechnen, ja gelegentlich kommt es auch vor, daß ein Tierarzt von einem Pferd getötet wird.

Nach einem besonders anstrengenden Nachmittag, an dem ich nacheinander drei widerborstige Pferde verarztet hatte, kam ich auf die Idee, ein Cartoon zu zeichnen, das den Idealtyp des Pferdepraktikers darstellte.

Ich begann mit dem Kopf. Ich zeichnete einen massiven Schädel, in dem das Gehirn sicher untergebracht war. Die Nase war flach und ohne Nasenbein, das ja oft gebrochen wird. Ein großer Mund sollte die Bereitschaft zur Kommunikation mit den Klienten versinnbildlichen. Die Zähne waren weiß, stabil und ein wenig vorstehend – ideal für ein gewinnendes Lächeln. Diesen Kopf setzte ich auf einen gedrungenen, kräftigen Hals.

Danach kamen breite Schultern mit langen, schmalen Armen, die fast bis zum Boden reichten und mit langen, kräftigen und sensiblen Händen versehen waren. Das war wichtig für die rektale Untersuchung, bei der man sehr tief vordringen muß. Mit solchen Greifinstrumenten konnte man auch große Pferde bequem fesseln und ihnen die Zähne abraspeln. Die Brust war so rund wie ein Faß, und darin waren ein kraftvolles Herz und voluminöse Lungen untergebracht. Im geräumigen Leib sollte auch Platz für einen übergroßen Magen sein, der die unregelmäßigen und seltenen Mahlzeiten schlucken konnte.

Dann kamen sehr kurze Beine, damit das ansonsten ziemlich große Individuum sich bei der Behandlung von Beinen und Hufen eines Pferdes möglichst wenig zu bücken brauchte.

Als ich das fertige Bild betrachtete, erschrak ich: mein idealer Pferdepraktiker sah genau wie ein Gorilla aus. Da habe ich die Zeichnung zerrisssen und beschlossen, niemandem ein Sterbenswörtchen von meiner Entdekkung zu erzählen.

Tierärzte, die es mit Pferden und Nutzvieh zu tun haben, müssen, wie gesagt, ständig mit kleineren Verletzungen rechnen. Die Tiere treten uns auf den Fuß und brechen uns die Zehen. Wenn sie wegrennen und wir sie mit einem Seil festhalten wollen, kriegen wir Blasen an den Händen. Immer wieder werden wir getreten, gestoßen, auf die Hörner genommen oder gebissen.

Abgesehen von diesen körperlichen Beeinträchtigungen, gibt es noch andere Probleme in der Großtierpraxis. Wir verbringen viel Zeit unterwegs, und viele unserer Straßen sind alles andere als erstklassig. Oft bleiben wir in Schlammlöchern stecken, wir müssen den Wagen durch schmale Feldwege und Einfahrten lenken, und nach getaner Arbeit muß man dann wieder rückwärts hinausfahren.

Tierärzte, die eine Großtierpraxis betreiben, sind tierlieb, haben Freude an der Außenpraxis und nehmen diese Mühen in Kauf. Es gibt aber noch andere Nachteile, die weniger leicht zu ertragen sind. Der Großtierpraktiker ißt zum Beispiel sehr unregelmäßig, und er muß lernen, schnell zu essen.

Ich saß an Bord eines Jets in einer Sitzreihe mit zwei Kollegen, Ralph Vierheller und Phil Olsen, beides Praktiker aus Kalifornien. Wir kamen gerade von einem Tierärztekongreß an der Ostküste.

Nachdem wir unsere Mahlzeit beendet hatten, nahm die Stewardeß unsere leeren Tabletts. Sie tippte an Dr. Olsens Namensschild am Revers und sagte: »Selbst wenn Sie dies hier nicht anstecken hätten, wüßte ich dennoch, daß Sie Tierarzt sind. Und auch daß Sie beide ebenfalls Tierärzte sind«, fügte sie hinzu und nickte Dr. Vierheller und mir zu.

Einen Augenblick lang waren wir betroffen, verwirrt und ein wenig verlegen.

»Haben wir einen besonderen Geruch?« fragte Dr. Vierheller. »Oder strahlen unsere Gesichter so viel Intelligenz aus?«

Die junge Frau lachte. »Nein, es liegt an der Art, wie Sie Ihr Essen verschlungen haben. Sehen Sie sich mal hier in der Maschine um. Sie drei sind die einzigen, die schon mit dem Essen fertig sind, dabei haben Sie's noch nicht mal als erste bekommen. Mein Vater ist auch Tierarzt. Er hat eine gemischte Praxis in Pennsylvania. Die meisten seiner Patienten sind Milchkühe. Mein Leben lang habe ich ihn so essen sehen.«

Ich habe mich oft an diese Worte erinnert, wenn ich während eines hektischen Tages oder danach mich dabei ertappt habe, wie ich meine Mahlzeiten gierig weggeputzt habe. Ich habe mich dann zusammengerissen, um aufrecht zu sitzen, mich zu entspannen und auf eine niedere Gangart umzuschalten.

Ein anderes Problem ist das Wetter. Ich will mich nicht über das milde Klima in Kalifornien beklagen. Aber immer wenn ich bei kaltem Wind und strömendem Regen hinausfahre, denke ich mit großem Mitgefühl an meine Kollegen, die in aller Welt so etwas öfters als ich zu ertragen haben, ganz zu schweigen von Eis und Schnee und grimmiger Kälte. Natürlich leiden wir im küstennahen Kalifornien unter der Sommerhitze, aber sogar die ist ohne weiteres zu ertragen, wenn man an die Backofentemperaturen einiger unserer Wüstengebiete denkt oder an die drückende Luftfeuchtigkeit, die auf großen Teilen der USA jeden Sommer lastet.

Ich habe eine Zeitlang in der Gluthitze der Wüste von Arizona gelebt, aber auch in Colorado, wo Temperaturen um minus dreißig Grad nichts Ungewöhnliches sind. Daher erstaunt es mich immer wieder, daß die im Lande geborenen Kalifornier schon jammern, wenn das Thermometer bis auf vierzig Grad klettert oder sich dem Gefrierpunkt nähert. Tatsächlich beklagen sie sich schon, wenn nicht gerade Zimmertemperatur herrscht.

In den sechziger Jahren wurde ich einmal in einer regennassen Nacht herausgeklingelt, um ein an Kolik leidendes Pferd zu behandeln. Als ich danach gegen drei Uhr morgens nach Hause fuhr, streikte mein Motor. Ich ließ mich bis zu einer Nebenstraße hinunterrollen, verließ die Autobahn und überlegte, was zu tun sei. Ich dachte daran, bis Tagesanbruch im Wagen zu bleiben, aber ich wußte, daß sich Debby Sorgen machen würde. Deshalb stapfte ich mühsam zur Autobahn zurück, um von jemandem mitgenommen zu werden.

Es regnete in Strömen. Ich trug einen Westernhut, dessen breite Krempe mir bald über die Ohren herunterhing. In meinem knöchellangen Regenmantel und den Gummistiefeln schaute ich wie ein Gespenst aus. Der erste Wagen, dem ich zuwinkte, erhöhte seine Geschwindigkeit, als der Fahrer mich erblickte.

Ich mußte mir etwas einfallen lassen. Nach einigen Minuten näherte sich wieder ein Auto. Ich schaltete meine Autoscheinwerfer ein und aus. Der Fahrer dachte wohl, daß ich einen Unfall hätte, und hielt an. Ich öffnete sogleich seine Beifahrertür, stieg mit meinen triefenden Kleidern ein, schloß die Tür und sagte: »Vielen Dank, daß Sie gehalten haben. Ich bin Tierarzt und komme von einem Notfall. Mein Auto ist liegengeblieben. Würden Sie mich bitte bei der ersten Tankstelle in Thousand Oaks absetzen? Es ist etwa fünf Meilen von hier, und dort gibt es eine Telefonzelle. Ich rufe von dort aus meinen Partner an, der mich dann abholen wird.«

Mein unfreiwilliger Retter hörte sich meine Erklärungen ruhig an. Nach langem Schweigen zwinkerte er mehrmals mit den Augen und platzte dann heraus: »Sie sitzen auf meinen Rabattmarken!«

Trotz der vielen Probleme, mit denen wir Tierärzte uns herumschlagen, reißen sich viele junge Leute darum, diese Laufbahn zu ergreifen.

»Diese Stute gehört meiner Tochter«, erklärte mir eines Tages ein Mann. »Meine Tochter ist gerade in der Schule. Ich wollte, sie könnte hier sein, damit sie sieht, wie ihr Pferd entwurmt wird. Aber sie könnte es nicht ertragen, das Tier leiden zu sehen. Sie hat mich deswegen gebeten, zu Hause zu bleiben, damit ich Ihnen helfen kann.«

»Ich verstehe«, sagte ich und nickte teilnahmsvoll. »Der Schmerz ist stark, aber von kurzer Dauer. Nach einigen Stunden ist alles vorüber.«

Er biß die Zähne zusammen, als wisse er Bescheid. »Meine Tochter will Tierärztin werden«, erklärte er.

»Ja, ich weiß«, sagte ich. »Meine Praxis ist ganz überfüllt mit jungen Mädchen, die alle Tierärztinnen werden wollen.«

»Sie ist verrückt nach Tieren«, sagte er ganz ernsthaft. »Schon seit sie ein kleines Kind war. Sie liebt Tiere, vor allem Pferde! Die bringen sie ganz aus dem Häuschen.«

»Das ist gut«, freute ich mich. »Wenn sie Tierärztin werden will, dann kann Tierliebe durchaus von Nutzen sein.«

Er sah mich ein wenig überrascht an. »Das ist doch die Hauptsache, nicht wahr? Sie interessiert sich für Pferde – sie möchte Tierärztin werden und Pferde behandeln. Ich glaube, Tierliebe ist wirklich die Hauptsache!«

»Nein«, widersprach ich. »Sie ist wichtig, aber eher Nebensache. Hauptsache, man kann rückwärts fahren.«

»Rückwärts fahren?«

»Jawohl, man muß rückwärts fahren können und Spaß daran haben.«

»Rückwärts fahren?«

»Ja, so wie hier. Sehen Sie sich nur Ihre Zufahrtsstraße an. Jetzt muß ich einen dreißig Grad steilen Hang zurückfahren und zwei enge Kurven nehmen, um von Ihrem Stall zur Straße zu gelangen. Alle bauen ihre Zufahrten wie diese hier.«

»Oh«, sagte er. »Jetzt verstehe ich.« Er schaute mich argwöhnisch an, ob ich ihn nicht auf den Arm nähme. »Wir haben nur einen Morgen Land am Hang. Wir konnten keine Zufahrt mit einem Wendeplatz bauen.«

»Das kann ich gut verstehen«, versicherte ich ihm. »Mein ganzes Einzugsgebiet besteht nur aus Ställen und Zufahrten, auf denen ich rückwärts bergauffahren muß, um wieder hinauszukommen. Ich fahre gern rückwärts.«

»Auf jeden Fall mag Lisa Pferde. Sie möchte tatsächlich Tierärztin werden.«

»Ich weiß, ich habe nur noch Mädchen als Klienten, und sie wollen alle Tierärztinnen werden!«

»Auch wenn sie bei allen Zufahrten rückwärts herausfahren müssen?« fragte er ungläubig.

»Ja«, sagte ich. »Aber es bedarf natürlich noch anderer Voraussetzungen, wenn man eine erfolgreiche Pferdetierärztin werden will.«

»Oh, sie hat gute Noten«, sagte er.

»Das ist gut«, lobte ich. »Aber man muß auch die Blase über Stunden unter Kontrolle halten können.«

»Die Blase?«

»Ja! Und man muß gleichzeitig fahren, lesen und schreiben können – auch das ist wichtig! Es ist auch sehr von Nutzen, wenn man eine hohe Schmerzschwelle hat, besonders in den Zehen.«

»Zehen?«

»Richtig.«

Er beobachtete mich eine Weile ganz ruhig, um das alles zu verarbeiten.

»Das letzte Mal hat Lisa Ihnen bei ihrer Stute geholfen. Sie mußten einen langen Handschuh anziehen, um die Stute zu untersuchen. Von innen, meine ich. Lisa möchte so etwas natürlich nicht tun. Das hat ihr nicht gefallen.«

»Sicher nicht«, beruhigte ich ihn. »Heutzutage können Tierärzte in ihrer Praxis machen, was ihnen gefällt.«

»Gut«, sagte er erleichtert. »Sie weiß auch schon, was sie einmal mit dem vielen Geld anfängt, das sie verdient. Wissen Sie, was sie sich anschaffen will?«

»Eine Zufahrt mit einem Wendeplatz?«

»Nein, Pferde! Sie will mal alle Arten teurer Pferde kaufen.«

»Das ist großartig«, sagte ich. »Sie wird sich das leisten können, da sie keine Plastikhandschuhe braucht.«

»Richtig«, grinste er. »Ich glaube, wir bringen das hier nun besser hinter uns! Ich wollte, Lisa könnte hier sein, um beim Entwurmen ihres Pferdes zu helfen!«

»Es ist schon passiert!« sagte ich.

»Schon passiert?«

»Ja«, sagte ich. »Während wir miteinander redeten, habe ich das Pferd entwurmt.«

»Na, so was!« strahlte er. »Da gehört aber nicht viel dazu, oder? Und ich habe immer gedacht, daß Lisa es als Tierärztin nicht leicht haben werde. Das war ja einfach!«

Der Beruf des Tierarztes ist schon einmalig. Es ist eine ganz besondere Art, seinen Lebensunterhalt zu verdienen. Wir hocken nicht von neun bis fünf im Büro. Das ist nichts für uns. Mit der Zeit sehen wir Praktiker unsere Arbeit als Routine an. Es gibt jedoch kaum einen Laien, der unsere Lebensumstände nicht für exotisch hielte. Die Tierliebhaber halten unseren Beruf für faszinierend. Diejenigen, die Interesse an der Medizin haben, meinen, daß das, was wir tun, eine Herausforderung ist. Andere Leute, die weder Tiere mögen noch Interesse an der Medizin haben, halten unsere tägliche Arbeit gelinde gesagt für abstoßend, aber niemals für langweilig.

Wenn ein Tierarzt glauben sollte, daß sein Beruf nichts Besonderes ist, dann müßte er mal mit einigen tierärztlichen Instrumenten ein Flugzeug besteigen und auf die Reaktion des Kontrollpersonals achten.

Ich flog einmal an die Ostküste, um ein Seminar über Techniken der Pferdepraxis abzuhalten. Eine tierärztliche Vereinigung hatte mich dazu eingeladen. Mein Vortrag lautete: ›Pferdepsychologie und ihre Anwendung in der Praxis‹. Bei diesem Seminar demonstrierte ich meine Methode, eine Sonde in den Magen eines Pferdes einzuführen, um damit Medikamente eingeben zu können. Die Vereinigung hatte eine Reihe bekannt schwieriger Pferde für das Seminar bereitgestellt. Ich wollte auch einige Videobänder zeigen, um meine Technik zu veranschaulichen.

Weil auf einer solchen Vortragsreise einmal mein Gepäck beim Umsteigen verlorengegangen war, mache ich es mir seither zur Gewohnheit, mein Demonstrationsmaterial im Handgepäck zu transportieren.

In diesem Handgepäck befanden sich meine Aufzeichnungen, Wurfseile, Lederfesseln und eine glänzende Messingkette, die man zum Abwerfen widerspenstiger Pferde verwendet, ein langer Magenschlauch aus Plastik mit einer großen Spritze, um Medikamente durch den Schlauch in den Magen zu geben, etwas Gleitcreme und eine Reihe von Videokassetten.

»Was ist da drin?« fragte der Sicherheitsbeamte, als er den Inhalt meiner Tasche auf dem Röntgenschirm studierte.

»Tierärztliche Instrumente«, antwortete ich.

»Das sieht ja wie eine Kette aus«, rief er.

»Richtig«, gab ich ihm recht. »Das ist ein Pferdewurfzeug.«

Er schaute mich mißtrauisch an und befahl dann: »Aufmachen!«

Er stierte in meine Tasche und nahm die Lederfesseln und die Kette heraus. Er schaute auf die anderen Utensilien und sah mich prüfend an. Aus irgendeinem lächerlichen Grund wurde ich rot und glaubte, eine Erklärung abgeben zu müssen. »Das sind Lederriemen. Für die Füße, klar?«

Er gab keine Antwort.

»Für Pferde.«

Ein zweiter Sicherheitsbeamter kam hinzu und betrachtete kommentarlos meine Ausrüstung.

»Ich arbeite mit Pferden! Ich bin Tierarzt! Ich bin auf dem Weg zu einem Vortrag, und dazu brauche ich das Zeug.«

»Yes, Sir«, sagte der Beamte und schloß gelangweilt meine Tasche.

Bei dem Tierärzteseminar dachte ich mehrere Male an den Vorfall. Je öfter ich daran dachte, desto lustiger fand ich es. Auf der Rückreise mußte ich wieder durch die Sicherheitskontrolle am Flughafen. Diesmal hatte ich es mit einer jungen Frau zu tun. Sie betrachtete den Röntgenschirm.

»Ich sehe hier eine Kette«, sagte sie. »Wir müssen alles Gepäck, das Metallgegenstände enthält, öffnen.«

»Okay«, schmunzelte ich.

Sie untersuchte den Tascheninhalt. Einige große Plastikspritzen, die mir ein Pharmavertreter mitgegeben hatte, waren noch dazugekommen. In den Spritzen war ein Wurmmittel abgefüllt.

»Was ist da drin?« fragte die junge Frau.

»Injektionsspritzen«, erklärte ich.

Sie schaute kurz zu mir auf. »Kann ich das hier auch noch sehen?« Sie zeigte auf die übrigen Dinge in der Tasche.

»Sicher«, sagte ich und nahm die Fesseln und Ketten heraus.

»Aah ...« begann sie und schwieg dann.
»Es sind Instrumente zur Fesselung«, sagte ich.
Sie errötete. »Weitergehen!«

Dr. Murray Fowler ist Professor an der Veterinärmedizinischen Hochschule von Kalifornien. Er hatte ein noch seltsameres Erlebnis. Ein Zirkus, den wir tierärztlich betreuten, wollte einen fünf Tonnen schweren Elefanten kastrieren lassen. Weil die Hoden beim Elefanten im Bauch liegen, ist die Kastration ein äußerst schwieriges Unterfangen. Der einzige Tierarzt, den wir kannten und der diese Operation schon erfolgreich durchgeführt hatte, war Dr. Fowler. Deshalb baten wir ihn herzukommen, um als Chefchirurg mit einem Team von vier Tierärzten diese Herkulesarbeit zu vollbringen.

Dr. Fowler war freundlicherweise dazu bereit. Er wollte auch das Narkosemittel mitbringen und ein Spezialinstrument, das er für diese Operation entwickelt hatte. Das Instrument war ein Ekraseur aus Stahl und ungefähr einen Meter lang. Eingepackt und in einem Autoklaven sterilisiert, hatte es ungefähr die gleiche Form und das Gewicht einer Maschinenpistole.

Mit dem Ekraseur in der Hand versuchte Dr. Fowler um sechs Uhr morgens in Sacramento ein Flugzeug zu besteigen.

»Bitte öffnen Sie Ihr Gepäck«, befahl der Sicherheitsbeamte.

»Das kann ich nicht«, sagte Dr. Fowler. »Es ist ein sterilisiertes chirurgisches Instrument.«

»Ein chirurgisches Instrument?« fragte der Beamte und faßte die ›Maschinenpistole‹ an.

»Jawohl«, erwiderte Dr. Fowler. »Ich bin auf dem Weg nach Südkalifornien, um einen chirurgischen Eingriff durchzuführen. Das Instrument ist sterilisiert.«

»Aufmachen!« befahl der Beamte. Er hielt nach einem zweiten Sicherheitsbeamten Ausschau und winkte ihn zu sich her.

»Bitte nicht!« bat der Doktor. «Ich muß in ein paar Stunden operieren. Das Instrument ist steril, und deswegen darf ich es nicht auspacken, verstehen Sie?«

»Was ist das für ein Instrument?« fragte der Beamte.

»Es ist ein Spezialinstrument. Man braucht es, um Elefanten zu kastrieren.«

»Ich verstehe! Könnten Sie bitte hier warten, Sir? Es gibt da ein paar Leute, die sich mit Ihnen gern unterhalten möchten.«

»Warum soll ich denn ein Tier retten, das nicht mehr leben will?«

Familienzuwachs

Debby und ich haben schon immer Australische Schäferhunde gehalten. Der Name dieser Rasse ist nicht ganz korrekt und eine Beleidigung für die Australier, die schon mehrere hervorragende Hirtenhunderassen wie den Kelpie und den Queensland-Heeler gezüchtet haben. Der sogenannte Australische Schäferhund stammt aus Kalifornien. Seine Ahnen sind vermutlich Baskische Hirtenhunde, die während des Goldrauschs im 19. Jahrhundert mit Schiffsladungen von Schafen aus Australien hier ankamen. Die Kalifornier nahmen wohl an, diese Hunde stammten wie die Schafe aus Australien – daher ihr Name.

Australische Schäferhunde sind intelligent und von auffallender Erscheinung. Die meisten haben ein blaugraues Fell, und viele haben auch glänzende blaue Augen, die man ›Glasaugen‹ nennt.

Kurz nach unserer Heirat, als ich noch in Arizona arbeitete, nahmen wir ›Wendy‹ bei uns auf. Sie war ausgesetzt worden und hatte eine angeborene Hautkrankheit und ein gebrochenes Bein. ›Wendy‹ war ein wunderbarer Hund, halb Australischer, halb Englischer Schäferhund, und hatte die außerordentliche Intelligenz beider Hirtenhunderassen geerbt, aber auch die Apportierfähigkeit eines Retrievers. Sie schwamm sehr gern, stürzte sich in die Brecher und tauchte unter Wasser, um Gegenstände zu apportieren. ›Wendy‹ brachte uns die Morgenzeitung herein, trug Päckchen und Briefe herbei, und wenn ich einmal in der Scheune arbeitete und ein Werkzeug brauchte, dann gab Debby es einfach dem Hund und sagte: »Bring es Bob!« Dreizehn Jahre lang bereicherte ›Wendy‹ unser Leben, und ihr Tod ging uns sehr nahe.

Kurz nach unserem Umzug nach Kalifornien kamen

noch zwei von Debbys Tieren in unser Heim. Debby nannte sie ihre Mitgift. Von ›Keno‹, dem kläffenden Dalmatiner, habe ich schon erzählt. Das andere Familienmitglied war ›China Doll‹, eine Quarter-Horse-Stute, die Debby schon als Teenager erworben hatte. ›China Doll‹ kam aus einem guten Stall. Ihr Vater war ›Chub‹, ein bekannter Hengst aus der Irvine Ranch in Kalifornien. ›China Dolls‹ Mutter war eine Vollblutstute, die Will Rogers fürs Polospiel aus Argentinien mitgebracht hatte. Debby hatte ›China Doll‹ gekauft, als das Tier drei Jahre alt gewesen war.

Im Jahre 1959, als die Stute schon zehn war, begann Debby, mit ihr ›Barrel Races‹ zu bestreiten. In zwei Rennjahren war die verläßliche Stute immer auf den vorderen Plätzen und hat nie ein Hindernis umgeworfen.

Als wir schon einige Jahre in Kalifornien ansässig waren, wurde die schöne Ranch von Mrs. Lynn aufgeteilt. Wir kauften ein Stück Land an einem Bach und bauten unser eigenes Haus darauf. Die Ställe und Koppeln waren an einem Fluß gelegen, der das ganze Jahr über Wasser führte und von schattigen Eichen und Ahornbäumen umsäumt war.

Zusätzlich zu ›China Doll‹ schafften wir uns noch eine andere Quarter-Horse-Stute an. Wir züchteten mit ihnen, und bald hatten wir zwei Stutenfohlen von ihnen. Im nächsten Jahr bekamen wir noch ein Fohlen, und unsere kleine Gruppe von Zuchtstuten war nun auf fünf Tiere angewachsen.

1961 hatte sich unser Leben entscheidend geändert. Wir hatten ein neues Heim, die Praxis wurde größer, und dank dem neuen Kollegen hatte ich nicht mehr jede Nacht und jedes Wochenende Bereitschaftsdienst. Debby und ich waren der Meinung, daß es an der Zeit wäre, unsere Familie zu vergrößern. Hunde, Pferde und Katzen hatten wir schon genug.

Im Dezember 1962 war Debby schon im zehnten Monat.

»Ich versteh' das nicht«, sagte der Gynäkologe, »dieses Kind hätte schon vor zwei Wochen auf die Welt kommen sollen.«

»Hauptsache, es kommt nicht an einem Sonntag«, erwiderte ich. Thousand Oaks hatte 1962 noch kein Krankenhaus, und Debby sollte in einer Klinik in Los Angeles entbinden. Am Sonntagabend war aber immer dichter Verkehr in Richtung Los Angeles.

Am Donnerstag, dem 13. Dezember, bekam ich einen Anruf. Ich sollte eine Kuh auf der Morrison Ranch untersuchen. Hier stand ›Old Miracle‹, die Kuh, die Bob Kind gerettet hatte.

»Komm mit!« sagte ich zu Debby. »Wir werden das Kind herausschaukeln.«

Wir holperten über eine baumbestandene Wiese zur Kuh von Mr. Morrison. Obwohl ich eine rauhe Straße mit Fahrrinnen, Gräben und Schlaglöchern ausgesucht hatte, zog es das Kind vor, zu bleiben, wo es war.

Am Sonntagabend endlich bekam Debby ihre Wehen. Eine Stunde später steckten wir in einem Verkehrsstau im San Fernando Valley, und die Wehen kamen bereits jede Minute. Ich dachte schon, ich müßte die Geburtshilfe selbst machen. Aber wir kamen gerade noch rechtzeitig in die Klinik.

Kurz darauf sah ich unser erstes Kind, einen Sohn.

Für mich sind die kleinen Begebenheiten in meinem Leben meist viel aufregender als große Ereignisse, wie mein Staatsexamen und meine Heirat zum Beispiel. Die habe ich aber gelassen hingenommen. Den Freudenausbruch beim ersten Anblick meines Sohnes Mark aber werde ich nie vergessen. Es war der erregendste Augenblick in meinem ganzen Leben.

Mark konnte schon wie eine Katze miauen und wie ein Huhn gackern, bevor er noch ein Wort reden konnte. Er und zum Teil auch meine Tochter Laurel wurden in einer Umgebung geboren, in der es von Tieren aller Arten nur so wimmelte. Bessere Umstände für die Entwicklung von Mitgefühl, Herzensbildung und Verantwortung kann ich mir für ein Kind gar nicht vorstellen.

Mark konnte schon reiten, bevor er gehen konnte. Die glücklichsten Erinnerungen an seine Kindheit kommen mir, wenn ich daran denke, wie er hinter mir im Pferdesattel saß und seine Mutter auf einem anderen Pferd uns begleitete und die Hunde um uns herumrannten. Wir überquerten den Bach, und das spritzende Wasser glitzerte wie Diamanten in der kalifornischen Sonne. Während solcher Augenblicke halte ich mich für den glücklichsten Menschen, der in Gottes freier Natur arbeiten und sich vergnügen kann, im Angesicht lieblicher Hügel, schroffer Felsspitzen, des nahen Meeres und des bäuerlichen Weidelandes hier. Meine Arbeitszeit widmete ich den Leiden der Tiere aller Arten, und ich bin dessen nie überdrüssig geworden. Ich hatte meine eigenen Pferde und Hunde, eine geliebte Frau und den goldlockigen Sohn, der hinter mir saß und die kleinen Finger um die Gürtelschlaufen meiner Jeanshosen schlang.

Kenneth Fogelberg hat sicher nichts dagegen, wenn ich hier seinen richtigen Namen erwähne. Als er fünfzehn war, wollte er Arzt werden. Nur wußte er noch nicht, ob er Tierarzt oder Menschenarzt werden wollte. Die Entscheidung ist längst gefallen, weil Dr. Fogelberg heute ein vielbeschäftigter und erfolgreicher Humanmediziner in Thousand Oaks ist.

Kens Mutter fragte mich, ob ihr Sohn nicht mal bei einer Operation zusehen dürfe.

»Sicher«, sagte ich. »Ich gebe Ihnen Bescheid, wenn wir einen geeigneten Fall haben.«

Der Hausarzt der Fogelbergs war Joe Brisbane. Dr. Brisbane hatte einen Labradorhund namens ›Sam‹. ›Sam‹ verschluckte gern Steine. Eines Tages mußte ich Joe anrufen und ihm mitteilen, daß ein Stein im Darm festsäße und operativ entfernt werden müßte. ›Sam‹ hatte einen Stein zuviel verschluckt.

»Wann werden Sie die Operation machen?« fragte Joe.

»Um halb sechs abends, wenn ich den letzten Patienten behandelt habe«, antwortete ich.

»Kann ich Ihnen bei der Operation assistieren?« fragte Dr. Brisbane.

»Es wäre mir eine Ehre«, antwortete ich und fügte hinzu: »Ich glaube, ich werde auch Kenny Fogelberg anrufen. Er wollte schon seit langem einmal beim Operieren dabei sein, und jetzt ist er gerade von der Schule zu Hause.«

An diesem Abend also eröffnete ich ›Sams‹ Bauchhöhle. Dr. Brisbane und Ken waren ebenfalls steril gekleidet und trugen Gummihandschuhe und eine Atemschutzmaske. Joe half mir, die Steine aus ›Sams‹ Magen und Därmen herauszunehmen, während Ken ruhig daneben stand und die Prozedur ganz genau beobachtete.

Er sprach kein Wort während der Operation, aber seine Augen über der Maske ließen sich keine Einzelheit entgehen. Ich hätte zu gern gewußt, was er wohl dachte und wie diese Erfahrung hier seine Zukunft beeinflussen und welche Laufbahn er nun einschlagen würde.

Um 20.30 Uhr waren wir fertig. Wir zogen die Mäntel aus und nahmen die Masken ab.

»Na, schön, Kenny«, sagte Dr. Brisbane, »was hältst du davon?«

»Mein Gott«, sagte der Junge, »habt ihr aber lange Arbeitszeiten!«

Ärzte vernachlässigen ihre Familien oft wegen der vielen Überstunden. Die meisten Tierärzte in Landpraxen versuchen dies dadurch auszugleichen, daß sie ihre Kinder zu ihren Visiten mitnehmen. Sobald Mark aus den Windeln war, begleitete er mich bei meinen Besuchen. Bei seiner Schwester Laurel war es später nicht anders. Meine Kinder sahen zu, wie ich Abszesse öffnete und wie der Eiter abfloß. Bei üblen Stacheldrahtverletzungen von Pferden meinten sie nur: »He, Dad, wie willst du denn das zusammenflicken?« Tierarztkinder sind sehr stolz darauf, wenn sie für Vater Spritzen füllen dürfen oder leidenden Tieren Trost spenden können. Als Mark vier Jahre alt war und ich Pferde behandelte, setzte ich ihn immer auf das Dach des Praxismobils, damit ihm nichts passieren konnte.

Einmal kam die Besitzerin auf Mark zu, der sicher auf dem Autodach thronte.

»Willst du auch mal Tierarzt wie dein Vater werden?« fragte sie ihn.

»Sicher«, antwortete Mark. »Aber ich werde lieber mit kleinen Tieren arbeiten. Ich möchte nicht dauernd wie er herumgeboxt werden!«

»Hallo?... Ob ich in der Praxis bin?... Na klar, ich schlafe auf dem Operationstisch!«

Orte, die man nie vergißt

Zu den Freuden der Großtierpraxis gehört auch das Fahren durch die Landschaft. Ich habe über ein Vierteljahrhundert lang regelmäßige Besuche im Hidden Valley gemacht, oft mehrmals am Tag, und jedesmal bin ich von dieser Fahrt ganz begeistert, besonders wenn ich am hellichten Tag die Landschaft betrachten kann. Ich bin am Steuer ein richtiger Tagträumer – außer wenn ich ins Hidden Valley gerufen werde. Wenn ich die gewundene, enge Straße um den lieblichen Lake Sherwood entlangfahre, berausche ich mich am Anblick der Bergspitzen und des spiegelnden Wassers. Immer blicke ich über den See zu dem Canyon hinüber, wo mein Haus hinter den Hügeln liegt. Sobald ich den See hinter mir lasse, öffnet sich die ländliche Pracht von Hidden Valley, mit seinen sattgrünen Wiesen, den Rindern und Pferden mit ihrem glänzenden Fell, den endlosen weißen Zäunen und den luxuriösen Landhäusern. Das ist mein Reich.

Gern fahre ich auch durch den eindrucksvollen Las Virgines Canyon oder auf der aussichtsreichen Autobahn an der Pazifikküste entlang, wo die Berge bis ans Meer reichen, in die rauhen Santa Monica Berge oder in das fruchtbare Farmland im östlichen Ventura-Bezirk. Dort gibt es große Felder mit Gemüse, Blumen und Getreide und Zuchtfarmen edler Pferde, die zwischen Zitrus- und Avocado-Plantagen liegen.

Viele Orte erinnern mich immer wieder an beeindruckende Fälle, die ich dort erlebt habe. An einer Biegung der Cornell Straße fällt mir stets eine Geburtshilfe bei einer alten Stute ein, bei der ich eine Embryotomie machen mußte. Als ich eintraf, war das Fohlen bereits tot. Aber das machte die Aufgabe nicht angenehmer, denn das Fohlen mußte in Stücke zerlegt werden, um es herauszubekommen. An einer Straßenkreuzung von

Westlake liegt ein hübsches Haus. Sooft ich daran vorbeifahre, erlebe ich noch einmal die Zeit, als hier noch alles Grasland war, und dort am selben alten knorrigen Eichenbaum erinnere ich mich daran, wie ich einmal eine Flasche Tetrazyklin hoch hielt und wie die Flüssigkeit in die Vene einer Färse floß, die wegen einer Lungenentzündung dem Tode nahe war. Am nächsten Tag hatte ich dann den Vorarbeiter der Farm angerufen. Ich machte mich schon darauf gefaßt, daß er sagen würde: »Sie hat's nicht mehr geschafft, Doc! Achtzehn Jahre danach spüre ich noch immer die Erleichterung und die Freude, als ich die Worte vernahm: »He, Doc, sie ist wohlauf und frißt schon wieder heute morgen!«

An einer Kurve der Cheseboro Road im alten Agoura gibt es ein Hoftor. Hunderte Male bin ich schon an dem Tor vorbeigefahren, und jedesmal werfe ich einen Blick über einen grasbedeckten Hügel, der in einem Eichenhain liegt.

Dort habe ich einmal bei einem Kalb von Mr. Morrison einen Luftröhrenschnitt gemacht.

Roy Morrison hatte mich damals angerufen. »Doktor, ich habe ein schwerkrankes Kalb mit Diphterie. Kommen Sie so schnell wie möglich! Das Kalb macht es nicht mehr lange!« Er sagte mir, daß sein Hof sich gleich hinter dem Tor an der Cheseboro Road befinde. Fünfzehn Minuten später passierte ich das Tor. Roy schaute auf den Boden, wo ein schwarzes Bullenkalb mit einem weißen Gesicht lag. Die Resignation im Gesicht des Farmers und die Art, wie er den Kopf schüttelte, sagten mir sofort, daß ich zu spät kam. Als ich meinen Pickup-Wagen neben dem Kalb abstellte, sagte Roy: »Es ist vorbei. Er starb, gerade als Sie durchs Tor fuhren!«

Ich schaute auf das kleine Geschöpf hinab. Die Beine waren ausgestreckt, die Pupillen ganz weit, und die Zunge hing aus dem Maul heraus. Sie war ganz blau wegen des Sauerstoffmangels. Ich sah, wie sich die Blase entleerte und die Beine sich entkrampften. Der Tod war mir um Sekunden zuvorgekommen und hat mich besiegt – oder vielleicht doch noch nicht? Ich sprang aus dem Wagen und rannte zu dem Kalb. Dann legte ich meine Hand auf die Brustwand und konnte den Herzschlag fühlen, obwohl die Atmung schon aufgehört hatte. Ich hatte keine Zeit mehr, den Kofferraum meines Autos zu öffnen, um ein Skalpell zu holen. Also zog ich mein Taschenmesser heraus, machte damit einen Längsschnitt an der Unterseite des Halses und steckte dann das Messer zwischen die Zähne. Mit gekrümmten Zeigefingern zog ich das weiche Gewebe auseinander, bis der weiße, segmentierte Knorpel der Luftröhre freigelegt war. Mit dem linken Zeigefinger hakte ich unter die Luftröhre und zog sie aus der Wunde hervor, und dann schnitt ich mit dem Taschenmesser die Luftröhre durch, deren Innenseite ganz blau war. Nun hatte das Kalb ein künstliches Atemloch, fünfzehn Zentimeter unter der Stelle, wo der Hals infolge der Diphtherie zugeschwollen war. Ich legte meinen Mund auf die Wunde in der Luftröhre und blies kräftig. Der kleine Brustkorb begann sich zu dehnen, weil sich die Lungen des Kalbes mit der Luft aus meinen Lungen füllten. Ich wiederholte diese Beatmung immer wieder, und wunderbarerweise hustete das Kalb und bespritzte mein Gesicht mit Blut und Schleim. Es hustete noch einmal, schüttelte den Kopf und begann selbständig zu atmen. Roy und ich schauten einander freudig und ungläubig zugleich an. Ich rannte zum Wagen, öffnete den Kofferraum mit den Utensilien und nahm einen Spritzenzylinder aus Plastik heraus. Mit dem Taschenmesser schnitt ich die Enden des Zylinders ab und erhielt so ein Plastikrohr von ungefähr eineinhalb Zentimeter Durchmesser. Dieses Rohr steckte ich in die Luftröhre des Kalbes, und der kleine Kerl konnte nun ungehindert durch das Loch in seinem Hals atmen. Ich gab dem Kalb noch eine intravenöse Penicillininjektion gegen Diphtherie und bat Roy, das Tier in die Klinik zu bringen. Dort konnten wir den Luftröhrenschnitt lehrbuchmäßig zu Ende führen, und am nächsten Tag war schon zu erkennen, daß das Tier überleben würde.

Die Freude über einen solchen Erfolg ist schwer zu erklären. Immerhin war es ja nur ein Kalb gewesen, dessen Leben ich gerettet hatte und das längst für die Schlachtbank bestimmt war. Warum also verschafft einem die Rettung eines Lebens eine so tiefe Befriedigung? Stecken da noch tiefere, unbewußte Motive hinter meinen Gefühlen? Würde ein Psychologe sagen, daß ich mich diebisch darüber freue, den Tod besiegt zu haben? Ich weiß, daß am Ende der Tod immer der Sieger sein wird und daß wir alle, wie das kleine Kalb, früher oder später einmal sterben werden. Vielleicht gibt es für alles eine zugemessene Zeit. Vielleicht wird mir das Leben, das ich so hochachte, eines Tages weniger wichtig scheinen, aber jetzt ist dieses Leben für mich, für meine Patienten, für das röchelnde kleine Kalb schrecklich wichtig. Wir alle können auf unserer Hände Arbeit stolz sein: die Hausfrau beim Anblick eines wohlgelungenen Kuchens – der Schreiner, wenn er ein fertiggestelltes Möbelstück betrachtet – oder der Farmer, wenn seine Ernte in wohlgeformten Reihen aus dem Boden sprießt, den er gepflügt und eingesät hat. Aber was kann aufregender sein, als im Kampf um Leben und Tod den Tod zu überlisten und den Patienten überleben zu sehen? Solche Augenblicke vergißt man nie wieder. Ein Landtierarzt kommt weit herum, und beinahe jede Kreuzung, jede Weide und jedes Bauernhaus ist mit Erinnerungen an einen Triumph oder eine Niederlage verbunden.

Nachwort des Übersetzers

Zum erstenmal begegnete ich Robert M. Miller 1971 in Österreich, bei einem Winterseminar der ›Sierra Veterinary Medical Association‹, einer Vereinigung amerikanischer Tierärzte, deren Mitbegründer Bob Miller ist.
Seither haben wir uns wiederholt gesehen und unsere Gedanken, Erfahrungen und Erlebnisse ausgetauscht. Für mich war es immer ein Gewinn, mit Bob Miller zusammenzusein, und wir haben in diesen Jahren viel gemeinsames entdeckt – sogar meine schwäbische Heimat kennt er aus seiner Militärzeit.
Als ich 1985 wieder einmal im Hause Miller in Kalifornien war, fand ich auf dem Kopfkissen Bobs neues Buch ›Most of My Patients Are Animals!‹. Manche der darin geschilderten Erlebnisse erinnerten mich an eigene Erfahrungen in meiner Praxis, und so kam mir der Gedanke, daß diese wahren und humorvollen Geschichten auch bei einer deutschsprachigen Leserschaft großes Interesse finden würden.
Daher war es eine besondere Freude für mich, daß ich das Buch meines Freundes und Kollegen übersetzen durfte.

Dr. Siegfried Walter
Esslingen im Sommer 1987